逆时侦查组

拍卖时间的人

张小猫 著

北京联合出版公司
Beijing United Publishing Co.,Ltd.

图书在版编目（CIP）数据

逆时侦查组．拍卖时间的人 / 张小猫著．-- 北京：北京联合出版公司，2025.9. -- ISBN 978-7-5596-8632-9

Ⅰ．I247.5

中国国家版本馆CIP数据核字第202583FR42号

逆时侦查组：拍卖时间的人

作　　者：张小猫
出 品 人：赵红仕
策 划 人：王唯径　沈 澈
策　　划：上海紫焰文化传媒有限公司
责任编辑：李艳芬
特约编辑：张　青　朱若愚　王菁菁
营销编辑：李新雨　谢灵芝
封面设计：郭　紫
封面插画：槿　年
内文排版：吴星火

北京联合出版公司出版
（北京市西城区德外大街83号楼9层　100088）
北京联合天畅文化传播公司发行
河北文扬印刷有限公司印刷　新华书店经销
字数：244千字　880mm×1230mm　1/32　9.75印张
2025年9月第1版　2025年9月第1次印刷
ISBN 978-7-5596-8632-9
定价：59.80元

版权所有，侵权必究
未经书面许可，不得以任何方式转载、复制、翻印本书部分或全部内容。
本书若有质量问题，请与本公司图书销售中心联系调换。电话：（010）64258472-800

人物介绍

- **路天峰**　精英刑警。十七岁时，发现自己拥有不定时将一天重复五次的能力，并依靠此能力侦破了数起要案。在"未来之光"号邮轮上追捕逃犯"樱桃"，同时得知有人在船上拍卖能够逆转时间的机器，卷入一个个离奇的时间陷阱中。

- **陈诺兰**　年轻有为的尖端生物学家，同时也是路天峰的女友，平日性格温柔，遇到问题时却有异于常人的果断。随路天峰登上"未来之光"，善于运用自己的专业知识解释事件的疑点，为路天峰提供帮助。

- **章之奇**　人称"猎犬"的侦探，犯罪侧写师，擅长所有搜查技巧，能够准确预测一个人的心理及行动，自称没有他找不到的人。虽然看上去十分懒散，工作时却拥有最冷静、缜密的大脑。受路天峰委托，登上"未来之光"。

- **童瑶**　精通网络科技的公安局探案新星，路天峰最信赖的搭档之一。为了调查幕后真相，登上"未来之光"。

人物介绍

- **司徒康**   能经历时间循环的"感知者",也是能制造时间倒流的"干涉者"。曾是"天时会"成员之一,后来叛逃,不断寻找像路天峰这样和自己有同样能力的人,尝试建立属于自己的掌握时间法则的组织。得知"未来之光"上有人拍卖能够逆转时间的机器后,向路天峰发出邀请函。

- **周焕盛**   陈诺兰曾经的老师。在一起起"逆时"案件中有如X因素般的存在,似乎在幕后影响着一切。他是"天时会"成员,掌握不少时间循环的秘密。"未来之光"游轮上,同样少不了他的身影。

- **樱桃**   国际逃犯,曾犯下一起起惊世骇俗的大案,却无人知晓她的真实身份。在"未来之光"拍卖时间机器的事件中,她将船上的时间感知者都拉入陷阱之中,扮演着谜一样的角色。

- **天时会**   神秘组织,通过操控时间来维护人类社会的发展进程。不断吸纳能够感受时间循环的人加入组织,拥有这种能力的人被称为"感知者";同时组织内部拥有能够不同程度逆转时间的成员,被称为"干涉者"。

目录

序　章　　　/1

第一章　　启航 / 21

第二章　　迷雾 / 57

第三章　　乱流 / 97

第四章　　旋涡 / 146

第五章　　底牌 / 222

终　章　　落幕 / 296

序 章

1

入夜，破落的小渔村。

戴着鸭舌帽的男人低着头，在路边站了好一阵子，直到卖快餐的小摊前空无一人，他才快步走上前，买了三份盒饭，用现金结账后又匆匆忙忙地离去。

男人提着塑料袋，拐进一条灯光昏暗的巷子，差点跟迎面而来的一位黑衣人撞了个满怀。

"不好意思。"男人含糊地道歉，退让到一旁，让对方先走。

"好久不见。"黑衣人的声音冷冰冰的，带着嘲讽的意味。

男人僵住了身子，难以置信地抬起头来，望向对方。

"为什么……"男人不由自主地颤抖起来。

"我能找到你，就证明组织已经掌握了你们的行踪。"黑衣人嘴角上扬，"这是我给你的最后机会——向天时会证明你的忠诚。"

"我……不明白……你……"男人结结巴巴地说。

"我本可以将你们全部杀死，但我觉得，你还有那么一点点用处。"黑衣人伸出自己的小指头,"就那么一丁点,并不多。"

男人沉默了,汗水从他的脸上滑落。

黑衣人将一个小瓶子递给他:"解决其他叛变者,我给你两个小时,晚上九点钟,我会来验收成果。"

"这是毒药吗……不过下毒讲究一个时机,我不能做得太过突兀,能不能再给我多一点时间?"

黑衣人仿佛听到了一个很好笑的笑话,咧开嘴巴笑了起来:"还想要多一点时间?虽然对我们而言,时间是用之不竭的财富,但我想问你一句,邓子雄,你配跟我谈条件吗?"

男人的脸色一变,刚才那种唯唯诺诺、犹豫不决的表情彻底消失不见,目光中透露出一股阴冷和狠毒。

"放心吧,一小时之内解决问题。"

"很好,这才是我认识的那个邓子雄。"黑衣人耸耸肩,再也没说什么,转入了另外一条巷子。

邓子雄将毒药瓶放回口袋之中,一边吹着口哨,一边迈步向前。

什么女人啊,名誉啊,金钱啊,都比不上保住自己的小命重要。

没有人愿意成为天时会的敌人……只要杀掉他们,我就能回归组织了……我一定能够做到的……

邓子雄在心中飞快地盘算着,一个近乎完美的杀人计划逐渐成形。

2

美国,西海岸某小城,一家酒吧。

吧台处有一名西装笔挺的男子,正在为几位女顾客表演扑克魔术。这位魔术师大概三十岁出头,黄皮肤黑眼睛,样貌属于挺受亚洲女性欢迎的风格，但在美国人眼中就显得平平无奇。

"有请这位小姐选一张牌……很好，请将牌拿在自己手中，别让我看见牌面。"魔术师的英文非常地道，听不出丝毫异乡人的口音。

年轻的金发女郎看了看自己手中的牌，是一张梅花七，然后赶紧遮挡起来。

"好，已经看过牌面了吗？"

金发女郎点点头。

"请将扑克牌面朝下，放在桌面上……然后请用你的右手盖住它。很好，非常棒，接下来我会感应一下这张牌到底是什么。"

魔术师微笑着，将右手按在金发女郎的右手上，金发女郎也笑着对魔术师抛了个媚眼。

"嗯，我感应到这张牌了……是红色的，对吗？"

金发女郎大笑起来，连连摇头。

魔术师的脑袋晃得更夸张："不，一定是红色的，红桃A。"

说罢，魔术师将右手缩了回去，而金发女郎随即翻开掌心下的扑克牌，兴奋地大喊着："嘿，你猜错了，这是一张……啊？"

桌面上的牌，赫然印着一颗大大的红心。

金发女郎翻开的那张牌，确实是一张红桃A。她目瞪口呆，难以置信地看着自己的右手，似乎觉得自己的手掌上有一个隐形的洞。其他几位围观的女顾客，不约而同地鼓起掌来。

"谢谢，谢谢大家。"魔术师向女士们鞠躬致敬。

这时候，一个身穿白色短袖、留着栗色短发的女生，挤到了吧台前，饶有趣味地打量着魔术师。

"中国人？"短发女生说着不太标准的中文。

"是的，我是中国人。"魔术师也切换到母语，但听上去反而有点生疏。

"中国魔术师，超厉害的。"短发女生向对方竖起了大拇指。

逆时侦查组：拍卖时间的人　3

"过奖了……"

"请问可以为我表演一个魔术吗？"短发女生大方地坐在吧台前，开始说起英文。

"没问题啊，请先随便选一张牌。"魔术师飞快地洗了洗手中的扑克，手腕一转，将扑克牌摊开成一个完美的扇形，摆在桌面上。

短发女生咬了咬嘴唇，小心翼翼地用指尖按住其中一张。

"好的，请把这张牌拿出来，然后请你看一下牌面是什么，但千万别被我看见。"

短发女生翻开扑克牌的一角，是一张黑桃K。

"已经看好了。"她轻轻地盖上牌。

"那请你记住这张牌是什么，然后将它重新插回牌堆。"魔术师自信地说，"接下来，我想请你洗一下这副牌……对，很好，可以多洗几遍。"

短发女生在魔术师的引导下，有点笨拙地将牌洗好。

魔术师接过扑克牌，然后将整副牌放回牌盒之中，再把牌盒的开口向上，竖立在桌面上。

"各位女士，接下来你们看到的，是最为神奇的扑克魔术之一，Rising Card——刚才这位小姐所选的牌,将会自动由牌盒之中升起。"

"怎么可能？"围观群众议论纷纷，都表示难以置信。

"请看——"魔术师稍微提高了音量，双手按在桌面上，并没有接触牌盒，牌盒却开始微微晃动起来，一张牌从整齐的牌堆之中，缓缓升起。

"哇——"四周一片惊叹和哗然。

魔术师得意地笑了，因为他看见了那张被他找出来的黑桃K，只不过因为角度的问题，女顾客现在还只能看到牌的背面，并不知道他的表演已经成功。

所以他还能再故弄玄虚一小会儿。

短发女生似乎最受震撼，她忍不住伸出手，在牌盒上方和四周来回划动，想要找一下是否有隐藏的道具。

"太神奇了，不可思议。"短发女生眨着眼，用钦佩的眼神看着魔术师。

"光让牌升起来并不神奇，神奇的是……这居然就是你刚才所选的那张牌，黑桃 K！"魔术师用他那灵巧无比的右手将扑克牌拿起，遮挡住牌面，迅速放下，接着优雅地将手移开。

他似乎听到了观众们同时倒吸一口凉气的声音。

但是并没有欢呼和掌声。

桌面上的那张牌，不是黑桃 K，而是一张鬼牌，Joker。

魔术师很清楚，自己的这副牌里面根本就没放鬼牌。他的额头冒出冷汗，牌面上的小丑似乎在嘲笑他的自大与无知。

"真正的黑桃 K，在这里呢。"短发女生依然微笑着，但现在她的笑容则显得意味深长。

她用右手在自己的耳边弹了个指响，一张纸牌就这样凭空出现在她的手中。现场观众再次惊讶地议论起来。

魔术师只觉得自己的双脚在颤抖，连站都站不稳了。所谓外行看热闹，内行看门道，普通人可能认为凭空出现一张纸牌已经非常神奇，但身为魔术师，他自己清楚最难的地方其实是对方竟然能够在他眼皮底下，假借检查机关时的几个简单动作，就成功调换了两张牌。

更可怕的是，他今天表演 Rising Card 完全是临时起意，对方却能够根据他的魔术做出完美的应对。

"谢骞，以你的实力，绝对不应该沦落到这种地方来表演。"短发女生用中文说道。她的声音里带着一种令人难以抗拒的魔力。

"你是谁……怎么知道我的中文名？"魔术师谢骞涨红了脸。

"我还知道很多关于你的事情……今天我是特地来邀请你和我

一起，共同演出一场超华丽的魔术。"短发女生俏皮地眨了眨眼，向谢骞伸出了右手。

谢骞似乎想不出任何拒绝的理由。

3

东南亚某国，一栋外表看起来平平无奇的乡间别墅，里面却大有玄机。

一张椭圆形的大桌旁围坐了八个人，一旁还有一位衣冠楚楚的年轻女子，用娴熟的手势为他们发牌。

这里是一个地下赌场，虽然屋内的装潢格局远不如正规赌场那么恢宏，但对赌客而言，赌注的大小才是他们最关心的东西。

现在这场进行得如火如荼的得州扑克赌局，是大家最喜欢的无上限投注局。比正规赌场更刺激的是，这里不但能赌钱，还能赌命。

八名赌客当中，面前筹码最多的是一个表情冷漠的年轻男子，他无论跟注、加注还是收牌，永远是同样一副神情。另外七名对手自然而然用警戒的目光打量着他，因为在赌桌上毫无情绪波动的人，才是最可怕的对手。

这个男人还有一个特别的地方——他的右手只有四根手指，小指头的位置，只留下一个整齐的切口。对地下赌博世界比较熟悉的人，都知道他的名字——"九指赌神"丁小刀。出身低微的他，曾经沦落街头，全靠出老千为生，甚至还被人砍断了右手的小指头。但他竟然凭着过人的毅力和天赋，一步一步往上爬，最终赢得世界扑克大奖赛的冠军。

只不过盛极而衰，没有多少人知道，已经功成名就的他，为什么一夜之间又破了产,重操旧业。因为他的赌术过于精湛,很快就被大部分赌场列入"特别关注"名单。无法继续在那些地方赌钱,于是丁小刀干脆跑到这里来了。

新一局的较量开始,第一轮发牌过后,已经有一半的玩家选择"收牌",即认为自己的牌面不够强,因此放弃了这一局的比拼。

丁小刀瞄了一眼自己的底牌:黑桃A,红桃A。这在得州扑克游戏当中是点数最大的底牌了,但他依然没有任何情绪波动,轻轻盖上了牌。

"跟注。"

表面平静如常的他,大脑正飞速运转,分析着每一位对手的特点。

最没有威胁的是那个穿着低胸V领裙、身材火辣的长发女子,丁小刀判断她应该是个新手,因为她在大部分的对局中都会选择早早收牌,而只要她坚持到最后,一定是拿着足够大的底牌。在得州扑克中,她这种玩法叫"最强十手"——永远只玩牌面最强的十手底牌。虽然看起来很没有技术含量,对局的乐趣也几近于无,但事实上对新手而言,这是胜率最高的玩法之一,而且真正能够在赌桌上保持冷静,坚决贯彻这种战术的人,也是凤毛麟角。

另外一个威胁不大的,是那个穿格子衬衫、戴着茶色眼镜的中年人,丁小刀注意到他全身上下都是名牌,光手表就值好几万美元。但这样的人居然戴着一副没有任何品牌,做工设计也很平庸的眼镜——唯一的可能性就是他平时根本不会戴它,只会在赌桌上使用。丁小刀也见过不少这样的人,他们的眼神总会轻易暴露底牌的好坏,因此只好选择用有色眼镜来遮掩。

丁小刀真正在意的,是坐在自己身边那个不苟言笑、一脸严肃的大叔。他自称是北欧人,身高将近一米九,打牌时也很有气势,每个动作都充满了力量,是个自信心十足的人。根据今天的表现观察,在这一局的竞争对手当中,他的牌技应该是最好的。

所以,丁小刀决定把他引上钩。

手里拿着一对A,赢了很正常,怎么能尽量赢得更多筹码,才是对技术的真正考验。

没有人继续加注了,荷官开始发前三张公共牌——得州扑克就是用自己手中的底牌与公共区域的五张公共牌一起,凑出最强的五张牌,谁的牌面最大,就能赢取筹码池内的全部筹码。

前三张公共牌发完后,会有新一轮的投注,玩家可以根据牌面状况,考虑是否继续加大投注额。

方块三,方块A,梅花三。

丁小刀手中的牌现在已经凑成了"Full House",也就是俗称的"三带二",这可是杀伤力极大的牌面了。

"我加注。"格子衫男首先发难,扔出两个绿色筹码,每个代表一千美元。

北欧大叔想了想,把面前的牌往荷官方向推了推:"Fold(收牌)。"

丁小刀暗叫可惜,没想到这大叔居然这么快就放弃了。

"跟注。"性感女人笑逐颜开,同样扔出了两个绿色筹码,丁小刀判断她手中应该有一张是A,现在凑成了"两对",也算是不错的牌面了。

"跟注。"丁小刀当然也选择跟注。

荷官发出了第四张公共牌,红桃K。

赌桌上的气氛突然发生了变化,性感女人和格子衫男都不约而同地将身体微微前倾,这往往是沉不住气的玩家看到好牌时的下意识动作。

丁小刀心中暗笑,他猜性感女人可能是凑成了A和K的两对,而格子衫男没准手里有两张K。

这一局大家的运气都这么好吗？

格子衫男思考了好一阵子，才扔出两个蓝色筹码，这代表着两万美元，将投注额一下子提升了一个量级。

"我加注。"没想到性感女人竟然毫不犹豫地扔出五个蓝色筹码，她手中的牌一定也很大。

丁小刀修改了他的判断，拿着一副"Full House"的人，更可能是眼前这个性感女人。

丁小刀想了想，还是跟注了，现在全场的焦点回到格子衫男身上，刚才下注两万美元的他，必须再下注三万，才能继续玩下去。

这时候，格子衫男的额头冒出了细细的汗珠，看来他的心理防线要崩溃了，这个人的底牌并没有想象中那么大。而性感女人似乎心情很好，下意识地玩着手边的筹码，一副轻松的样子。

"我不跟了。"格子衫男涨红着脸，低声说。一分钟前豪气无比扔下去的两万美元，瞬间化为乌有。

丁小刀看了一眼那性感的女人，心想，你还是高兴得太早了。

最后一张公共牌发出，是一张梅花J。

性感女人踌躇不定，纤长的手指在自己的那堆筹码上扫来扫去，似乎在思考到底应该如何下注。最后，她推出厚厚的一沓筹码，细声细气地说："二十万。"

丁小刀的内心毫无波澜，光论钱，筹码总额过千万美元的赌局他也见过不少，这区区几十万实在是小儿科。只是他有点在意的是，这个行为举止处处流露出新手痕迹的女人，为什么突然变得那么大胆了？

但丁小刀可不是那么容易被吓住的，得州扑克玩的就是心理战，需要在谨慎和大胆之间寻找一个微妙的平衡点。性感女人想要赢，除非手里拿着的是一对三，但如果她真的拿着一对三的话，按照"最强十手"的战术，应该在第一轮就收牌不玩了。

逆时侦查组：拍卖时间的人 9

"All in（全部下注）。"丁小刀将面前那一大堆花花绿绿的筹码全部推了出去，五十六万八千美元，他连数都不用数，心里一直计算得清清楚楚。

其他人不禁发出一声惊叹，纷纷转头看向性感女人。

性感女人愣住了，她没想到丁小刀出手那么狠，于是她又再次看了看自己的底牌，似乎生怕刚才看走了眼。

女人咬了咬嘴唇，对荷官说："不好意思，我身上的现金不够了。"

众人又是一阵哗然，性感女人言下之意，是她要跟注，但只是手头上钱不够而已。

丁小刀没说话，因为他知道荷官会替大家解决问题。

"请问这位小姐，你身上有合适的抵押物吗？"

"你看这枚戒指如何？"性感女人脱下了手指上的钻戒，递给荷官。

荷官接过来看了看，脸上不禁变色，连忙打手势，让驻场鉴定师赶紧来帮忙。地下赌场经常会出现用实物抵押下注的情况，为了尽量减少客人对实物价值的争议，驻场鉴定师的水平绝对是顶尖级别的。

鉴定师一看，也大吃一惊，说："小姐，你这枚戒指应该是欧洲皇室流传下来的东西，无价之宝啊……"

"没关系，我就用来玩这一局。"性感女人笑了笑，向丁小刀抛下个媚眼，"只是我已经加注到这个地步了，丁先生不能只下这几十万的注吧？"

丁小刀心头一震，嘴角难以自控地抽搐了一下。这个女人竟然是认得他的。

"那你的建议是？"

"如果我输了，这戒指归你，如果我赢了，你得帮我一个小忙。"

说罢，性感女人将那价值连城的戒指，扔到了筹码堆里面。

丁小刀开始意识到这很可能是针对自己而设的陷阱，这个女人只是一直在假装新手罢了。

但就算是陷阱又如何呢，难道她手里还真拿着一对三吗？

所谓的"一个小忙"，也许是要他赴汤蹈火，然而现在选择退缩的话，他还配得上"九指赌神"的称号吗？

丁小刀觉得眼前的女人似乎连气场都完全不一样了，整个人散发着危险、神秘的魅力，就好像一个无底洞，要将他吸进去。

"我跟注。"丁小刀下意识地摸了摸那根不存在的小指头，这是他每当面临绝境时的习惯性动作。

"请开牌。"荷官说。

丁小刀缓慢而坚定地翻开了他的底牌。

"Full House！"这牌果然镇住了大部分看热闹的赌客。

然而性感女人翻开她的底牌后，现场一片鸦雀无声。

"Four of a kind！"荷官高声宣布。

她手里拿着的果然是一对三，所以在前三张公开牌发出来之后，她就凑出了战斗力惊人的"四条"。

丁小刀输了，他失败的原因在于低估了对手，但他还是有点不服气。

为什么在这种地方，会遇上如此强劲的牌手？分明就是故意给他设套的。

丁小刀默默地在心里苦笑着，他知道，输掉这几十万美元还是小事，这女人要让他帮的一个小忙，估计难于登天。

但是他已经无路可逃了。

4

D 城公安局办公大楼门外，24 小时便利店。

下午四点，一脸疲态的路天峰推门走进便利店。相熟的店员看见他，主动上前打招呼："路警官，还是老规矩吗？"

"老规矩，大杯热美式。"路天峰自从转岗到刑警队信息分析部门以来，因为需要整天窝在电脑前看档案和资料，很少有出外勤的机会，渐渐就有点咖啡依赖症了。

路天峰接过一杯热气腾腾的咖啡，坐到角落里，慢慢地喝了起来。便利店的咖啡很难称得上"好喝"，但用来提神还是可以的。

"路警官，好久不见。"毫无征兆地，一个男人径直坐到路天峰身边，用一种跟老朋友打招呼的语气，轻松愉快地说。

"司徒康？"路天峰本能地皱了皱眉。

"别来无恙？看起来你的精神状态不错，没准你的感知能力已经提升到新的层次了。"司徒康仿佛并不期待路天峰的回答，自顾自地继续说了下去，"据说信息分析部门只是个闲职，对你而言真是大材小用啊。"

路天峰并没有搭话，对于这个神秘的男人，他始终心存忌惮。自从汪冬麟一案[①]解决后，最近几个月来，路天峰就像往日那样，时不时能感知到单日时间的循环，却没有机会再次感知到时间倒流，因此他也不确定自己是否拥有那种所谓"等级更高"的感知能力。

司徒康像看穿了路天峰的心事一样，说道："放心吧，近期并没有发生过时间倒流，你当然感知不到。对了，这几个月来，关于

[①] 详见《逆时侦查组：营救嫌疑人》。

时间感知者的研究在学术界可是闹翻了天，相信路警官也略有所闻吧？毕竟你的女朋友也是圈内人士。"

司徒康骤然提及陈诺兰，更让路天峰心里暗暗不爽。

"局里还有点事情等着我处理，失陪了。"路天峰拿起还剩大半杯的咖啡，准备起身离去。

"路警官，即使你今天躲开了我，我还是会继续来找你，何必浪费时间在我追你躲这种无聊的事情上呢？"司徒康冷冷一笑，眼里带着一丝讥讽。

"那请问司徒先生有何贵干？"路天峰沉住气回应道。他很清楚司徒康这种人，不达目的誓不罢休，一味回避确实不是上策。

"既然上班太苦闷，我建议你带女朋友一起去旅行，散散心。"司徒康将一张印刷精美的传单递给路天峰。

传单上最显眼的，莫过于"未来之光，华丽启程"八个大字，背景是一艘崭新的豪华邮轮，除此之外没有任何文字说明，只留下一个二维码和一串免费咨询的电话号码。

"我不懂这是什么意思。"路天峰翻到传单背面，只看到一片空白。

"'未来之光'号邮轮，将于下个月进行首航仪式，由 D 城出发，前往东南亚海域绕一圈，然后返回 D 城，全程五天四夜。这是目前国内最先进、最豪华的邮轮之一，理论上能够乘坐近五千名乘客的空间，却只规划了三千个床位，让每位游客可以获得更大的住宿空间，整体感受更为舒适……"

"等等。"路天峰不客气地打断了司徒康的发言，"有话直说，难不成你还兼职当邮轮产品的销售员了？"

司徒康嘿嘿一笑，将传单收回怀内："简而言之，就是我想邀请你和陈诺兰小姐一道，享受这一次豪华邮轮之旅。"

"对不起，我没有假期，更没有兴趣。"

"放心吧，假期会有的，至于兴趣嘛……也许你可以看看这个。"司徒康拿出手机飞快操作着，调出了电子邮箱的界面。

路天峰明知道司徒康不安好心，但也忍不住好奇地看了看。那是一封匿名发送的邮件，正文很简单，就只有几行字：

> 我已经研究出能够令时间倒流的机器，现计划进行公开竞价拍卖。有意参加拍卖者，敬请于今年九月二日，登上由 D 城出港的"未来之光"号邮轮，并准备好充足的竞拍资金，本人只收取虚拟电子货币 DT Coin，麻烦各位提前兑取。具体拍卖流程与交易事宜，待登船后再与各位联系。

路天峰不以为然地哼了一声："司徒先生，自你公开研究数据以来，每天都有人大肆张扬，宣布自己破解了时间感知者的秘密，但据我所知，没有一个靠谱的。"

司徒康耸耸肩，说："然而这家伙不一样，他并没有高调宣传，而是私下发送了这封匿名邮件给我。邮件里面还有他的研究报告复印件，我仔细看了，那份研究报告取得了不少突破性的进展，里面有部分实验数据是可以重复验证的，经过我的专家团队分析，报告的真实性超过 90%。"

"我明白了，你想登船验货，参加拍卖，但这跟我完全没有关系啊。"

"路警官，你是个聪明人，一定很清楚如果真有时间机器存在，到底会吸引多少人来争夺，也明白万一时间机器落入天时会手中，又会带来一场怎样的灾难。"

听到"天时会"三个字，路天峰心里难免咯噔一下。这个组织聚集了不少像路天峰这样的时间感知者，而且他们对时间的研究更加深入，掌握了关于控制时间的秘密。

据路天峰所知，天时会成员有自身的一套世界观和价值观，他们漠视法律，也不在乎生命和社会道德规范，只要能够实现既定目标，他们可以毫不犹豫地进行违法犯罪活动，也能够眼都不眨就杀人放火。

天时会和司徒康之间，两害权衡，谁是比较轻的那一边呢？这真是个无解的难题。虽然路天峰内心并不认同"敌人的敌人就是朋友"这句话，但他还是庆幸司徒康与天时会一直处于敌对关系。

一番冥思苦想之后，路天峰依然左右为难，于是他喝下一大口苦涩的咖啡，笑道："要是让司徒先生拿到时间机器的话，又算不算是灾难呢？"

"这是个好问题，但你可以亲自去探寻答案。"司徒康毫不退缩地迎着路天峰的目光，不紧不慢地说，"我需要像你这样的优秀感知者帮忙。"

"我并不确定自己是不是优秀的感知者……"路天峰话音未落，眼前一花，手中的咖啡杯突然变亮了一点。他眨了眨眼，随之意识到时间回溯了十秒左右，回到了他喝下咖啡前的那个瞬间。

"现在你可以确定了吧？等你的好消息。"

刚刚完成了一次短暂时间倒流的司徒康露出疲惫的笑意，站起来拍了拍路天峰的肩膀，起身离去。那张邮轮的广告传单和一张名片夹在一起，被他留在了桌子上。

路天峰再次拿起传单和名片，思考片刻，然后笑了笑，转身把它塞进了旁边的垃圾桶内。他不想再和司徒康这种人有什么瓜葛了。

但他还是记住了名片上的那个电话号码。

5

就在路天峰"偶遇"司徒康后又过了两天，正在电脑屏幕前埋头整理资料的他，突然接到了大领导罗局打来的内线电话。

"小路，请来我办公室一趟。"

"罗局？"枯坐办公室太久，突然受到局长的召见，路天峰还愣了愣，一时没反应过来。

"怎么啦，没有心理准备？身为人民警察，应该时刻准备上战场才对呀！"罗局似乎心情不错，还有闲情开玩笑。

"马上到！"路天峰放下电话，内心跃跃欲试。

不管是什么任务，总比待在办公室里面分析资料强多了。

几分钟后，当路天峰敲开罗局办公室的门时，略感惊讶地看到房间内还有其他人在。

访客是一男一女，男的约莫三十岁，五官容貌带着典型的中西混血儿特征，身穿剪裁讲究的黑色西装，还打了领带，衣着正式得跟警察局的氛围格格不入；另外一位女生看起来更年轻一点，身材娇小玲珑，里面穿一件白色T恤，外面套着水蓝色的牛仔吊带连衣裙，休闲之余彰显青春活力。

"介绍一下，这位是路天峰，我们局里最优秀的小伙子之一；这两位是来自美国的国际刑警，雷·帕克先生，孙映虹小姐。"

国际刑警？路天峰的心里冒出一个问号。

罗局示意路天峰就座，然后对雷·帕克说："帕克先生，可以开始了。"

"好，就让我来介绍一下。"雷·帕克的普通话有点生硬，带着美国人说中文时特有的腔调。

动用国际刑警跨国追捕吧？"

雷·帕克和孙映虹交换了一下眼色，又看向罗局，罗局只是淡淡地笑了笑："早说过了，路天峰是我们最优秀的警员之一。"

于是雷·帕克继续说："随着施万良尸体被发现，沉寂多时的案情终于有了新进展，美国警方也找到了关于'樱桃'的蛛丝马迹。就在半个月前，其中一件涉案的收藏品，出现在东南亚某国的地下赌场内。"

投影仪所展示的，是一枚极尽奢华的钻石戒指。

"我们没能直接追踪到'樱桃'本人，但锁定了当时曾经与'樱桃'进行豪赌的一名中国籍男子——丁小刀，专业赌徒，曾获世界扑克大赛冠军。据在场的赌客说，丁小刀输给了一名来历不明的神秘女子，并答应要帮那名女子做一件事情，具体是什么就没人知道了。"

意气风发的丁小刀出现在幕布上。

"你们觉得如今的丁小刀，可能会像三年前的施万良一样，成为'樱桃'精心挑选的犯罪代理人？"路天峰终于把这千头万绪整理出道道来了。

"如果'樱桃'的确是三年前嘉华盛世劫案的幕后主使，那她真是个非常可怕的女人，在没有留下任何痕迹的情况下，卷走了价值数千万美元的珠宝，然后通过巧妙的手段将这些赃物消化掉了，其中很可能涉及跨国洗黑钱犯罪。可是中美两国警方甚至连她到底叫什么名字都没查出来，我们很担心'樱桃'的下一次行动，又是一起惊天动地的大案子。"

罗局插了一句话："看来这位'樱桃'小姐是一个为了钱能够不择手段，只求达成目标的专业犯罪者，而且非常狡猾，她身上同时具备天才与偏执狂的性格特点。要知道我们中国人有句老话——防患于未然。提前预防犯罪，总胜于事后再去补救。"

路天峰小心翼翼地问："难道这个丁小刀，现在来了D城？"

"他目前还在东南亚,但已经预订了九月一日晚上抵达D城的机票,和九月二日由D城码头出发的'未来之光'号首航之旅席位。我们有理由相信,'樱桃'和丁小刀所策划的行动,即将在这艘豪华邮轮上进行。"

"'未来之光'?"路天峰难以掩饰心中的震惊,他不禁想起了前两天司徒康对自己说出的那句话。

放心吧,假期会有的……

司徒康那家伙,到底只是随口说了一句,还是意味着他知道一些关于"樱桃"的秘密呢?

这一刻路天峰终于明白,在九月二日登上"未来之光"号,是自己无法回避的宿命。

"罗局,我有一个大胆的计划。"路天峰先是思索了片刻,然后昂首挺胸,充满自信地说。

第一章
启 航

1

九月二日，中午十二点三十分。

路天峰家中。

陈诺兰看了一眼满满当当的行李箱，又看了一眼桌面上摆放的一排整整齐齐的试管和一台笔记本电脑大小的仪器，轻轻地叹了口气。

"这些东西实在是太占地方了。"

她想了想，从行李箱里面把外套和连衣裙拿出来，腾出位置，把那排易碎的试管装在厚厚的保护盒里面，塞进行李箱。

"这样就可以了……峰，你能帮我带上这台 RT 分析仪吗？"

没有等到回答。陈诺兰转过头去，只见路天峰呆呆地站在阳台边，看着远处，不知道在想些什么。

"你怎么啦？"陈诺兰走上前，握着路天峰的手。

路天峰回过神来，苦笑道："诺兰，我不知道这个决定对不对……"

"别说了,事到如今,难道还能反悔吗?"陈诺兰坚定地说,"这次我的身份可是你们警方的特聘顾问,毕竟通过 DNA 检测感知者身份的技术还很不成熟,你需要专业人士的帮助。"

"可是我心里总有一种不祥的预感。"路天峰叹了一口气,"这次旅程实在是危机四伏,我甚至无法估计会发生什么。"

"但你无论如何都会陪伴在我身边,对吗?"陈诺兰把路天峰的手握得更紧了。

"是的。"他用力地点了点头。

"那就够了。"陈诺兰踮起脚,亲了亲路天峰的嘴角。

路天峰搂住陈诺兰,在她的耳边说:"谢谢你。"

"不客气,只要你替我带上那台沉得像石头一样的 RT 分析仪就可以了。"陈诺兰故意嘟起嘴巴,假装生气的模样,"为了带齐分析设备,我可是牺牲了不少好看的衣服。"

路天峰拍了拍她的脑袋:"没关系,你穿什么都好看。"

陈诺兰哼了一声,忍不住脸上绽放的笑意,推开路天峰,转身继续收拾行李。然而,他的手不依不饶地从背后伸过来,温柔地环抱着她。

"别闹了,先让我把行李全部收拾好。"她又好笑又好气地说。

"诺兰,我绝对不会让你受到任何伤害。"路天峰的语气却是深情得一本正经。

"嗯。"

这时候,他们两人之间,已经不需要更多的语言。

九月二日,下午三点三十分。

D 城郊外,邮轮码头。

"未来之光"号停靠在码头边,从地面抬头往上望去,这艘邮轮就如同一座悬浮在半空的城市一样壮观。

路天峰和陈诺兰拖着两个行李箱，走进等候室，没想到这里早已人头攒动，热闹得跟菜市场一样。

"这么多人啊……不知道童瑶和奇哥到了没有？"

"到了，但我们暂时得假装不认识他们。"路天峰将手机递给陈诺兰，让她看了看屏幕上的照片。陈诺兰忍俊不禁，扑哧一下就笑出声来。

照片上的童瑶和章之奇穿着款式一模一样的天蓝色衬衫，上面布满了可爱的椰子图案。两人都穿着牛仔裤，戴着墨镜，童瑶头上是一顶夸张的草帽，而章之奇戴着一顶灰黄色的渔夫帽，一套不折不扣的情侣装。

"我还是第一次见到穿成这样的奇哥。"陈诺兰捂住嘴巴，努力克制着笑意，"他俩看起来比我们还像情侣啊。"

"像才对路，不像就糟糕了。"路天峰淡淡一笑，领着陈诺兰找了两个空座位，坐了下来。

实际上，这一次的行动性质非常特殊，国际刑警组织希望追捕"樱桃"的行动细节能够高度保密，所以他们的详细部署方案并没知会 D 城警方。路天峰唯一确定的信息是，雷·帕克和孙映虹两人将会是行动的负责人，而路天峰需要做好支援的准备。

说白了，其实 D 城警方并没有承担真正的任务，国际刑警之所以会联系他们，也只是走个流程而已。

而路天峰的另外一个目标，是登船参与时间机器拍卖活动的司徒康。虽然他搞不懂司徒康为什么要将关于时间机器的事情告诉自己，也不能确定时间机器是否真的存在，但有一点他是很清楚的，那就是自己不能放任司徒康为所欲为。直觉告诉他，"樱桃"登船的目的很可能跟司徒康一样，是为了时间机器而来，如果真是这样，他就更不能袖手旁观了。

因此，路天峰向罗局申请了一次特别行动权限，除了借调刑警队的童瑶之外，他还建议带上陈诺兰与章之奇这两名编外人员。建议陈诺兰参与行动的理由非常简单，她是目前国内顶尖的时间感知者检测技术研发人员，而这得益于她身边有一位很好的实验对象，即路天峰本人；而章之奇的网络技术和情报侦查能力极强，随机应变能力也是一流，加上之前的合作经历，足以证明他是一名十分可靠的同伴。

罗局爽快地答应了路天峰的请求，之前他将路天峰摆放在信息分析部门的闲职上，只不过希望藏起这把锋芒毕露的利刃，等到关键时刻再拿出来而已。近期关于时间机器的谣言满天飞，作为老一辈的传统警察，罗局自然是不太相信这些异想天开的东西，但他敏感地嗅到了这背后隐藏着的犯罪气息。

"这种传言虽然十有八九是假的，但万一成真，很可能会彻底毁掉我们正常运作的社会秩序，因此绝对不能掉以轻心。"罗局拍着路天峰的肩膀，语重心长地说，"小路，辛苦你们了，一定要注意安全。"

"罗局请放心，保证完成任务！"

"顺带提醒你们一点，你们四个人的特殊身份肯定瞒不过敌人，也不用刻意隐瞒，关键是不要暴露了国际刑警组织背后的布局。"

"换句话说，原来罗局您是让我们站在第一线，当靶子吸引敌人火力啊。"

"虚则实之，实则虚之，你们当然不是靶子，而是我所依仗的中坚力量。"领导说话就是有水平，让路天峰口服心服。

于是路天峰拨通了司徒康两天前留下的电话号码，电话的另外一端，司徒康似乎丝毫不感到意外，也没有追问他为什么会突然改变主意，只是轻描淡写地说了一句，预订船票的事情包在他身上。

这真是一趟处处透露着诡异气氛的旅程。

"各位旅客请注意，'未来之光'号登船通道现已开启，重复一次,'未来之光'号登船通道现已开启……"

一阵声音清脆的广播,把路天峰从回忆中拉回现实。

"出发吧!"

路天峰一手拉着行李箱,一手牵起陈诺兰。他觉得这一刻手中紧握着的,就是自己的整个世界。

2

九月二日,下午五点零五分。

未来之光号,第十八层,1803房间。

陈诺兰将手腕上的智能手环靠近门锁,电子门"嘀"的一响,应声解锁。她推开房门,随即下意识地惊叹道:"哇,好漂亮!"

路天峰也愣了愣,他和陈诺兰一样是第一次登上邮轮,在此之前特意上网查询过一些相关资料,据说邮轮上因为空间有限,房间格局狭小,会比较有压迫感。然而眼前这间豪华套房却宽敞明亮,房间还附带一个露台,站在露台上看着无垠的碧蓝大海,真是心旷神怡。

"果然名不虚传。"路天峰一边感慨,一边拿起小圆桌上的那瓶由服务生送来的红酒,"澳大利亚,玛格丽特河,玫瑰谷酒庄,这邮轮连附送的红酒都这么高档吗?"

这时候,他注意到瓶身贴了一张便笺纸,上面写着四个字:"合作愉快"。

没有落款,但路天峰还是意识到了送酒人的身份。小心起见,他快速取出电子感应仪,在房间里扫了一遍,以免服务生把某些"不必要"的东西也顺带送进来了。

还好,司徒康没有派人在房间里安装窃听器。

"丁零零——"房间的电话突然响起,把两人都吓了一跳。

"会是童瑶他们吗?"陈诺兰正想伸手去接电话,却被路天峰阻止了。

"我来吧。"路天峰在拿起听筒之前,关于来电话的人是谁,心里面已经有了一种预感。

果然,司徒康干涩的笑声传入耳内:"路警官,对房间和红酒还满意吗?"

"挺好的,谢谢你。"路天峰客套了一句。

虽然很好奇,但路天峰忍住了没有发问,为什么他们刚进房间一分钟,司徒康的电话就来了。

"我也住在这一层,1820房,刚才在走廊上看到两位进房间了。"司徒康仿佛能够读心一样,点破了路天峰心中的疑惑。

"是吗?很抱歉,我刚才没有注意到你……"

"那是因为我不想引人注目,稍微打扮了一下。"

"原来如此。"路天峰恍然大悟,看来司徒康非常谨慎,难怪自己没发现他。

"今天晚上就由我来做东,请你和陈诺兰小姐一起吃个饭吧。晚上七点半,在十二层的'味魂'日料餐厅见。"

"好的。"路天峰毫不犹豫地答应了。

"在这艘船上,路警官可以放心地使用智能手环消费,我替你预存了一笔钱,期待我们合作愉快。"

司徒康没有给路天峰再说话的机会,随即挂断了电话。

路天峰放下话筒,下意识抚摸着手腕上的智能手环。"未来之光"号在每位客人登船时,都会发放一个智能手环,按照尺码分为男款、女款和儿童款,并配有不同颜色的腕带供选择。路天峰选了最普通的黑色,而陈诺兰挑选了一个荧光粉色的。

智能手环的核心部件是一个银色金属外壳的轻便感应器,无须充电,防水防震,可以戴着它游泳和泡澡。感应器内部记录了客人的个人信息,除了最基本的房卡用途,还能够关联本人的信用卡资料,在船上各处刷卡消费。如果客人担心安全隐患,不愿意关联信用卡信息,那么也可以选择用"现金充值"的方式在感应器内存入一笔预付款,方便旅途当中进行消费。

按照司徒康刚刚的说法,他应该是自作主张替路天峰的智能手环充值了,只是不知道那家伙到底充了多少钱进去,路天峰觉得他需要尽快查清楚金额,然后向领导报备,以免日后引起不必要的误会。

"怎么啦?"陈诺兰察觉到路天峰的走神,手轻轻地搭着他的肩膀问。

"司徒康硬塞给我们一颗定时炸弹。"路天峰晃了晃手环,"这里面应该多了一笔钱,暂时还不知道具体金额。"

"钱?"陈诺兰很快也反应过来,"他是在想方设法逼我们跟他同流合污啊。"

"但这方法也太笨拙了,不太像司徒康以往的作风。"

"所以你觉得……"

陈诺兰的话,被门外传来的一阵敲门声所打断。

"咚咚咚——咚咚——咚咚咚——咚咚——"这有规律的敲门声,正是路天峰与章之奇约定的暗号。

"这下终于人齐了。"路天峰整了整衣领,露出笑容。

"路队,这房间也太超标了吧!"

没料到进门之后大呼小叫、左顾右盼的,是一贯沉着冷静的童瑶。反观章之奇,并没有流露出太多的情绪变化,只是默默地走到景观极佳的露台上,深深地吸了一口气。

"风景真不错。"章之奇淡淡地说道。

"要是正事能顺利解决的话,我完全不介意跟你们交换房间来住两天呢。"

"但我介意，路队和诺兰姐这房间配的可是一张双人大床！"童瑶倒是反应极快，一下子抓住了重点。

只是这句话说出口后，她突然有点害羞，脸唰的一下红了，让章之奇也是一时语塞。

路天峰干咳两声，将话题引回正轨，说道："好了各位，我们还是先来讨论一下今天晚上的具体安排……首先要告诉大家的是，司徒康已经约了我和诺兰，今晚七点半在十二层的'味魂'日本料理一起吃饭。我估计他会借此机会和我摊牌，说出他邀请我上船的真正目的。"

章之奇拿出随身携带的平板电脑，一边听路天峰说话，一边飞快操作着，屏幕上跳出"未来之光"号的设施分布图和行程安排时间表。

"'未来之光'号一共有六家餐厅，均为二十四小时开放。其中'幸福'中餐厅和'时光'西餐厅为免费餐厅，另外四家是收费餐厅，人均消费最高的，就是这家'味魂'日本料理。"

"再高档的餐厅也改变不了鸿门宴的本质，食之无味啊。"路天峰苦笑道。

章之奇又在电脑上连续点击了几下，屏幕上出现一行行的文字和数字，童瑶好奇地凑近一看，不禁惊呼："这是'味魂'的预约订座情况？你才上船多久啊，那么快就破解了人家的内部系统！"

"你们带我上船不就是为了做这事吗？更何况，破解工作又不是登船后才能动手，我前两天就做好准备了。"章之奇一副理所当然的语气，停顿了片刻，"看来这家日本料理实在是太贵了，今晚预订的客人只有不到十桌，更有趣的是，预订客人名单里面并没有司徒康，反而有这个——"

屏幕上显示的信息是：预订包厢，四位客人，1803房，路天峰先生。"

路天峰皱了皱眉:"看来司徒康很可能用了假身份,而且想尽量少留下痕迹。"

"你知道他住哪个房间吗?"

"同一层的 1820 房。"

这次轮到童瑶在她的平板电脑上操作,调出程序界面,没多久,就查到了 1820 房的住客登记信息。

"1820 登记的住客是中国籍男子康涛和日本籍女子水川由纪,看这位'康涛'的护照图片,他就是司徒康,而那个日本女子并没有在警方资料库里出现过,来历不明。"

"来历不明的女人?"路天峰立即想起了那位神龙见首不见尾的"樱桃",只见护照上的水川由纪是个圆脸、短发、小眼睛的女人,五官线条冷峻,嘴唇紧抿着,跟他想象中"樱桃"的样子大相径庭。

"既然司徒康预订了四个位置,那么是不是说我们今晚会见到她呢?"陈诺兰说。

"先不管司徒康,丁小刀那边的情况怎么样?"路天峰问童瑶。

"丁小刀住的是最便宜的普通房间,332 房,双人内舱,但只有他一个人登记上船,相信雷·帕克他们已经布置好盯梢了,不用太担心。"

"他们有把监控状况跟我们实时共享吗?"

"并没有,雷·帕克说……"

"我们只需要提供后备支援即可,我知道。"路天峰想了想,"查一下丁小刀今晚可能会去哪一家餐厅吃饭,你们也跟着去看看。"

"但是国际刑警那边不是让我们少插手吗?"

一旁的章之奇笑着插话:"这不算插手吧,船上就那么几家餐厅,免费的还只有两家,吃饭时碰巧遇上了也很正常嘛。"

路天峰点了点头:"奇哥这话说得在理。"

童瑶瞄了一眼屏幕上的活动安排时间表，说："对了，今天晚上七点半，'未来之光'号的启航仪式会在'幸福时光'宴会厅内举行，其实就是把'幸福'中餐厅和'时光'西餐厅拼在一起，这两家餐厅仅有一墙之隔，而且那道墙还能够移开，从而形成一个面积更大、更适合举办活动的宴会厅。据说启航仪式活动期间，宴会大厅内免费提供的菜式档次会跟收费餐厅持平，因此会吸引许多客人前往。"

"也是七点半吗？"路天峰下意识地看了看房间里的电话，"所以司徒康约我这个时间在'味魂'碰面，就是为了避人耳目？"

"还有一种可能性，司徒康会不会是出于某种原因，并不希望你参加启航仪式呢？"章之奇提醒道。

"路队，你们负责跟进司徒康，另外一边就交给我们吧。"童瑶抬头望向路天峰。

路天峰想了想，丁小刀的一举一动逃不过雷·帕克等人的监视，暂时可以放在一边，而司徒康的狡猾和无情他是见识过的，那家伙把底牌藏得很深，绝对不容小觑。就今晚的行动而言，还是按照童瑶的建议，兵分两路最妥当。

"好的，今晚七点半，分头行动。"

"对了，路队，诺兰姐，你们戴上这个。"童瑶拿出一对纽扣大小的微型麦克风和两个指甲大小的肉色金属贴片递给两人，"麦克风贴在衣领内侧，贴片贴在耳朵后方，用头发遮住。这可是最新一代的隐蔽式通信工具，比传统的耳机麦克风好使多了。"

陈诺兰充满好奇地看着这几个小玩意儿："贴在耳朵后面就能听到声音吗？"

"是的，只要耳膜能感受到振动，就能听见声音。"路天峰体贴地替陈诺兰戴好通信工具，又整理了一下她的头发，把原本就很不起眼的耳贴彻底挡住，"邮轮到了外海之后，手机信号将会彻底中断，我们要靠这个来相互联系。"

"明白了。"

"邮轮准备启航离港了吧？"路天峰问。

"是的，十八点正式启航。"童瑶答道。

"那大家可以回房间先休息一下，又或者四处走走，熟悉一下环境，随时保持联络。"

"好的！"童瑶和章之奇异口同声地应道。

3

九月二日，下午六点十分。

"未来之光"号，主甲板，船首观光台。

邮轮缓缓驶出D城邮轮码头。位于船首的观光台上挤满了兴奋的游客，大家都忙不迭地以远方即将融入海中的夕阳为背景，拍照留念，还有一些人走到停靠在主甲板上那架威风凛凛的黑色直升机旁边，摆出各种各样的姿态来自拍。

"这落日景色，美得简直不像是真的！"晚风拂面，陈诺兰牵着路天峰的手，发出由衷的感慨。又红又圆的落日已经接触到海平线，如同即将进入另外一个世界，令海与天的交界处渐渐呈现出一层层渐变光影。

"有些东西看起来不像真的，却是真的。"

"你是在说绕口令吗？"陈诺兰嫣然一笑。

"时间循环，时间倒流……这些东西听起来同样匪夷所思啊。"

"还有时间机器，以我所掌握的理论知识，实在无法理解有人能凭借一台小小的仪器改变超越人类认知维度的东西——时间。"

"所以你觉得所谓的时间机器拍卖会只是一场骗局？"

"我只是认为……"

然而他们的对话被人群里爆发的一阵喧哗声打断，两人循声望去，只见一位身穿黑色燕尾服的年轻男子，头戴高高的礼帽，背后还飘扬着一件款式夸张的大红色披风。黑衣男子手中像玩杂耍一般抛接着几个闪闪发光的小球，仔细一看才注意到，他抛接的小球数量由三个变成了四个，眨眼之间又变成了五个。男子突然双手往前一摊，不再接球，而在空中跳动的那五个小球逐一落入他的掌心，紧接着就在众目睽睽之下消失了。

"好！"围观群众又爆发出新一轮的喝彩，掌声不断。

"乍一看还以为是位杂技演员，没想到原来是魔术师啊。"路天峰低声说道。

魔术师优雅地向围观者鞠躬致意，然后用手势示意大家安静下来，看起来是要继续表演新的魔术。他从怀内拿出一副扑克牌，正准备打开的时候，人群中突然传来一声尖锐的高呼——

"啊……救命！"

众人吓了一大跳，只见一个身穿白色连衣长裙、头发凌乱的年轻女子，慌慌张张地向魔术师跑了过去。

"救命啊！"

陈诺兰下意识地靠在路天峰身上，而路天峰轻轻揽住她，安慰道："别怕，她是魔术师的助手。"

陈诺兰一时还没反应过来，就看到那个年轻女子和魔术师两人撞了个满怀，魔术师手中的扑克牌脱手，漫天飞舞着，而红色的披风将两人的身体全部遮住。

围观的游客惊呼不断，只见红色披风不停地晃动着，十几秒后，披风扬起，唯有那个年轻女子站在原地，身上的连衣长裙由白色变成了火红色，而魔术师竟然消失得无影无踪。

这时候大家才恍然大悟，拼命地鼓掌欢呼。

"真厉害啊！"陈诺兰拍了拍胸口，"刚才真把我吓坏了，但你是怎么看穿这个女孩的身份的呢？"

"因为她穿的鞋子。"路天峰指了指女助手的脚下。

陈诺兰这才注意到，女助手穿的是一双黑色的轻便平底鞋，跟身上的连衣裙风格完全不搭。

"哦，我明白了，因为她要以最快的速度跑过来，跟魔术师撞在一起，所以不能穿那些更适合配搭的鞋子。"

"没错，还有刚才她喊的那声'救命'其实不像是真的，人在危急之际，说话的声音会带着难以抑制的变化，而她喊得太清晰了。"

陈诺兰不得不叹服："你也很厉害嘛！"

"那当然，我小时候还学过两年魔术呢，刚才这个瞬间脱身魔术虽然表演得很漂亮，但我还是看出了一点端倪。"

"真的吗，他是怎么瞬间消失的？"陈诺兰瞪大了眼睛。

"他趁着扑克牌满天飞，披风遮挡观众视线的时候，身手敏捷地在地板上打了个滚，钻入围观的人群中，再站起来假装成普通观众。"

这个解释让陈诺兰无法信服，她连连摇头："不可能啊，魔术师的动作再快，也会被离他最近的几个人看到吧？再说如果最接近他的观众像我们一样依偎在一起的话，魔术师的逃跑路线岂不是会被挡住吗？"

路天峰笑而不语地看着陈诺兰，陈诺兰愣了愣，随即想到了问题的关键所在："我明白了，站得离魔术师最近的那几个人，也是他的托！"

"没错，完成一个效果华丽的魔术，其实需要很多人的协助，有时候我们根本分不清谁是观众、谁是助手，甚至有可能分不清谁才是魔术师……"

路天峰看着那个身穿红裙的女子，若有所思地说。

而他并不知道,此刻在甲板的另一端,有人正用望远镜观察着他的一举一动,并且仔细地盯着他的嘴唇,通过读取唇语的方式,了解到了他所说的大部分内容。

观察者放下手中的望远镜,回头说了一句:"这个路天峰果然名不虚传,我们不可以掉以轻心啊。"

暗处有人含糊地应了一声,甚至分辨不出到底是男是女。

九月二日,晚上七点十五分。

"未来之光"号,第十二层,"味魂"日本料理餐厅。

路天峰和陈诺兰比约定时间提前了十五分钟到场,没想到侍应带领他们进入包厢时,才发现司徒康和水川由纪已经先行抵达。

"路警官,陈小姐,我们又见面了。"司徒康热情地站起来,向路天峰伸出右手,"我们只是闲着没事,先来喝杯茶,没想到你们也同样迫不及待啊。"

路天峰象征性地跟司徒康握了握手,随即松开,客客气气地说:"司徒先生盛情难却,实在是让我惭愧。"

司徒康不以为然地摆摆手,双方各自入座。水川由纪一言不发,动作娴熟地为路天峰和陈诺兰沏茶,毕恭毕敬地递给二人。路天峰不禁认真打量着这位陌生的女子,她的皮肤是健康的小麦色,身穿宽松的休闲服,却遮掩不住小臂处结实的肌肉,沏茶倒水时双手几乎没有丝毫颤动,稳如泰山,足见力量之强。

司徒康注意到路天峰的目光,直截了当地说:"她叫水川由纪,跟随我很多年了,是个值得信任的人。她的表面身份是我的助理,也有人猜测她是我的情人,但实际上,她是我最忠心耿耿的保镖。"

水川由纪听了这话,竟有点害羞地垂下头,腼腆地笑了笑。随着她这一笑,原本了无生气的五官顿时散发出别样的魅力,让路天峰暗吃一惊。

"司徒先生手下真是强将如云。"路天峰奉承了一句。

"但我更需要你的帮忙。"司徒康一副敞开天窗说亮话的姿态，将一份剪报摆在路天峰面前，那正是三年前关于嘉华盛世劫案的报道，"因为这一次，我们有一位共同的敌人。"

路天峰正想说点什么，包厢外响起了轻轻的敲门声，紧接着，两名侍应捧着一盘盘精致的日式料理走进来。路天峰偶尔也会跟陈诺兰一起去吃日本料理，但如此讲究的还是第一次见识。侍应跪坐在榻榻米上，很有耐心地为他们介绍正确的用餐顺序和注意事项，说完之后，还将一份手写菜单留了下来，提醒他们不要搞混了次序，只有依次品尝，才能感受到食材的最佳状态。

只是没料到侍应刚刚退出包厢，司徒康立即夹起一只原本写在用餐顺序中间位置的寿司，随手蘸了点芥末和酱油，就扔进嘴里大快朵颐。

"两位，我这个人天生就不喜欢循规蹈矩，你们也随意吧，别那么多条条框框。"

路天峰当然听出司徒康话中有话，但他依然按照用餐顺序，夹起了开胃前菜，一边说道："司徒先生刚刚说的共同敌人，到底是谁？"

"哈哈，路警官不用试探我了，我知道你们是为了'樱桃'而来。"司徒康似乎下意识地哼了一声，"她也是我要对付的人。"

"你知道她的真实身份？"

"不，我不知道，但在嘉华盛世一案后，'樱桃'成了地下世界最具名气的'买手'，大家都说没有她搞不到手的货。那起惊天大案成了她的最佳广告，而目前她的收费价格已经是初出道时的十倍以上。这次是一个匿名美国富翁以天价聘请她作为代理人，登船参与时间机器的拍卖。"

路天峰默然无语，他很清楚自己也要拿出一点筹码来显示合作诚意,才有机会从司徒康身上获取更多信息,但到底该说什么、不该说什么,是个非常微妙的问题。

他夹起一块天妇罗,借此机会思考了片刻,说道:"我觉得'樱桃'不会直接出面,她会像三年前一样,找个替死鬼上台交易。根据目前的线索,我猜这个替死鬼叫丁小刀,是个职业赌徒。"

"丁小刀?"司徒康的眼内闪过一丝杀意,"我认识这个人。"

"你认识他?"这下子轮到路天峰好奇了,这世界难道真的就那么小吗?还是说,"樱桃"找丁小刀来帮忙另有深意?

"几年前在拉斯维加斯交过手,一场一百万美元进场费的赌局,最后被那个穿一身廉价西装的家伙赢走了两千多万。"司徒康似乎有些咬牙切齿地说道,看来那场失败令他记忆犹新。

"我还以为按照司徒先生的个性,不会喜欢赌桌上那种狂热到失控的氛围。"路天峰不着痕迹地揶揄了一句。

司徒康轻叹一口气:"过去的事情就别提了,你们下一步准备怎样做?"

"什么都不能做。"路天峰摊摊手,"他登船后并没有任何不正常的举动,也没有联络过谁,我们对'樱桃'仍然是一无所知,只能继续观望。"

司徒康看了一眼时间,说:"放心吧,八点钟之后,他就会有所行动了。"

"你凭什么那么肯定?"

"因为八点后邮轮驶入公海范围,赌场将会开放,像丁小刀这种人一定坐不住的。另外,我还收到了这样一张便笺——"司徒康把一张邮轮专用的便笺纸递给路天峰,上面用歪歪扭扭的笔迹写着几个大字:今晚九点,赌场VIP区,验货。

"验货?"路天峰皱起了眉头。

"卖家大概会在这个时间点启动他的时间机器,让有意的买家亲身感受一下时间倒流。"

"所以有资格参与拍卖的人必须是感知者……难道'樱桃'也是?"路天峰一下子想通了,如果"樱桃"能够感知时间线变化的话,那么就很容易理解她为何能够策划出天衣无缝的犯罪计划,并能轻松逃出警方的侦查范围了。

"卖家可以通过这一次的测试,筛选出真正有实力参与拍卖的人选,因此这艘邮轮上应该聚集了目前世界上表现最优异的感知者,包括你和我。"司徒康说话间,以茶代酒,举起茶杯与路天峰碰了碰杯。

清脆的碰杯声传入路天峰耳内,却有一种阴沉压抑的感觉。

将陈诺兰带在身边,真的是一个正确的选择吗?路天峰扭头看了一眼陈诺兰,她只是不慌不忙地将一块玻璃虾寿司送入嘴里,慢慢品尝起来。

看着她的侧颜,路天峰心头那股压抑的感觉顿时荡然无存,眼前的迷雾仿佛被一阵清风吹散,一切豁然开朗。

4

九月二日,晚上七点三十五分。

"未来之光"号,第十层,"幸福时光"宴会厅。

"想不到这里那么热闹!"章之奇拿着两份烤扇贝和一份龙虾意面,好不容易才挤出踊跃取餐的人群,坐回童瑶身边。

"你这人就喜欢贪小便宜凑热闹。"童瑶没好气地吐槽了一句。

"我说,这种场合不去凑热闹也太反常了,很容易引人注目的。"章之奇笑嘻嘻地把那巴掌大的烤扇贝递给童瑶,圆圆的贝肉被烤成淡淡的金黄色,上面撒着葱花和蒜末,色香味俱全,煞是诱人。

童瑶接过扇贝，轻声道谢，目光却总是有意无意地瞟向相隔数张桌子的不远处——丁小刀正一个人坐在盆栽旁边的角落里，安静地吃着自己面前的一碟炒饭。

"我说你也是老警察了，难道还不懂在盯梢时不能一直紧盯着目标吗？放松点，别老看他。"章之奇嘴里塞满了东西，含含糊糊地说。

"你才老呢！"童瑶狠狠地瞪了他一眼，"你不觉得丁小刀的表现太奇怪了吗？"

"哪里奇怪了？我看他简直正常得不能再正常了。"

"这才是最奇怪的地方啊！丁小刀可是千里迢迢特意飞到D城登上这艘邮轮的，他一定是带着某项任务而来，但你看他这副优哉游哉的样子，完全就像是在度假嘛！"

"没准人家真的是在度假。"章之奇的口气突然变得严肃认真起来，"丁小刀和'樱桃'之间存在某种关联，这只是国际刑警方面的推测，并没有实质性的证据。"

"不会吧……"童瑶一下子愣住了。

"一切皆有可能。不过我猜丁小刀表现得如此低调，更可能是另外一个原因——"章之奇拿起餐巾纸，擦了擦嘴角，"他还没站在自己熟悉的战场上。"

"赌场应该是晚上八点钟开放，时间也差不多了。"童瑶立即领会到章之奇所指。

"所以问题来了，之前一直乖乖待在房间里面的他，为什么特意在这最热闹的时间跑出来吃饭？要知道船上的餐厅都是二十四小时营业的，赌场里也有餐饮提供——"

童瑶看了一眼摆在自己面前的龙虾，恍然大悟："而且丁小刀还只吃了一盘炒饭，所以他并不是贪图美食而来的。"

章之奇自信满满道："走着瞧吧，等下一定会有好戏上演。"

仿佛是在回应章之奇的话语一般，大厅内的灯光突然暗了下去，而中央舞台上的灯光则显得分外醒目，四周响起了热情洋溢的欢快舞曲，一名意气风发的年轻男子随着音乐的节拍，大步迈上舞台。

"大家好，欢迎各位参加'未来之光'的首航之旅！首先请允许小弟做自我介绍。我叫杜志飞，你们可能在报纸杂志上见过我的名字，媒体朋友喜欢称呼我为'邮轮大王之子'，而我本人希望在不久的将来，能省去最后面的两个字。"

杜志飞，邮轮大王杜家浩的独生子，也是杜氏家族未来的掌舵人。他做事作风高调，多次因为超速驾驶、夜店幽会等花边新闻登上报纸，是个争议不断的网络红人。他最近一次刷爆社交网络，是因为大半年前结交了一位新女友——电影新人贺沁凌。没想到这一次他竟然认认真真地谈了好几个月恋爱，没有爆出分手传闻，据说他还准备投下巨资聘请知名的导演团队，为女朋友"量身定制"一部院线大片。

"这花花公子原来就长这样啊。"童瑶冷冷地吐槽了一句。

"怎么听起来有点不满意？"章之奇好奇地问。

"他不是隔三岔五地换女朋友吗？我还以为有多帅呢，现在看来，最关键的还是他家里有钱吧。"

章之奇笑了："那当然还是你的男朋友我更帅一些。"

童瑶没理会章之奇的玩笑，转过头在黑暗中寻找丁小刀的身影，然而刚刚丁小刀所在的位子，现在已是空无一人。

"丁小刀呢？"

"灯光一暗下来，他就离开了座位。"

"你看到了干吗不提醒我？"童瑶有点生气地提高了音量。

"因为我目前想要仔细观察的目标不是丁小刀，而是他。"章之奇扬了扬下巴，望向台上的那位纨绔子弟。

童瑶本想问为什么，但她没有开口。因为她也感受到了，在舞台上洋洋洒洒、口若悬河的杜志飞，浑身上下都散发着一种奇妙的魅力，仿佛能把所有人的注意力都吸引到他身上。原本说不上俊朗的五官，在他意气风发的演讲衬托之下，也越看越顺眼。

"……最后，希望各位能够尽情享受这趟旅程，如果对邮轮上的服务有任何建议和意见的话，欢迎直接和我本人联系，接下来的几天时间内，我就是你们的专属客服人员。"杜志飞结束了自己的演讲，举起手中的酒杯，向在场的客人祝酒，然后把杯子里的红酒一饮而尽。

宴会厅的灯光重新亮了起来，童瑶眼尖地注意到，丁小刀原来就站在舞台的下方，双手插在裤袋里，静静地盯着台上的杜志飞。但随着灯光的亮起，丁小刀马上低下头，脚步匆匆地离开了。

"不管他吗？"童瑶其实猜到章之奇会怎么回答，但还是忍不住问了一句。

"不管他，先填饱了肚子再说。"章之奇微笑说道，然而他的下一句话却出乎童瑶的意料，"吃饱喝足之后，我们去赌场碰碰运气。"

九月二日，晚上八点零五分。

"未来之光"号，第十二层，"味魂"日本料理餐厅。

豪华包厢内只剩下路天峰和陈诺兰两个人，司徒康说他要为晚上九点的"验货"工作提前做好准备，带着水川由纪先行告退。本来就是一场气氛尴尬的鸿门宴，路天峰自然也不做任何挽留，反倒是司徒康临别时的一句话，让他有点在意。

"路警官，虽然这顿饭是我请客，但结账的事情还得麻烦你。"他边说边指了指手腕上的智能手环。

路天峰想起了刚登上船时，司徒康就透露过自己的智能手环里面是有一笔预付款的，而他一直没空去查询具体金额。

于是路天峰让侍应生前来结账，顺带要求她帮忙查一下余额。

"先生您好，本次消费八千八百块，已经从您的账户余额中扣除了。"

"多少？"虽然早就做好了心理准备，但路天峰还是没料到人均消费竟然要两千多。

"八千八百块，包含税费和服务费。另外，先生您最新的账户余额为四百九十九万一千两百块。"女侍应毕恭毕敬地回答。

路天峰惊愕得连反问的话都说不出口了。五百万，司徒康在这个账户里头存入的金额，足以让他被纪检组和内部监督组列为重点稽查对象。

"这钱我怎么向领导解释啊？"路天峰不禁苦笑起来。

陈诺兰若有所思地说："峰，我觉得司徒康硬塞给你这笔钱，一定另有深意。"

"是的，那家伙真是摸不清，看不透……"

"不过我们会逐渐揭开他的真面目的。"陈诺兰手里拿着两张测试卡纸，在路天峰面前晃了晃。

"这是什么？"

"在他们两人喝过的杯子上分别做了个DNA取样，等会儿回到房间后，可以分析一下他们到底是不是时间感知者。"

"啊，我差点忘了这事。"路天峰拍了拍脑袋。

根据之前交手时的种种迹象，司徒康无疑是时间感知者，但水川由纪呢？如果那个日本女人也是感知者，问题无疑会变得更棘手。

"哼，你忘了没关系，我可是清清楚楚记得自己是来干吗的。"

"那我们先回房间吧，等会儿我还得去赌场一趟……话说，奇哥和童瑶那边怎么一直没有动静呢？"

九月二日，晚上八点十五分。

"未来之光"号，第八层，赌场。

从未踏足赌场的人，很难想象这个世界上为什么会有那么多人愿意把自己的全部身家性命，押在几张薄薄的扑克牌、几颗活蹦乱跳的骰子和围绕着轮盘疯狂奔跑的钢珠上。但只要你迈入这个纸醉金迷的疯狂地带，你就会不由自主地将注意力投向那些突然暴富的赌客。看着他们手中的筹码翻倍，翻十倍，甚至翻一百倍，你自然而然地就无视了那些眨眼之间输得精光的人，一味沉溺于对金钱的幻想之中。

所以俗话说得好，想要不在赌场里输钱，最好的办法就是不要进入赌场。

但即便如此，赌场依然永远不愁客源，因为无论有多少足够冷静和理性的人，空想家和冒险者永远都存在。

"我要兑换一万筹码，全部要最小的筹码，谢谢。"章之奇将他的手环放置到扫描器下方，"嘀"的一声，扣费手续完成，工作人员递给他一百个红色的筹码。

第一次进赌场的童瑶大吃一惊，用手肘轻轻撞了撞章之奇："你疯了吗？兑换那么多筹码，这钱可不能报销啊。"

"装个样子呗，我保证最多只花一千块。"

"你真能忍住吗？"童瑶不禁表示怀疑，即使她身临其境短短几分钟，也足以感受到赌场内到处弥漫着毫无节制的狂热气氛。

"连手中筹码都拿不稳的人，进赌场不是找死吗？"章之奇笑了笑，还补充了一句，"不过说实话，在场超过百分之九十的人，确实是来送人头的。"

"常言道，十赌九输，然而最大的问题就是，每个赌徒都认为自己会是赢钱的那十分之一。"

"放心吧，我可不是赌徒。"章之奇将大部分筹码放进口袋里，只拿着两枚红色筹码在手，径直往赌博区走去。

在赌桌附近，童瑶看见了一位熟人，国际刑警雷·帕克。两人只在局里的会议室见过一面，没有什么私下交流，当时雷·帕克给她留下的初步印象，是一个一板一眼的男人。而今天的雷·帕克穿着黑色制服，胸前别着工作证，化身为赌场安保人员，看上去也毫无违和感。

顺着雷·帕克的目光，就能找到坐在一张赌桌旁的丁小刀。他依然是那副不显山不露水的样子，手里拿着一沓筹码，一言不发地看着荷官。那张赌桌玩的是扔骰子猜大小，童瑶曾经在电影里面看过这个，大概知道是怎么玩的。

"等我去会会他。"章之奇加快脚步走上前。

"哎？"童瑶光想着雷·帕克和丁小刀这两人，走了走神，想阻止章之奇的时候已经来不及了。

这时候赌桌旁恰好空出一个位置，章之奇拿着两百块的筹码，大大咧咧坐了下去。章之奇身边是个打扮得花枝招展的中年女人，她瞄了一眼章之奇手中的红色筹码，轻轻嗤笑了一声。

章之奇假装没听见，调整了一下坐姿，还打手势让服务员送来一杯苏打水，然后才把两枚筹码摊开，摆在自己面前。

"不下注吗？"童瑶已经来到章之奇背后，小声地问。

"先等等。"章之奇盖住了筹码。

童瑶注意到，赌桌旁大概只有一半左右的人在这局里下注了，剩下的都是旁观者，包括丁小刀在内。

随着荷官做了一个停止下注的手势，赌桌上的投注区四周开始闪烁。几秒之后，闪烁停止，骰盅打开，电脑自动识别出三颗骰子随机滚动的结果，赌桌某些区域亮起灯光，让人一眼就知道自己是否押中。

"五五六，十六点，大！"即使高科技已经足够完成所有流程，大家依然喜欢听荷官清脆利落报出点数的声音，仿佛这声音里带着魔力，让胜者更兴奋，败者也迫不及待地想再来一把。

荷官以娴熟的手法收走那些没有押中结果的筹码，然后又分派出中奖筹码，短短半分钟之内，赌桌旁的客人便完成了一次小规模的资产转移。

新的一局开始了，这一次，丁小刀默默地拿起两枚红色筹码，放在"大"的区域上，而章之奇立即做出反应，把手中两枚筹码放到了"小"那边。

"你非要跟他作对吗？"童瑶凑到章之奇耳旁，悄声说道。

"这都被你看出来了？"章之奇嘿嘿一笑，不再说话。

一轮投注结束后，荷官打开骰盅，朗声说道："一三三，七点，小！"

章之奇拿回四个红色筹码，笑逐颜开，而丁小刀的脸上毫无波澜。接下来，丁小刀跳过两轮赌局，没有下注，章之奇则同样按兵不动，直到丁小刀把四个红色筹码押在"大"的区域的时候，章之奇才急匆匆地押下四个红色筹码在"小"的区域里。

章之奇下注后，还冲丁小刀点了点头，后者却视而不见，连眉头都没皱一下。

骰盅打开，结果又是"小"。

章之奇一开始扔下去的两百块，已经变成了八百块，他春风得意地把玩着手中的筹码，向童瑶说："怎么样，我的技术不错吧？"

"这纯属运气吧，哪来的技术？"

赌桌上的博弈在继续，丁小刀再次选择休战两轮，在第三轮到来的时候，才在"大"的里面押下了八百块。这一次，章之奇却改变了战术，只在"小"的那边投了一百块。

"三四五，十二点，大！"

童瑶的眼睛亮了亮。她也是聪明人，自然看出了其中的窍门。

"丁小刀只要保证每次投注额比上一盘翻倍，就能保证整体盈利，除非运气实在太差，每一盘都输。"

"是的,这是猜大小这种赌博方式的所谓'必胜法',而保证让你赢钱的唯一条件,就是你有足够的钱可以支撑自己不断翻倍投注。但实际上,赌场通常有单局最大投注额的限制,让你无法通过这种方式来稳赚钱。"

说话间,丁小刀竟然默默地站了起来,收走自己的筹码,离开了赌桌。童瑶不解地问:"怎么回事?"

"他这种级别的赌徒,怎么会想玩猜大小,我估计他只是一时技痒,在这里消磨时间而已。既然是消磨时间,当然不会选择有高手同场竞技的赌桌,何必跟自己过不去呢?"章之奇最后总结了一句,"丁小刀对自己的投注策略和情绪都把控得相当好,确实是一流的赌徒。"

童瑶不禁扑哧一笑:"看你给自己戴这高帽,听起来就像你跟丁小刀的赌博技巧旗鼓相当似的。"

章之奇耸耸肩,也起身离开座位,脸上挂着神秘的微笑。

"你知道当年D城历史上涉案金额最大的网络赌博案,是靠一名警员卧底赌窝十五个月才顺利破获的吗?"

"听说过……莫非那人是你?"

"懂不懂纪律,这种事是能说的吗?"没想到章之奇反过来将了童瑶一军,把童瑶气得不轻。

就在此时,赌场里爆发了一场小小的骚动,不少人都往同一个方向挤去,看这势头就好像追星的粉丝遇上了自己的偶像。

章之奇和童瑶交换了一下眼神,走上前才发现,原来是大老板杜志飞带着他的女朋友贺沁凌,手挽手地走进赌场。

杜志飞一边走一边和围观的客人握手,并送上邮轮专属的优惠券,贺沁凌则是笑容满面地连连挥手,偶尔停下来签个名。两人硬生生把赌场入口处这一段路走出了奥斯卡红地毯的感觉。

"真是太高调了。"章之奇嘀咕了一句。

"人家有高调的资本嘛。"童瑶说罢,章之奇却没有接话,她不由好奇地扭过头,注意到他的目光锁定在一袭橙色露肩长裙、全身曼妙曲线尽现的贺沁凌身上。

嘀,男人。

"你发现没有,她做过整容。"章之奇没头没脑地说了一句。

童瑶登船之前做足了准备功课,她还依稀记得贺沁凌曾经在韩国断断续续地当了三年的练习生,只不过最终没能在激烈的竞争中脱颖而出,只好灰溜溜地回到国内发展。既然她在医学整容发达的地方生活了好几年,那么脸上动过刀子也是正常的。

"整容也没什么大不了的吧?"

"没什么,只是让我想起了那个没人知道她相貌的女人。"

童瑶闻言愕然,难怪章之奇似乎特别在意杜志飞和贺沁凌。

"你怀疑她有可能是'樱桃'?这也太异想天开了吧?"

"谁知道呢?要是我们能进去看看热闹就好了。"章之奇目送充满明星做派的两人走进赌场的VIP区域,暗自惋惜。他很清楚这里的规则,赌场的VIP区需要客人手腕上的智能手环里至少有五十万美元的余额,又或者绑定了具有同等额度的信用卡、电子银行账户方可进入,远超普通人的消费能力。

"哦,我有办法进去啊。"童瑶不以为然地说,语气就好像只是到便利店买杯咖啡一样轻松,着实让章之奇大跌眼镜。

"真的吗?"

"跟我来。"

5

九月二日，晚上八点三十五分。

"未来之光"号，第八层，赌场，VIP区休息室。

雪白的骨瓷茶具，特等西湖龙井，意大利产的全套真皮沙发，连墙上挂着的装饰画也是莫奈《查令十字桥》的一比一复制品，处处透露着奢华的气息。

"有钱真好啊。"章之奇用手指轻轻弹了弹杯子，发出清脆的响声，"你也该告诉我为什么你的手环能进来了吧？"

"路队差不多要到了吧？"童瑶故意顾左右而言他，不回答章之奇的问题。

这时候，休息室的门被推开了，走进来的人正是路天峰。他显然有点困惑，一开口就问："你们怎么跑到这里了？"

童瑶得意地扬了扬手中的智能手环："前段时间局里不是破获了一起跨国信用卡诈骗案吗？我从截获的数据库里借用了一张'无限黑卡'的卡号，能骗过VIP区入口处的检测系统，但不能进行真正的消费。"

"这样也行？"路天峰失笑道。

章之奇恍然大悟："原来一刷卡就会露馅，难怪你不准我去兑换筹码……倒是阿峰，你怎么一个人进来了，诺兰呢？"

刚才三人利用通信工具进行了简短的交流，路天峰得知两人已经混进赌场VIP区后，主动提出在休息室见面，那就证明他知道自己的手环肯定也能通过检测。

"诺兰留在房间里做检测，而我能进入VIP区的原因是司徒康在我的手环里充值了五百万。"接下来，路天峰言简意赅地把自己和司徒康交谈的内容快速总结了一下。

"在这里验货?"听完路天峰的讲述后,章之奇不禁皱起眉头,然后把他对贺沁凌的猜测说了一遍。

路天峰脸上的表情愈发严肃,他示意两人靠近一点,压低声音说:"其实有个问题一直困扰着我——时间机器的卖家为什么要挑选邮轮作为拍卖地点?这可是全封闭的空间,万一有什么风吹草动,卖家就不怕交易过程中出事吗?"

童瑶和章之奇都沉默不语,陷入了思索。

"我觉得最为合理的解释,就是卖家认为选择在'未来之光'号上面交易,他可以拥有'主场之利'。"

这里是谁的主场?

一副游手好闲、标准草包富二代模样的杜志飞,还是他身边那小鸟依人的贺沁凌?

"但看这两人的背景和履历,跟研发时间机器八竿子都打不着吧?"童瑶提出了她的质疑。

"反正能进 VIP 区的客人并不多,我们就分头闲逛一圈,看看这里到底有些什么人在吧!"路天峰提议道。

VIP 区划分为若干个小房间,每个房间内只有一张赌桌,玩一种游戏。房间并没有限制进出,毕竟能进入 VIP 区的人非富则贵,谁都得罪不起,分成那么多个独立房间,只是为了保持安静,互不干扰而已。因此路天峰和童瑶、章之奇兵分两路,逐个房间查看,留意一下有什么行止可疑的客人。

很快,他们惊讶地发现,杜志飞、贺沁凌、司徒康、水川由纪、丁小刀,这五个被列入关注名单的人,竟然坐在同一个房间里面。

九月二日,晚上八点四十分。

"未来之光"号,第八层,赌场,VIP 区八号室。

这里正进行得如火如荼的赌局是轮盘游戏,而在这个房间内端着盘子、随时准备提供服务的工作人员,恰好是经过一番乔装打扮的国际刑警孙映虹。

关注对象都凑到一起了,这到底是巧合,还是另有原因?

赌桌上还坐着三个身份未明的陌生人,其中一个是金发碧眼的外国男子,身材高大,留着大胡子,年约四十岁上下;另外两人看起来是一对情侣,二十多岁的样子,虽然很年轻,但全身上下清一色的奢侈品牌,生怕别人不知道他们家有钱似的。

在轮盘游戏中,还有一个辨认某两个人是否同伙的方法:为了方便区分投注者,玩轮盘时每个人需要使用不同颜色的专用筹码下注,如果两个人关系足够亲密的话,就有可能共享同一份筹码。

路天峰注意到,杜志飞和贺沁凌用的都是红色筹码,那对年轻男女一起用着绿色筹码,丁小刀一个人使用黄色筹码,金发大叔使用白色筹码。有意思的是,司徒康和水川由纪并没有共享筹码,前者拿着黑色,后者拿着蓝色,两个人就像互不相识那样各自下注。

八个人隐约分为六组,路天峰突然有个异想天开的脑洞,这赌桌上的人,难道就是买卖双方吗?路天峰又回想起一个细节,司徒康向他展示的便笺上并没有写明要来玩轮盘游戏,那么司徒康会不会还收到了额外的信息,却没告诉他呢?

路天峰一再提醒自己,绝对不可轻信这个男人说的任何事情。

然而,这八个人并没有过多的交流,一直在埋头赌钱。杜志飞似乎有点心不在焉,时不时就会玩一下手机,很少下注,就算下注也只是放下一两枚筹码,但贺沁凌就不一样了,她几乎每轮都下注,而且每次下注都会押至少五个数字,有时候甚至会押十多个数字,一掷千金,气势十足;丁小刀和金发大叔策略相近,都谨慎出手,偶尔还会跳过下注;年轻男女之间经常窃窃私语,两人似乎为如何下注各执一词争论不休;司徒康每轮都固定押一枚筹码,每次只押单双数，输赢都是一枚筹码的事情，看起来有点心不在焉；水川由纪则玩得特别投入，每轮都最后一个下注，等其他人下注完毕后，她再挑选没人选择的数字来下注，让赌局的胜负悬念更强。

房间内连同路天峰三人在内，还有十几个人在旁围观并议论纷纷，仔细一听，大部分人的关注点都放在外貌甜美而赌风彪悍的贺沁凌身上。不知道为什么，路天峰总觉得贺沁凌看起来有点眼熟，但偏偏想不起自己曾经在哪里见过她。

"你觉得这里谁最厉害？"章之奇低声问童瑶。

童瑶想了想，说："这不是一个纯看运气的概率游戏吗……还有厉害不厉害的说法？"

"即使概率游戏，投注策略还是很有技巧的，不过现场最厉害的人毋庸置疑，一定是杜志飞。"

"为什么？哦，我明白了，因为他是这里的老板！"童瑶茅塞顿开。

"是的，轮盘游戏的最大赢家是庄家，别看贺沁凌闭着眼睛往里面乱扔钱，但有一个最关键的因素你别忘了，这里可以说是她自家的赌场，她拿筹码的成本约等于零。"路天峰解释道。

"更何况贺沁凌这样玩，把赌桌的气氛搞得火热，其他人也会忍不住多投注，庄家赚得更多了。"章之奇补充了一句。

"可是……好像其他人的下注额也不算很夸张啊？"童瑶不解地问。

"那只是因为他们每个人都是稳得住的老狐狸。"章之奇内心也暗暗惊叹，丁小刀倒也罢了，想不到另外几个人也很沉得住气，包括那对年轻情侣，看似毛毛躁躁，一直在拌嘴，实际上他们把下注额控制得很好，绝非等闲之辈。

路天峰现在越来越确信，能够坐在这张赌桌上的人，十有八九和时间机器的交易有关联。

恰逢一轮终了，贺沁凌站起身来，在杜志飞耳边悄悄说了句什么，杜志飞点了点头，没说话，然后贺沁凌就转身款款离去。

既然杜志飞不作陪同，那么贺沁凌很可能只是去上个洗手间或者补妆之类的，但路天峰依然不敢怠慢，向童瑶打了个眼色，童瑶心领神会，悄悄地跟了过去。

"那么谨慎啊？"章之奇自然也看明白了路天峰的安排。

"小心为上，这房间里面的每个人都很可疑……甚至包括旁边围观的客人。"

"是吗？我倒觉得看热闹的这帮家伙里头，可能有好几个是国际刑警的人。"

路天峰眉头一皱，问："为什么？"

"纯属个人直觉。那几个人既不像有钱人，也不像赌徒，但他们又能进入VIP区，最合理的解释就是他们是来'工作'的。"

路天峰心头的不安愈发浓烈起来："想要进来'工作'的人，可不光有国际刑警。"

章之奇神色倏地一凛，随即想到了另外一种可能——

这场交易之中，除了买家和卖家，还可能会有抢劫者、破坏者，甚至谋杀者……

钢珠在轮盘上飞快地滚动着，在三十八个数字之间弹跳，没有人知道几秒之后，幸运女神将会眷顾谁。

更没有人注意到幸运女神身后不远处，正站着死神。

九月二日，晚上八点五十五分。

"未来之光"号，第八层，赌场，VIP区八号室。

路天峰看了一眼时间，用力地吞咽着口水。离指定的验货时间还有五分钟。

赌桌上的气氛也在不知不觉间发生了微妙的变化。贺沁凌去了一趟洗手间回来，脸上反倒多了一丝疲态，下注时也没之前那么积极了。

童瑶悄悄告诉路天峰，刚才贺沁凌只是去洗手间补了个妆，并没有发生什么特别的事情，这样一来，她身上的改变更让人费解了。

赌桌上的其他人下注也谨慎了不少，显得心事重重，唯有丁小刀和司徒康的下注策略依然毫无变化，稳定得像机器人一样，同样令人生疑。

又一轮游戏结束，这次钢珠落入了没有任何人下注的数字"17"内，除了押了单数的司徒康赢回一枚筹码，其余下注者竟然全军覆没。

司徒康微笑着接过赢回来的筹码，伸了个懒腰，自言自语地说："好像该休息一下了。"

说罢，他却没有站起来，仍旧坐着观察赌桌上其他人的反应。

然而，好像没有人听见司徒康刚才说了什么似的。他们分别在聊天、喝水、整理筹码、发呆……就是没有人看司徒康一眼。

这假装出来的不在意，反倒显得非常刻意，赌桌上的气氛一下子变得肃杀凝重。大概所有人都在这一刻明白了，在场的很可能就是自己的竞争对手，他们在这里相聚绝非偶然。

离九点还有不到一分钟的时间，荷官示意新一轮下注开始。出乎意料地，每个人都攥紧了手中的筹码，迟迟不肯下注，这可是在轮盘游戏中极其罕见的情况。

最后，还是杜志飞以主人家的姿态打破了僵局，在数字"28"上面下注两枚筹码。

"我喜欢这个数字，因为我在二十八岁的时候，赚到了人生中的第一个亿。"

没有人搭话。

荷官眼见大家都不想再下注了，也只好宣布投注结束，按下轮盘的启动按钮。银色弹珠一跃而出，在疯狂转动的轮盘上反复蹦跳。

还有五秒。

弹珠的速度越来越慢。

四,三,二,一。

九点整。

6

第一次时间倒流后。

九月二日,晚上八点四十五分。

"未来之光"号,第八层,赌场,VIP区八号室。

"……但他们又能进入VIP区,最合理的解释就是他们是来'工作'的。"

章之奇的话只有后半句,硬邦邦地插入路天峰耳中,而他愣了好几秒钟,才回过神来。

时间倒流了!

路天峰赶紧确认时间,八点四十五分——时间向后倒流了十五分钟!

"阿峰,怎么回事?"章之奇察觉到路天峰的脸色不对,赶紧问道。

"时间……往回跳了十五分钟。"

"什么?你的意思是,这船上真的有时间机器?"

"不管是人还是机器,反正有人有办法让时间倒流。"

"那我们怎么办?"章之奇问。

"观察参与赌局的人……我还记得接下来几轮的结果。"路天峰在心中飞快地回忆了一遍,然后复述出来,"35,2,9,到这时候,刚才离开的贺沁凌会回来重新加入赌局,接下来会开出13,然后是

17……"

"还记得每一轮是谁赢钱了吗?"

"35这一轮,是那对年轻情侣赢得最多。"

路天峰的话音刚落,弹珠果然停在了数字"35"的位置,押中数字的年轻情侣高兴得跳了起来,水川由纪默默低下头,丁小刀不以为意地嚼着口香糖,金发大叔似乎在沉思……眼前的一切都和十五分钟前路天峰经历过的一模一样。

按照司徒康的推测,登船参与时间机器拍卖的人,要不就是感知者,要不就会带上一名感知者帮忙,那么赌桌上应该有不止一名感知者。难道每个人的演技都那么好,能完美地再一次重复时间倒流前自己所做的一切?

"有点不对劲。"路天峰的额头冒出了冷汗。

"什么地方不对劲?"

"看不出来,这种感觉才是最糟糕的。"

作为一名普通人,章之奇真不知道这种时候该说什么才好。

接下来的两轮轮盘游戏结束,结果自然是2和9,而且每个人的表现都没有显出异常。路天峰总觉得其中某些人一定是在演戏,就像司徒康,他百分百是在假装成没有经历过时间倒流的样子,但不得不承认他还演得挺好的。

不知道这赌桌上唯一挂着演员头衔的贺沁凌,演技又如何呢?

路天峰下意识地回头张望了一下,这应该是贺沁凌返回赌桌的时间点,童瑶也会紧接着回来,但房间的大门却一直没有打开。

怎么回事?

"本轮投注结束。"荷官朗声道。

这也意味着,时间倒流后,该发生的事件第一次出现了偏差。

贺沁凌和童瑶都没有回来。

路天峰退到墙边,用通信工具呼叫着童瑶:"童瑶,童瑶,请回答。"

没有任何反应。

章之奇也深知事态不妙，说："让我去看看吧。"

"我们一起去。"

"你不用留下来盯着这里？"章之奇反问。

"先去那边看看，好歹这房间里头的人还会相互牵制。"路天峰离开之前，特意瞄了一眼司徒康。这一次，司徒康终于没有继续演戏，而是流露出迷惑的眼神。

九月二日，晚上八点五十分。

"未来之光"号，第八层，赌场，VIP区洗手间。

路天峰和章之奇匆匆忙忙赶到洗手间门外，一路上没看见任何人，路天峰再次呼叫童瑶，却依然没有回应。

"请问里面有人吗？"路天峰往女洗手间内高喊，然后又换成英文再喊了一遍，依然没有任何回音。

"直接冲进去吗？"章之奇还是有点犹豫，要是里面还有其他女性客人的话，那可不是一句对不起就能完事的。

"你们在干吗？"两人身后响起一个冷冰冰的女声，回头一看，原来是假扮成工作人员的孙映虹紧随而来。看来她的直觉也很敏锐，机警地察觉到两人突然离去必有隐情。

"我担心洗手间里面有情况，麻烦你进去看一眼。"路天峰没有过多的解释，直截了当地提出了请求。

孙映虹虽是满心疑窦，但也没问太多，迈步走了进去。

"你们进来吧……"大概十来秒后，孙映虹语气平静地说。

路天峰和章之奇交换了一下眼色，这过分平静的语气让他们有一种不祥的预感。

刚一进入洗手间，就能闻到淡淡的香薰之中，隐藏着一股血腥味。孙映虹站在其中一个门已打开的隔间外,止步不前。两人低下头就看见雪白的地板上,流淌着一片暗红。

"童瑶!"

可怕而诡异的一幕冲入眼帘,令路天峰大步上前。

隔间内有两个浑身鲜血的人:童瑶坐在合起盖子的马桶上,低垂着头,生死未卜;而身穿橙色连衣裙的贺沁凌则跪在地上,整个人向前扑倒,头靠在童瑶的膝盖附近,脑袋和身体之间扭成一个奇怪的角度,恰好能让众人看清楚她的脸。只见贺沁凌的脖子上有一道又长又深的血口子,一双眼睛睁得又大又圆,粉色的舌头从嘴边滑出,五官扭曲,表情惊恐,似乎她直到临死前的最后一刻,还对自己目睹的一切感到难以置信。

路天峰的脑海里涌起一阵强烈的眩晕,为什么会这样?为什么只是短短十五分钟的时间倒流,就让一切都改变了?

地板上的鲜血还在缓缓扩散着,漫延到路天峰脚下。

"请求增援……重复,请求增援。"

耳边响起了孙映虹呼叫同伴的声音,除此之外,路天峰什么都听不见,什么都感觉不到了。

此刻唯一让他稍感安心的是,他似乎看见童瑶的胸口仍在微微起伏着。

千万要,活下去啊!

第二章
迷雾

1

九月二日，晚上九点零五分。

"未来之光"号，第八层，赌场，员工休息室。

在这个陈设简单的小小房间内，充斥着剑拔弩张的气息。

"告诉我，你们到底在搞什么鬼！"雷·帕克脱掉了西装外套，又解开了领带和衬衫最上方的纽扣，面红耳赤地大喊大叫着，露出了平日难得一见的狼狈姿态。

"童瑶到底怎么样了？"路天峰依然竭力保持着冷静。

"先给我说清楚，你们的人究竟在做什么！"

"告诉我童瑶的情况！"路天峰的音量并没有提升，但语气十分坚定。

雷·帕克怒不可遏地将一个文件夹重重地砸在桌面上，里面的文件和照片四处散落："我们好不容易才找到的线索，全被你们搞砸了！"

路天峰的目光落在飘到眼前的一页调查报告上——贺沁凌在个

人简历中，声称在韩国演艺界进行了三年的练习生培训，先后转换了三家娱乐经纪公司，但经过深入细致的调查，在她离开第二家公司到签约第三家公司之前，有一段长达半年的空白时间。这不禁勾起了路天峰的好奇心，他拿起了报告的另外一页。

光是培训生的空白档期当然算不上什么异常状况，问题就在于贺沁凌在这半年时间内到底去了什么地方、住在哪里、和什么人在一起、靠什么为生等等，竟然没有留下任何蛛丝马迹。她的银行账户在那六个月的时间内没有任何收入和支出，就连她刚到韩国时申请的手机号码，也停机了半年，半年后才重新申请恢复。

简而言之，贺沁凌在韩国经历了一次"人间蒸发"，过了半年又重新出现，其间到底发生了什么，她从来没有告诉过任何人。

"确实很奇怪。"路天峰自言自语着。他很清楚，在当今社会要做到这种程度的不留痕迹有多么不容易，贺沁凌身上一定隐藏着一个巨大的秘密。

"我们怀疑贺沁凌这空白的半年时间，跟'樱桃'有莫大的关联，她甚至可能已经成了'樱桃'的同伙。"

"连你们都查不出底细的空白档期？那确实有点像'樱桃'一贯的作风。"

"但很遗憾……"雷·帕克的眼内布满了血丝，"贺沁凌一死，我们手头的所有线索全部断了。"

路天峰听出了雷·帕克语气里的责难之意，针锋相对地说："那么你们为什么没有提前将情报和我们分享？"

"对不起，我们有我们的办事方式，我想我们的行动并不需要向你报备。"

"那么，我方的行动也无须事无巨细地通知你。"路天峰心想，就算我照直说出来，你也不会相信吧？

雷·帕克狠狠地踢了一脚身边的椅子，深吸一口气，努力调整着自己的情绪:"路警官,我以为我们可以好好合作的。"

"帕克先生,我愿意和你合作,但请你必须信任我和我的同伴……"

雷·帕克低下头,快速地将散落桌面的文件整理好,嘴里嚷嚷了一句:"童警官没有受伤,但她的状况不太好。"

"什么意思?"

雷·帕克抬起头,直视路天峰的双眼,似乎在估量着自己到底能透露多少信息,最后他轻声说:"童警官是命案的第一嫌疑人。"

"怎么可能?"

"案发时,洗手间内只有她们两个人,没有人目击到第三者进入现场。而命案现场遗留的凶器上成功提取到了童警官的指纹,暂时没有发现第三者存在的任何证据。"

路天峰的嘴里泛起一阵苦涩:"童瑶为什么要杀贺沁凌?她根本没有动机啊!"

"动机,也许就在你对我隐瞒的事情当中。"雷·帕克的眼神渐渐变冷,他将这些告诉路天峰,并不是出于信任,而是一种威逼策略。

想要解救你的同伴,就得把你们的计划和盘托出。

路天峰听明白了雷·帕克的意思,但很可惜,他还是只能继续瞒着他。将自己真正的计划说出来,只会令局势变得更加复杂无解。

"我和你一样,想知道这起命案的真相。"

两人对视片刻,雷·帕克终于选择冷哼一声,转身离去。路天峰在他背后喊了一声:"让我和童瑶单独聊一下吧。"

"绝对不可能。"雷·帕克头也不回地走了,"她现在正处于我们和邮轮安保人员的双重监视之下,没有我的允许,谁都不能接近她。"

路天峰暗暗摇头叹息,也走出了这个压抑的房间。

逆时侦查组:拍卖时间的人

走廊上，章之奇正背靠着墙壁，神色落寞地等着他。

"情况怎么样？"章之奇问。

"不太妙，我们赶紧回去找诺兰。"路天峰一边说，一边站在原地脱掉了自己的鞋子。

"怎么回事？"

"等下再说。"路天峰心中有一个大胆的猜想，他不知道在时间倒流的十五分钟里到底发生了什么变故，但既然事态发展产生了变化，那是不是意味着——

当时洗手间内至少有一名感知者？

路天峰的鞋底，还沾着犯罪现场留下的属于贺沁凌的血迹。

而在这艘邮轮上，唯一一个能够辨别感知者的人，就是陈诺兰。

来不及向章之奇解释了，路天峰拿着鞋子，越走越快，到最后干脆一路小跑起来。

九月二日，晚上九点十五分。

"未来之光"号，第十八层，1803房间。

直到路天峰用智能手环打开感应门锁的那一刻，才想起自己可以用通信器提前和陈诺兰说一句的。

正在埋头操作分析仪的陈诺兰被粗暴的开门声吓了一大跳，回头一看，察觉到路天峰的脸色不对，更是忐忑不安。

"峰，怎么了？"

"结果出来了吗？"路天峰将沾着血迹的鞋子轻轻地放下，"等会儿还要麻烦你分析一下这个血迹。"

"分析仪正在运算，结果马上就要出来了。"陈诺兰看了一眼鞋底，不禁皱眉道，"这样本受到污染了，检测结果可能会受到影响。"

"你尽力吧，这条线索非常重要。"

陈诺兰又瞄了一眼章之奇，看到他同样脸色凝重，加上没见到童瑶，心中愈发不安："童瑶呢？"

"她有点麻烦。"路天峰用最简短的语言，将刚才发生的一次十五分钟的时间倒流和倒流后出现命案的事情复述了一遍，把陈诺兰听得目瞪口呆。

"所以我们要尽快解决案件，还童瑶一个清白。"

"我明白了，等现在这两份样本分析完，我就立即开始分析新的血液样本。"

陈诺兰话音刚落，分析仪发出了"嘀嘀嘀"的提示音，屏幕上显示出"分析进度100%"的字样。

路天峰自觉地闭上嘴，生怕打扰了陈诺兰的操作。只见她飞快地输入几行指令，屏幕上弹出了令人眼花缭乱的曲线图和数据。

"怎么会这样……"陈诺兰看着屏幕上的结果，一时之间竟然愣住了。

"怎么样？"路天峰和章之奇看不懂结果，一头雾水地问。

"两份样本的DNA数据，均与时间感知者的特征码不匹配。"陈诺兰似乎还没回过神来，机械地说着。

"没听懂。"章之奇挠挠头说。

"我用通俗的语言简单解释一下吧，这套分析方法是我独创的，主要的研究素材是阿峰的DNA样本。我从他的DNA样本中进行筛选分析，与拥有一千万份人类DNA数据的样本库做对比，挑选出最有可能代表时间感知能力的十三个特征。这十三个特征并不一定都是感知者的特征，但感知者的特征应该包括其中。"

"哦，懂了，所以只要样本的DNA分析结果与这十三个特征的一部分相符，就有可能是感知者，对吗？相符的特征数量越多，误差的概率就越低。"章之奇一下子就明白了问题的关键所在。

"是的，因为我只有唯一一份可靠的时间感知者数据，所以检测的结果肯定是不够精确的。"陈诺兰指着屏幕上的曲线图说，"而司徒康和水川由纪两个人的DNA样本数据中,并没有发现我初步锁定的十三个特征中的任何一个。"

路天峰心里一沉,知道问题要比他想象中的更复杂:"所以你的判断是……"

"两种可能性:第一,我的检测方法存在未知的重大缺陷,检测结果完全不可采信;第二,相信检测结果,司徒康和水川由纪都不是时间感知者。"

"不可能,我非常确定司徒康是时间感知者!"路天峰回想起司徒康之前的种种表现,斩钉截铁道。

"那估计是我的检测方法出问题了,对不起……"陈诺兰幽幽垂下头,下意识地用指节敲击着分析仪的外壳,那束手无策的样子就像做错事的小孩子。

"不,不是你的错。"路天峰温柔地搭着陈诺兰的肩膀,然后用十分坚定的语气再次强调,"光凭一份数据做到这个地步,你已经很棒了,我相信加上司徒康的数据后,你的检测技术会更加成熟。"

"但……我还需要时间去完善计算公式……"

"没关系,我们可以先尝试从其他角度入手调查。"

这时候,房间内的内线电话突然响起。路天峰毫不犹豫地走上前,拿起听筒。

"司徒先生?"路天峰觉得,这时候司徒康要是再不联系自己,那就不是司徒康了。

"路警官,你真厉害,怎么猜到是我打来的电话?"

"因为我正想找你。"

2

九月二日,晚上九点三十分。

"未来之光"号,主甲板,露天酒吧。

也许对爱好泡吧的人而言,这个时间有点太早了,酒吧里还有大半的座位空荡荡的,驻唱的女歌手唱着慢悠悠的港台流行歌,略带口音的不标准粤语却别有一番说不清道不明的风情。

"不来一杯吗?"司徒康举起酒杯,不紧不慢地说。

"不了,我还要工作。"路天峰摇头拒绝。

"有人死了,事情一下子就变得复杂起来了。"司徒康喝下一小口酒,感慨道。

路天峰可没有耐心跟司徒康拐弯抹角,于是直奔主题:"我离开房间后,还有谁离开过赌桌吗?"

"没有人离开,但有另外一件奇怪的事情发生。"司徒康故弄玄虚地停顿了一下。

"什么事?"

"你还记得时间倒流前最后几局轮盘游戏的结果吗?35,2,9,13,17——恰好到最后一局的时候,一直低调下注的丁小刀突然在数字17上面押了十万美元。"

十万美元!在轮盘游戏中押中数字的赔率是一赔三十五,也就是说丁小刀在这一局当中净赚三百五十万美元,合计将近两千五百万人民币!

十万美元单押一个数字,旁人可能以为这人疯掉了,但在路天峰和司徒康眼中,丁小刀的举动无疑等于向他们公开宣布:"我就是感知者!"

"贺沁凌之死肯定和某位感知者相关。"路天峰想了想,"而当时在那个房间里面的感知者,至少有三个人——你、我和丁小刀。"

"你和我都不是凶手,丁小刀也不是,他根本没有离开过那个房间。"司徒康轻轻晃动着酒杯,盯着里面那浅褐色的液体,"这艘船上的感知者太多了,而且其中一些人之间应该已经达成了紧密的合作关系。"

"就像你和我?"路天峰说完自己都想笑。

"不,我们还彼此提防着。"司徒康一边说,一边从怀中掏出一部古老的键盘式手机,摆在酒杯旁,"如果我们无法相互坦诚的话,恐怕根本不可能在这场竞争中获胜。"

路天峰很想接一句"我永远不会相信你",但权衡利弊之后,他还是先拿起了手机。

"这是什么?"

"看看就知道了。"司徒康满不在乎地耸耸肩,"我收到时间机器拍卖会邀请函的同时,包裹里还有这样一部特制的手机,系统是修改过的,做不了别的事情,只能收发信息,对方的号码还通过技术手段隐藏了,根本查不到是什么人。"

路天峰按下手机键盘上的按钮,屏幕亮了起来,果然是十多年前的老款式,手机的通讯录和通话记录都是一片空白,唯一有意义的内容正如司徒康所说的那样,正乖乖地躺在短信收件箱内。

第一条信息是一个多月前收到的:

发件人号码:未知
请保持手机电源充足,携带本机登船。

第二条信息的接收时间是今天上午:

发件人号码：未知

今天晚上九点，赌场 VIP 区八号房，验货。

第三条，九点零一分才收到的，也是手机里最后一条信息：

发件人号码：未知

验货完毕，今天十点前，回复本条短信，进行第一轮报价。

"看来拍卖活动没有受到影响。"路天峰注意到这部手机的外壳竟然是被焊死的，看来对方为了防止暴力拆机，实在是下了一番功夫。

"时间机器是真的，我一定要将它买下来。"司徒康一口气把杯子里剩余的酒喝完，"而我的最大障碍就是'樱桃'，她背后的资金实力很可能会胜过我。"

路天峰不知道司徒康到底准备了多少资金，也不准备问，毕竟是时间机器这种打破人类认知的东西，不管卖多少钱，好像都不过分。

"既然司徒先生只是缺钱的话，那么和我结盟毫无意义啊。"

"除了用钱，还有另外一种解决问题的办法。"司徒康的眼内射出疯狂的光芒，"你看，刚才已经有人抢先行动，开始消灭竞争对手了。"

路天峰心念一动："你认为贺沁凌也是潜在买家之一？"

"死人的事情我没空考虑，我只想为接下来的合作提出一个双赢的方案：我们共享彼此手中的信息，联手把'樱桃'找出来。"

"然后好让你去杀人？"

"我保证她以后永远都不会再犯事。"司徒康阴恻恻地冷笑一声,转身打了个手势,示意酒保再来一杯。

路天峰沉思了好一阵子,才开口说:"如果司徒先生真有诚意合作的话,那得听从我的安排,除了一起寻找'樱桃'之外,还得共同调查贺沁凌之死。"

"我倒是很好奇,你为什么要执着于贺沁凌的命案?"司徒康露出了思索的神色。

"答案很简单,因为杀死贺沁凌的人,没准这一刻正在策划怎么杀死你和我。"

司徒康接过酒保送来的新一杯酒,把杯子放在唇边,却迟迟没有喝下去。终于,他还是放下了酒杯,问:"关于凶手的身份,你已经有眉目了吗?"

路天峰明白这是抛出诱饵的最佳时机,于是说道:"根据我的情报,贺沁凌很可能和'樱桃'有关联。"

"原来如此。"司徒康把玩着酒杯,没再说话。他的神色平静如初,刚刚涌起的疯狂和冲动反而消失无踪。

但路天峰知道,处于这种状态下的司徒康,才是最可怕的——冷静、果断、无情。

"所以我必须接触被困的同伴,向她了解案发当时的详细情况。"

"明白了。"司徒康一口气喝完了杯中的烈酒,没再说多余的话,而是伸出右手,"合作愉快。"

路天峰心知肚明,这次的"合作愉快"可不仅仅是客套话了,而他也很清楚,与司徒康的紧密合作必定会令自己陷入更深、更可怕的旋涡之中。

可是他别无选择。

九月二日,晚上九点五十分。

"未来之光"号，第一层，安保中心。

每一艘长期在海上航行、周游列国的邮轮，都会配备足够的安保人员，以备不时之需，而"未来之光"号作为最新投入使用的顶级豪华邮轮，安保工作当然毫不含糊。邮轮的安保主任黄良才，四十五岁，年轻时是东南亚某国的特警队成员，后转入警校担任培训老师，五年前加入杜氏邮轮集团，负责安保工作，处事十分稳健可靠；另外还有五十位通过国际顶级安保公司RID聘请的专业安保人员，大部分有从警或从军经历，身强力壮，头脑灵活，具有合法的持枪执照，就算在危险海域遇到海盗打劫，也丝毫不惧。

在航行途中发生刑事案件，虽然是概率极低的事件，但应急预案之中也有相关工作指引。因此案发后，黄良才立即接手处理，吩咐手下将童瑶单独关在安保中心的禁闭室内。

为此，黄良才和雷·帕克还产生了一场小小的冲突。

"我认为嫌疑人应该由我们的人来负责关押！"雷·帕克并不信任船上安保人员的能力。

然而黄良才只是淡淡地说了一句："在这艘船上，一切安保工作由我说了算。"

"你确定你担得起这个责任吗？"帕克晃了晃自己的国际刑警证件。

"但我才是这里的负责人。"见惯大风大浪的黄良才心想，国际刑警有个屁用，又不说清楚是来查什么案子的，鬼鬼祟祟，还想让我配合？

最终他们争吵出来一个妥协方案：黄良才派出两名安保人员，守住通往禁闭室的唯一一条走廊通道，然后在禁闭室门外摆放了桌椅和茶水，雷·帕克可以派遣一名国际刑警在那里值班，双方共同看守。

雷·帕克表面上只是勉强接受了提议，实际心里还挺满意的，因为这次的行动他们一共只有四个人登船,他和孙映虹是主力,另外两位年轻的警察担任辅助,如果真要让他们独立负责看守童瑶,那么人手配置上也会显得捉襟见肘。

所以在突击审讯童瑶一无所获之后,雷·帕克只留下年轻的美国小伙子理查德森在禁闭室门外站岗值班,自己则和孙映虹一起回到现场勘查去了。

对于这项枯燥无味的任务,理查德森心中其实也颇有怨言。当年他从警校毕业时可是全校第一名,风光无限,成为一名重案组刑警后也表现抢眼,破获过多起大案,只是不幸成为内部权力斗争的牺牲品而被调配成为国际刑警,又摊上了雷·帕克这样一位不苟言笑的上司,总是安排站岗盯梢一类的杂务让他处理。

"真是无聊啊……"理查德森喝了一口眼前的茶水。是中国茶,他喝起来很不习惯,不由皱起了眉头。

正在此时,理查德森的余光瞄到走廊上出现了一个婀娜多姿的身影,身穿白色衬衫、黑色牛仔裤。他愣了愣,不禁提高了警惕,心里暗暗咒骂把守走廊入口处的安保人员果然不靠谱,怎么让一个陌生女人走到这种地方来了。

"你好!"那个女人说着带东方口音的英文,大大方方地走上前,向理查德森出示证件。

日本警视厅?

理查德森分不出证件的真伪,满脸狐疑地打量着这个女人。她留着及肩的卷发,戴着一副无框眼镜,眉目间颇有几分影视剧中常见的东瀛风情,健康的肤色、结实的肌肉和一身简约的打扮,也像是一名女警察应有的状态。

"请问有什么可以帮上忙吗?"理查德森微退一步,左手插入裤袋里头,轻按着通信器的开关,以便能够第一时间向上司雷·帕克汇报,右手则做好了随时拔枪的准备。

"我是来帮忙的。"日本女警嫣然一笑,"你们正在调查的案件,跟我一直追查的一起跨国洗黑钱案件相关。"

理查德森自然想到了对方可能也在追捕"樱桃",但还是故意装出一脸茫然的模样:"案件……什么案件?"

"还在试探我吗?"女子收起笑容,正色道,"我说的是'樱桃'。"

理查德森稍稍放松了一点,他当然知道自己这边关于"樱桃"的线索全部断了,上司正在为此事抓狂呢,如今又看见了一丝曙光,当然令人期待。

"我不知道你在说什么。"他的语气明显放缓了不少,但仍然不敢掉以轻心。

"贺沁凌不是有半年的空白时间吗?你们不知道她在哪儿,但我知道……那段时间,她在日本接受'樱桃'对她的特训。"

"什么?"这个惊天猛料让理查德森再也无法装作无动于衷。

"你到底是不是负责人,要不找你的上司来和我说吧?"

"你可以直接和我对接。"理查德森挺直了腰板,掏出自己的证件展示给她看,心想,这种唾手可得的功劳怎么可以旁落他人之手呢?

"理查德森?"

"对,请问你的名字是?"理查德森看不懂证件上的日文名字。

"你可以叫我 Coco。现在时间十分紧迫,我需要立即对犯罪嫌疑人进行问话。当然了,理查德森先生,你可以在一旁协助我做笔录,与此同时,你也将会获知日本警方已经调查出来的内幕情报。"

"很好,没问题。"理查德森浑身上下充满了干劲,掏出禁闭室的钥匙打开了房门。不远处的走廊上,负责站岗的两名安保人员还向他投来了询问的目光,而他做了个"OK"的手势,安保人员自然没过问太多,反正他们的任务只是保证不让童瑶跑出来即可,

逆时侦查组:拍卖时间的人　69

这些国际刑警爱怎么审问就怎么审问，与他们无关。

两人进入房间后，理查德森关上门，还没来得及坐下，后脑就受到了重重一击，眼前一黑，顿时失去了知觉。

童瑶愕然地看着进门的这对男女，更没想到女人出手快如闪电，直接一记掌刀就把男人打晕了。

"我叫水川由纪，是司徒康的人。"水川由纪摘下了假发和眼镜，童瑶立即认出曾经在住客登记资料里见过的这张脸孔。

"我认得你。"

"时间非常有限，路天峰在等着你呢。"水川由纪在耳朵后方拆下一片通信器贴片，连同衣服上夹着的麦克风一道抛给童瑶。

童瑶对这套装备再熟悉不过，她没有问任何问题，立即贴好贴片，深吸一口气后，说："路队，是我。"

九月二日，晚上九点五十五分。

"未来之光"号，主甲板，露天酒吧。

路天峰调整了一下耳朵后方贴片的位置，以缓解内心不断涌现的紧张情绪。虽然这个行动方案是他和章之奇、司徒康三个人商量后一致决定的，但风险还是相当大的。

童瑶毕竟处于国际刑警和邮轮安保的双重监视之下，根本不可能不动声色地去接近她，唯一能够利用的漏洞，就是趁着国际刑警跟邮轮安保人员彼此都不太熟悉的时候乘虚而入。

章之奇之前就破解了杜氏邮轮集团的公司资料，看过应急预案流程，知道一旦在公海范围内发生刑事案件，相关嫌疑人会被暂时关押在一楼的安保中心。因此他们迅速拍板，让从未进入国际刑警视线范围的水川由纪前往救援。

水川由纪只花了几分钟就完成了乔装打扮，戴上假发和眼镜后，她好像换了个人似的，信心满满地出发了。

按照原定计划,当受到安保人员询问时,水川由纪会自称是国际刑警,但受到国际刑警询问时,她则会假装是日本警视厅的人,以"掌握了关于贺沁凌和'樱桃'有关的关键线索"为由,尝试获得审讯童瑶的机会。

虽然计划看上去挺美好的,但路天峰也很清楚,这次行动策划得太过仓促,在实施过程中随时可能出乱子,只要水川由纪不小心露出一丁点儿的破绽,就会前功尽弃。

因此直到童瑶的声音传入耳中,路天峰才算松了一口气。他向坐在身旁的章之奇和司徒康打了个"OK"的手势,两人也贴好金属贴片,同步收听。

"路队,是我。"

"你那边情况还好吗?"

"我很好,请不要担心。"童瑶说。

"辛苦你了,请复述一下案发当时的情况。"路天峰虽然担忧童瑶的状况,但也没有时间细问了。

"其实我什么都不知道。那时候我跟着贺沁凌去洗手间,她先进去,我再进去的时候看到只有一个隔间关着门,于是就选择了相邻的隔间,但贺沁凌可能是知道隔壁有人,说话声音特别低,我把耳朵贴到隔板上,也只能勉强听到断断续续的几个词:'人太多''计划''变化''不可能'。"

"就这些?"一直没有打断童瑶发言的路天峰,不禁皱起了眉头,这几个词并没有带来什么有效的信息。

"嗯,接下来贺沁凌就没说话了,我听见隔壁马桶冲水的声音,然后她离开了隔间,却没有离开洗手间。过了大概一分钟吧,我也按下马桶冲水按钮,从隔间里出来,看见贺沁凌正在镜子前面补妆。因为不想自己的举动显得太奇怪,我就在她旁边的洗手盆里面简单洗了一下手,正准备离开,脖子处却突然传来一阵刺痛……"

逆时侦查组:拍卖时间的人　　71

"是贺沁凌对你下的手吗？"

"不是的，她还在补妆，手上并没有任何异常举动。我当时觉得头晕眼花，她还一副惊讶的样子，伸手搀扶着我，接下来我眼前一黑，彻底失去了知觉……之后的事情就什么都不知道了。"

"应该是麻醉枪吧？"一旁的章之奇插话道，他没有戴麦克风，这句话是问路天峰的。

"嗯，我也觉得是野生动物园使用的那种麻醉枪，发射出来的小针上涂满强力麻药，中针后就算是大象也熬不过一分钟。"路天峰回应道。

"路队，很抱歉，我这边提供不了更多的线索了。"童瑶有点气馁地说。

"不，你已经做得很好了……一定要照顾好自己，我会想办法尽快解救你出来。"

"知道了。"

"把通信器交给由纪吧。"即使还有许多想说的话，路天峰也只能选择结束，考虑到身陷虎穴的水川由纪，可不能耽搁太多时间。

"我在。"一个冷静到极点的声音响起。

"你可以——"

就在这一瞬间，时间线再次产生了波动。

3

第二次时间倒流后。

九月二日，晚上九点五十分。

"未来之光"号，主甲板，露天酒吧。

路天峰和司徒康面面相觑，在彼此脸上读出了如临大敌的信号。

一旁的章之奇根本不知道发生了什么，好奇地问了句："怎么回事，你们俩都突然紧张起来了？"

"时间倒流了。"路天峰说。

"啊……又倒流了多久？"

"大概十来分钟吧……"路天峰心中的不安愈发强烈，他突然提高了音量，对着通信器几乎大喊起来，"水川由纪，行动取消，立即撤退！重复一次，立即撤退！"

而水川由纪并没有回音。

九月二日，晚上九点五十一分。

"未来之光"号，第一层，安保中心。

黄良才面前的内线电话响起，他才刚刚拿起话筒，就听见里面传来一个沙哑的男声，似乎是用了变声器。

"禁闭室出状况了，快去看看！"

男人的语气就像在发号施令，听得黄良才浑身不自在。

"你是谁……你说什么？"

可是对方已经重重地挂断了电话。

黄良才能成为这艘世界顶级豪华邮轮的安保主任，凭的是自己的真本事。他可以听出电话那头的人虽然刻意隐瞒了身份，所说的内容却是可信的。于是他没有任何迟疑，抓起手边的软棍，直接往禁闭室方向跑去。

在走廊的转角位置，他还差点迎面撞上一名白衣女子，幸好两个人反应都足够快，才相互闪避开来。黄良才心中有点纳闷，毕竟这地方很少有陌生脸孔出现，但他一心担忧着禁闭室那边的情况，也就没想太多。

很快，黄良才来到通往禁闭室的走廊处，两名下属连忙行礼。

"这边有什么情况吗？"

逆时侦查组：拍卖时间的人　　73

"没有，一切正常！"两人异口同声地回答。

黄良才更糊涂了，刚才电话里那个煞有介事的人到底是什么意思？他继续走近禁闭室，向把守在门外的理查德森打了个招呼。

"警察先生，这边有什么异常状况吗？"

"没有哦。"理查德森一副无精打采的样子。

"刚才有人来过吗？"

"没有。"这名年轻的国际刑警似乎不想再多说什么了。

黄良才还是放心不下，亲自走到禁闭室门外，门上有一扇用双层强化玻璃制成的圆形窗户，是为了方便观察禁闭室内部而设计的。黄良才凑近玻璃窗，能清楚地看到童瑶百无聊赖地坐在房间内，满脸无奈的样子。

"真的没有任何奇怪的事情发生？"黄良才的直觉告诉他，这不对路。

"大叔，你太敏感了吧？"理查德森白了他一眼，没好气地说。

黄良才沉思片刻，突然想起刚才在拐角处几乎撞上的那个白衣女子。别看黄良才的身材已经发福，但他从年轻时就非常注意锻炼和保养，至今身体反应仍然相当敏捷。然而一分钟之前，差点相撞的那个女子同样反应极快，在电光石火之间已经做出了扭腰躲避的动作。

如此反应速度和闪避动作，绝对不是普通人能够完成的。再加上那个莫名其妙的预警电话，就像未卜先知一样，看来今天晚上发生的这起谋杀案，背后绝对隐藏着重大秘密——

这个秘密还很可能和自己的老板有关。

想到这里，黄良才的额头冒出了细细的汗珠。

九月二日，晚上十点。

"未来之光"号，第十二层，爱丽丝酒吧。

这家酒吧的门外摆放着一尊站立的白兔雕像，白兔身穿礼服，手里还拿着一块怀表，店里甚至还养了一只毛色黑白相间的英格兰短毛猫，不遗余力地营造着《爱丽丝梦游仙境》的奇幻氛围。

酒单上的酒水也全部换成了充满童话气息的名字，但刚刚进门的几位客人，只看了一眼酒单就点了四杯朗姆酒，让准备好好介绍一番本店特色的酒保感觉有点受伤。

"你没有被跟踪吧？"问话的是司徒康，而答话的人自然就是水川由纪。

此刻的水川由纪已经换上一条金光闪闪的橘红色长裙，摘掉假发和眼镜，又戴上了浅蓝色的美瞳，眼睛看上去变大了不少，整个人的气质焕然一新。

"没有，我的换装和反跟踪技巧请您放心。"水川由纪平静地说。

"我不是不放心，只是这事有点邪门啊。"司徒康看了一眼路天峰，叹气道，"我已经向卖家发了短信，询问他为什么又启动了一次时间机器。"

"对方怎么回复？"

"还没回复。"司徒康摇摇头。

"忘记问一句，你参与拍卖了吗？"路天峰还记得按照指示的话，司徒康应该在十点钟之前出价。

司徒康苦笑道："第一次我是在九点五十五分左右发的报价，但刚才这次时间倒流后，光顾着转移阵地，忘记再次出价了。"

就在这时，那部特制的手机突然响起了短信提示音，司徒康看了一眼，把手机举起，好让路天峰和章之奇也能看清楚上面的信息：

目前最高价：一百万枚 DT Coin。
半小时内如无更高报价，则正式成交。

看来卖家完全没有解释刚才为什么要启动时间机器，只是在施加压力，催促买家出价。

章之奇不等路天峰吩咐，已经飞快地动手查询，并立即找到了数据："DT Coin 的最新交易价格为……498 美元，可以兑换一枚 DT Coin。"

"所以现在的报价约等于五亿美元了。"即使做好了时间机器被拍出天价的心理准备，路天峰依然不免倒吸了一口凉气。

"几十亿人民币的大生意啊，这拍卖流程也太不讲究了吧？"章之奇小声吐槽了一句。确实，价格如此高昂的拍卖品，却仅仅依靠手机短信来进行拍卖，说难听点，连现在这个最高报价是真是假也无法证实，简直就是儿戏。

"只要你的手里掌握着时间机器，你也可以随意制定拍卖规则。"司徒康无奈地耸耸肩。

"不，我手里要真有时间机器的话，肯定不会拿出来卖。"章之奇嘿嘿一笑，"卖掉时间机器，不就等于杀鸡取卵吗？"

司徒康面容一动，看向章之奇的目光也多了几分欣赏："哦？难道你怀疑时间机器是假的？"

"我没法感知时间倒流，但我相信阿峰的判断，时间机器肯定是真的，我只是担心这台机器会不会存在着某些无法克服的缺点？"

"比如呢？"路天峰问。

"比如它是不是每次启动只能倒流十五分钟？"

司徒康说："即使是这样……"

司徒康的话才说到一半，桌面那部拍卖专用手机再次响起，新的信息来了。

目前最高价：一百二十万枚 DT Coin。

半小时内如无更高报价,则正式成交。

"也足以让全世界为之而疯狂。"司徒康说完了后半句。

路天峰想起上一次和司徒康交锋时的种种细节,好奇地问了一句:"你说自己曾经是天时会内部的替补'干涉者',也具有启动时间倒流的能力,又何必要花重金竞拍这台只能倒流十五分钟的时间机器呢?"

"这可是个商业机密。"司徒康看似要拒绝回答这个问题,没想到停顿数秒后,又继续说了下去,"原因有两个:第一,我不想时间机器落入他人之手;第二,'干涉者'启动时间循环,可是需要付出沉重代价的。"

"代价?"

"是的,上次我没能跟你仔细说明这一点,'干涉者'虽然能够启动时间倒流,但每次启动时间倒流,自己都会失去若干时间——或者换种你们更能理解的说法,'干涉者'会失去自己的生命。"

"以生命换时间?"

"是的。"司徒康慢吞吞地喝了一口朗姆酒,"而且'干涉者'启动时间倒流所消耗的自身时间,会呈指数级增长。举个例子吧,如果我第一次启动时间倒流并倒流一天的话,我的寿命会缩短一天;而第二次启动时间倒流,同样是倒流一天,我的寿命会缩短两天;第三次,就是缩短四天生命;第四次,八天,依此类推……"

"就像是飞速地滚雪球。"章之奇言简意赅地总结道。

司徒康点了点头:"没错,没有人知道为什么随着倒流次数的增加,'干涉者'的生命消耗会越来越夸张,历任'干涉者'也总是在身强力壮之时,毫无征兆地猝死,绝大部分人活不过四十岁。"

"原来如此,那么你已经启动过很多次时间倒流了?"路天峰一针见血地问,同时也终于理解为什么上一次两人在便利店相遇时,司徒康只是让时间倒流了十秒钟，整个人马上就显得疲惫不堪。

司徒康放下酒杯，以问代答："你觉得我既然能在天时会内部成为替补的'干涉者'，难道相关经验会不够丰富吗？"

"我明白了。"路天峰不但明白了司徒康为何要拼命追逐时间机器，更想通了两人在汪冬麟事件当中针锋相对的时候，他为什么不愿意多次启动时间倒流。

也许司徒康启动的次数已经到达临界点，哪怕再多启动一次时间倒流，都可能直接与死神相会。

拍卖专用手机再次响起，新的报价已经达到了一百五十万枚DT Coin。

"接下来我们该怎么办？"章之奇向路天峰发问。

路天峰把目光投向司徒康，说："你身上有DT Coin吗？"

"当然有，我已经提前兑换了一百万枚DT Coin，另外还有备用资金也可以在几秒之内完成兑换，要知道电子货币的交易可是非常简便的。"

"如果我没有记错的话，所有电子货币都有总额上限的吧？目前市面上流通的DT Coin总额到底有多少？"

章之奇："截至今天为止，DT Coin的流通货币总量大概是一千万枚。"

路天峰微笑不语地看着司徒康，司徒康想了一会儿，猛地一拍脑袋："我明白了，现在我没有报价，但最高报价依然交替上升，就证明除了我之外，起码还有两位买家存在。而不管船上到底有多少买家，手头上持有DT Coin流通总量一半以上，也就是超过五百万枚DT Coin的买家，将立于不败之地！"

"是的，所以接下来你要做的事情，就是砸下重本，把手中持有的DT Coin增加到五百万枚以上，也就是说，你还需要二十亿美元的资本。"

"二十亿啊，有点勉强，但也不是完全没办法。"司徒康说完，立即低头操作他的手机。

章之奇咂舌道："有钱人的世界，我还真是看不懂啊。"

"我也看不懂。"路天峰的目光移到水川由纪身上，她一直一言不发，似乎所有的讨论都与她无关。

这时候，陈诺兰说话的声音突然传入路天峰耳内："请稍等，我正在洗澡。"

九月二日，晚上十点十五分。

"未来之光"号，第十八层，1803 房间。

陈诺兰的眼内已经泛起了微微血丝，但她依然目不转睛地盯着分析仪屏幕上跳动的数据，生怕一眨眼就会错过什么似的。她摸索着拿起放在手边的杯子，机械地举杯喝了一小口，才发现温热的茶水早就变得冰凉。

"嗯？"分析数据出现了一段小小的波动，陈诺兰立即放下杯子，按下暂停键，然后回溯数据，蹙着眉头分析起来。

"这地方好像有点问题……"说话间，分析仪的屏幕突然暗了下去，房间里的灯光也全部熄灭了，陈诺兰顿时被黑暗吞没。

怎么回事？

陈诺兰想起了登船前路天峰对她说过的紧急情况处理办法，于是立即转身，凭着记忆在黑暗之中找到了自己的背包，拿出放在最外层格子里的防狼喷雾，又快步走向门板，轻轻挂上了门链。

"咚咚咚！"

几乎就在门链挂好的那一瞬间，房门外传来了不紧不慢的敲门声。陈诺兰倒退两步，走到浴室门外，先是启用了通信器，才高声说："请稍等，我正在洗澡。"

这个答案似乎让门外的人愣住了，好一会儿没说话。

陈诺兰蹑手蹑脚地贴近门边，通过猫眼瞄到了一名身穿电工制服、戴着鸭舌帽的男人站在门外，看不清他的面容。

"请问你的房间是不是停电了？我接到了故障报告。"男人用沙哑的声音问。

陈诺兰退回之前的位置，说："没有啊，一切正常。"

"啊？"门外的男人好像有些惊讶，沉默片刻后才说道，"那打扰了。"

门外的脚步声远去。

"呼……"陈诺兰长舒一口气，背靠着墙壁，伸手擦了擦额头的汗水——刚刚停电还不到一分钟就来敲门，怎么可能是真正的维修工人？

这时候脚步声再次响起，有人在飞快地靠近。陈诺兰立即挺直腰，握紧了手中的防狼喷雾。

幸好，她听见了路天峰那熟悉的声音："诺兰，开门。"

九月二日，晚上十点二十分。

"未来之光"号，第十八层，配电间。

路天峰、陈诺兰和章之奇三人一起来到了客房区这条长长走廊的尽头，站在配电间的门外。

章之奇拿着手电筒，低头检查了一下配电间的门锁，摇摇头说："没有被破坏的痕迹，应该是用钥匙打开的。"

"电路呢？"路天峰看着花花绿绿的复杂布线，不禁皱起眉头。

章之奇把手电举起，仔细看了一会儿，说道："1803房的电闸被关掉了，没有进一步的破坏，只需要打开电闸就能恢复正常。"

路天峰抬起头，望向天花板处的监控摄像头："对方到底想做什么，趁着黑暗带走诺兰吗？但即使他切断了房间的电源，他的行动还是会被走廊上的监控拍下来啊。"

陈诺兰想了想,说:"如果那个男人真的想掳走我的话,我猜他起码会推个搞卫生的小车来做掩护吧?"

的确,如果假扮成工作人员再推个小车,就可以在不引人注目的情况下悄悄带走一个人,但对方偏偏没有这样做,而是大摇大摆地上前敲门,即使陈诺兰警惕性不足,打开了房门,他又能做些什么呢?

路天峰看着那运作中的监控摄像头,脑海里隐约觉得有些不对劲,但又说不出到底是什么。

"要不,我们去搞一份监控来看看?"章之奇提议。

"能搞到吗?"路天峰问。

"如果童瑶在的话,会轻松不少,但我一个人也能搞定。"章之奇耸耸肩,"不过我的平板电脑电量不太够了,还是回房间接通电源再来操作吧。"

电源?路天峰突然拍了拍脑袋,失声惊呼:"啊!诺兰,你的分析完成了吗?"

"啊……还没完成,而且因为断电,刚才做过的数据又要重新再做一遍了。"

路天峰又问:"难道那些分析数据不能中途存盘吗?"

"哪有'存盘'的说法,这又不是普通的工作处理软件。"陈诺兰又好气又好笑地说,"再说我们实验室里都有备用电源,几乎不可能遇上停电,但我总不能把整个实验室的东西都搬上来啊。"

"那么对方的真正目的,会不会只是干扰你的检测工作?"路天峰终于提出了自己的设想。

"不会吧……"陈诺兰下意识地答道。

章之奇却皱起了眉头:"但是有谁知道诺兰留在房间里做这个分析呢?"

"对方不但知道诺兰在做分析,而且对她使用的分析仪性能有

逆时侦查组:拍卖时间的人 81

所了解,一定是相关专业的人士。"

陈诺兰依然不能接受这种说法:"可他光是断电没有意义啊,我们重新接通电源不就可以继续分析了?那家伙总不可能每隔一小时就来关一次电闸吧?"

陈诺兰这句话真是一言惊醒梦中人,路天峰和章之奇几乎同时抬起头,看了对方一眼,惊呼:"糟糕!"

路天峰来不及解释了,拉着陈诺兰的手就往1803房狂奔而去。

可惜他们还是来迟了一步,房间的门虽然关着,但一打开门就能立即注意到,陈诺兰带来的那台RT分析仪已经不知所终。

路天峰跺了跺脚:"可恶,那么老套的调虎离山之计,我们竟然还是上当了。"

章之奇则显得更为冷静。他蹲下身子,拿出放大镜,仔细地检查了一遍地毯,并没有发现入侵者留下的痕迹。

"阿峰,我并不觉得对方的这一步棋走得老套。"

路天峰也就是刚才一下子怒火攻心,但他很快就冷静下来了。没错,对方看准了他们一定会去解决"停电"的问题,也能够推理出他们会去配电间检查,更准确地判断他们两个人不会再让惊魂未定的陈诺兰落单,因此三个人会一起前往配电间。

客房区的配电间离1803房还是有一段距离的,全力奔跑大概需要三十秒左右,快步走的话要花上将近一分钟,这一来一回加上检查配电间设备的时间,至少会留下三到五分钟左右不设防的空当。

等他们回过神来,发觉对方的真正目标是这台分析仪的时候,一切都已经太迟了。

"好吧,我收回刚才所说的话,对方设置的这个陷阱虽然很简单,但在心理暗示和误导方面做得太巧妙了。"

章之奇露出了意味深长的笑容:"放心吧,越强大的对手,越能激发我的斗志。"

"赶紧动手查监控吧。"路天峰心里有一种不祥的预感,要是他们动作慢了,可能又会遇上别的幺蛾子。

这时候,门外又传来一阵急促的叩击声。

4

九月二日,晚上十点三十分。

"未来之光"号,第一层,安保中心。

黄良才摘下鼻梁上的眼镜,揉了揉视线模糊的双眼,心中暗叹一声,自己这几年来确实是有点放松了。邮轮上安逸的工作环境让他的行动力退化了不少,只是看了半小时的监控,就已经有些疲惫,完全不复当年之勇。

更让他忐忑不安的是,他尝试通过监控摄像头去追踪之前遇到的那个女生,却只看见她乘坐电梯到了三楼,然后在兜兜转转之间,目标消失了。这证明对方不但利用了监控的盲点,应该还进行了变装,然而他反复对比了多个角度的监控视频后,仍然看不出任何蛛丝马迹,看来对方的反跟踪技术确实胜过了他的跟踪技巧。

一股挫败感在黄良才的心头蔓延。他长叹一声,将监控视频切换为九个窗口同时播放的模式,试图通过全局视角来一探端倪。

但眼前的九宫格画面看起来却有一丝诡秘。黄良才连续眨了好几次眼之后,才确定自己并没有看错——原本应该是九个不同的信号源,现在却有三个画面是完全一样的。

"怎么回事?"黄良才敲击键盘,切换成另外九个监控画面,其中也有三个画面是一模一样的。这下子他终于明白,一定是有人入侵了他们的电脑,用高科技手段篡改了监控系统程序。

跟踪不到白衣女子还是小事,黄良才随即想起了稍早之前在赌场 VIP 区洗手间内发生的谋杀案：恐怕那个入侵系统的人，就是真正的凶手吧？

如果白衣女子就是凶手，或者她和凶手是一伙的话，那么现在被她们关押起来的童瑶，很可能只是替罪羔羊。

黄良才觉得自己再也不能被动地等待邮轮靠岸，让警察登船调查。目前的事态走势太过诡异了，如果不主动出击的话，可能会造成更多严重的后果。

他站起身，立即吩咐技术人员检查并重启监控系统，争取在最短时间内让系统复原，然后他整理了一下身上的制服，决定直接去找老板聊一聊。

九月二日，晚上十点三十分。

"未来之光"号，第十八层，1803 房间。

房间里的冷气很足，但司徒康仍然红光满脸，额头冒着汗，衬衫最上方的纽扣随意地解开，脸上也失去了平日的冷静神色。路天峰还是第一次看到司徒康露出如此狼狈的一面，这让压在他心头的那块大石变得更重了。

"到底怎么了？"路天峰问。

几分钟前，司徒康一个人慌慌张张地跑过来敲门，进门后刚说了一句"大事不妙"，就发现房间内的气氛诡异。于是路天峰先向他简单地讲述了陈诺兰的分析仪被盗一事，现在才轮到司徒康发言。

"DT Coin 的兑换没有那么简单。"司徒康苦笑起来，"我刚才一时大意，竟然忘记了最基本的交易规则——DT Coin 的交易是双向的，要有买家和卖家，因此当我在市场上下单大量买入的时候，DT Coin 的成交价会迅速上升，而一路飙升的价格又让部分投资者看到盈利空间，选择继续持有 DT Coin 而不舍得卖出。"

"我听懂了，所以之前预计的二十亿美元根本不够用？"路天峰恍然大悟。

"远远不够，目前 DT Coin 的价格直线上涨，目前成交价已经突破三千美元一枚，而且市场上愿意卖出的人越来越少，想要在今晚收齐五百万枚 DT Coin 已经成了不可能完成的任务。"

"那么你手头上到底收集了多少枚 DT Coin？"

"只有差不多两百万枚。"

路天峰终于明白了司徒康为何如此失态："所以说，你已经失去了竞争力？"

"是的，毕竟其余几位竞拍者手中也持有大量的 DT Coin，我怀疑市场上流通的 DT Coin 已经少之又少了。"

"我突然想到一个更可怕的可能性。"章之奇冷不防地插话，"你们有没有想过，卖家明明已经研究出时间机器了，为什么要拿出来拍卖，留着自己用不好吗？"

司徒康的嘴角微微抽搐了一下："为了赚钱，这可是一大笔惊人的财富啊。"

章之奇不以为然地笑了笑："只是为了赚钱的话，不是有更稳妥的办法吗？"

"什么办法？"司徒康一时没跟上章之奇的思路。

而路天峰瞪大了眼睛，显然是想到了一个惊人的结论。在他开口之前，陈诺兰已经试探性地说了一句："更稳妥的办法，就是炒卖 DT Coin 啊。"

这真是一语道破天机，卖家为什么指定要使用电子货币交易？所有人的第一反应都是电子货币保密性高，不容易被追踪，但如果只是为了这一点的话，卖家完全可以选择市场认可度更高、通用性更强的电子货币，没必要选择稍显冷门的 DT Coin。

选择一种冷门电子货币的最大好处，就是卖家可以提前布局，低价购入大量的电子货币,等买家决定登船拍卖之后,必然需要在市场上大量收购电子货币,从而造成价格的一路上涨。

"六个月前,DT Coin 的成交价大概是五十美元一枚,即使是在三个月前,价格也只有八十美元一枚……"章之奇很快就翻出了 DT Coin 的历史报价。

"所以 DT Coin 近期的价格上涨,完全是这场拍卖会所赐?"司徒康的脸色更难看了,他意识到如果所谓的"卖家"只是想利用时间机器来牟利的话,那么光靠吃掉这一波 DT Coin 价格飙升的利润已经足够了,根本不需要真的把时间机器卖掉。

这一次的交易,难道真的只是一场骗局?

"误导,又是误导。"路天峰喃喃自语道。

这出神入化的误导手法,完全戳中了人性弱点和思维盲点,连司徒康这种老狐狸也免不了吃了个哑巴亏。

"阿峰,我们现在非常被动。"章之奇摇头叹气。

童瑶身陷囹圄,无法脱身;陈诺兰没了分析仪,约等于被废了武功;司徒康虽说现在算是盟友,却还是得留神防止他背后捅刀子。但敌人呢?折腾了这么久,连敌人的影子都见不着,那神出鬼没的"樱桃"到底在不在这艘船上,又有谁知道呢?

"我想起一件事情……"陈诺兰怯生生地举起手,"刚刚不是说过,要通过监控查一下谁偷走了我的分析仪吗?感觉相比之下,还是查这个会更容易一点。"

"是的,麻烦奇哥立即动手调查吧。"路天峰深吸一口气,强迫自己冷静下来。情况越混乱,自己的思路就要越清晰,有什么能马上着手调查的线索,就赶紧去处理,再纷乱复杂的局势,也总能理顺的。

"那我们下一步怎么办?"司徒康看起来有点心灰意冷。

"诺兰协助奇哥调查监控,你们务必要一起行动。而我则只能进行我最为擅长的调查工作，尽快查出到底谁才是买家。"

"你想主动联系其他买家？"司徒康眉头紧锁，似乎不太认同。

"对，能登船参与拍卖的人个个都来头不小，如果这场拍卖真的只是个骗局的话，你觉得各位买家会甘心就此罢休吗？"路天峰的脸上终于露出了一丝自信的神情。

司徒康心领神会地冷笑起来。他也许已经想好了下一步的行动计划。

"我们的优先调查对象，就是丁小刀。"路天峰说。

听到这个名字时，司徒康露出了狩猎者特有的眼神。

九月二日，晚上十点四十分。

"未来之光"号，第八层，赌场。

VIP区因为发生了命案，临时闭门谢客，但赌场其余区域依然维持着热闹非凡的景象。绝大部分客人根本没有察觉到异样，继续沉溺在一掷千金的快感之中。

丁小刀拿着一沓筹码，坐在玩二十一点的赌桌旁，不紧不慢地以小额下注，心思似乎没有放在赌局上。

"丁先生，好久不见。"司徒康拿着一杯鸡尾酒，硬是挤到丁小刀身旁，皮笑肉不笑地打了个招呼。

"哦？司徒先生，我们不是刚刚还在VIP区交过手吗？"丁小刀显然还认得司徒康，语气平静地说。

"哈哈，刚才你一直没和我打招呼，我还以为你已经忘了我这个人呢。"

"该记得的东西，我可一直记得。"丁小刀淡淡一笑，一副不想多说的样子。

"那么我可以问你一个问题吗？"司徒康也懒得打太极了，直奔主题，"这次你上船的目的是什么？"

丁小刀愣了愣,然后就像听见了一个非常滑稽的问题,忍住笑意说:"当然是来度假的。"

"还有呢?"

"还有赌钱,这不是明摆着的吗?"

"两个月前,你是不是在东南亚的地下赌场输给了一个女人?"

丁小刀眉头一皱,但这个反应转瞬即逝,随即神色如常道:"不应该记得的东西,我总会忘记得很快。"

司徒康冷冷地哼了一声,只是碍于四周人多眼杂,不便发作。他伸出右手,看似想要搭上丁小刀的肩膀,但丁小刀警惕性十分高,身子往后一滑,灵巧地摆脱了司徒康的控制范围。

"我还有事,失陪了。"丁小刀不忘向司徒康道别,然后转身钻入人群当中。只不过他没料到,另外一个男人突然紧贴过来,用一件带有金属触感的东西顶住了他的腰眼。

来者自然是路天峰,他一直默默地埋伏在丁小刀身后,司徒康刚才这一番挑衅,其实只是想迫使丁小刀离开赌桌而已。

"跟我来。"路天峰以不容分辩的口气说道。

丁小刀是个懂得审时度势的人。他眼见司徒康不紧不慢地跟上来,和控制住自己的男人交换了一下眼神,就立即明白这两个人是一伙的,自己只好认栽。

"兄弟,有话好好说。"

"我正是想找你说几句话。"路天峰领着丁小刀,往赌场大门走去。

"路天峰!"没想到就在这时候,背后传来一声怒喝。

路天峰不需要回头就听出了这是雷·帕克的声音。对啊,既然贺沁凌那条线索断了,国际刑警唯一能做的事情就是紧盯着丁小刀,看他会和什么人接触。

要想把他带走问话,可真是不容易。

"停下来！"雷·帕克语气严厉地警告道。

入口处，推着手推车、身穿服务生制服的孙映虹也守住了离开赌场的必经之路。她右手放在腰间，似乎随时可以拔枪射击。

"硬闯出去？"司徒康以几乎听不见的音量问道。

路天峰倒不是担心以他们的武力闯不过去，但要真和雷·帕克等人彻底闹翻的话，以后就很难向领导交代了。

"还是让我和他聊几句——"

就在这一瞬间，时间倒流了。

第三次时间倒流后。

九月二日，晚上十点三十八分。

"未来之光"号，第八层，赌场。

路天峰和司徒康两人站在赌场门外，正要迈步走进去，但又不约而同地停下了脚步。

"怎么回事……你让时间倒流了？"路天峰首先想到的，是司徒康利用他的能力逆转时间从而脱困。

"不，不是我。"司徒康一脸茫然，看起来也挺迷惑的，"我不可能为了这点小事倒流时间，应该是卖家再次启动了时间机器。"

"但他为什么要这样做？"路天峰觉得整件事情很不对劲。

"不知道，先去找丁小刀吧。"

然而，丁小刀并不在二十一点赌桌旁。路天峰和司徒康四处张望，依然找不到他的身影。

"他溜了。"路天峰懊恼地说，现在几乎可以确定丁小刀也是感知者了。

"这家伙干吗躲着我们？"司徒康咬牙切齿地问。

"我们得找到他。"路天峰启动了通信器，呼叫章之奇，"奇哥，你那边情况如何？"

"我已经进入了船上的监控系统,正在调查,不过遇到了一些麻烦……"

"紧急任务,你检查一下最近五分钟赌场内部的监控,看看丁小刀跑去哪里了。"路天峰打断了章之奇的话。

"丁小刀?"章之奇显然一下子没有听懂是怎么回事。

"本来我们已经截住丁小刀,但时间又倒流了一次,他借机提前跑掉了。"

通信器的那头沉默了片刻,然后就听章之奇说道:"我知道了,请稍等。"

等待。

路天峰有意识地放缓自己的呼吸,告诉自己要冷静。

但对他而言,等待才是最难熬的。

5

九月二日,晚上十点四十五分。

"未来之光"号,第二层,船长室。

这艘船真正的主人杜志飞坐在大班椅上,手里拿着一根点燃的古巴雪茄,却一口也没有抽,只是灵魂出窍一样,目不转睛地看着雪茄前端那冉冉飘散的白烟。

"我明白了,你的意思是,有人故意破坏了监控系统,布局杀死了沁凌?"杜志飞的语气平静得可怕。

"是的。"黄良才站在杜志飞的面前,微微垂下头,毕恭毕敬地说。

"你怀疑对方有可能是冲着我来的?"

"是的,因此我建议杜总要小心为上……"

"光是小心有用吗？"杜志飞突然话锋一转，冷冷地盯着黄良才。

尽管黄良才经历过不少大风大浪，但被杜志飞这样一盯，心里还是有点发毛。他定了定神，挺直腰板道："那么，您的意思是？"

"把在幕后搞鬼的人揪出来。"杜志飞弹了弹烟灰，"你以前是警察吧，应该也会一点现场勘查和法医知识？"

"这个……"黄良才犹豫了，痕检和法医的基本知识他当然还是略知一二的，但肯定比不上专业的，而且听老板的意思，是想让他为贺沁凌进行尸检？

这可真是个烫手山芋啊，要能查出关键线索倒好说，万一查不到什么，甚至不小心破坏了尸体上的证据，黄良才在杜氏邮轮集团的好日子可算到头了。

"黄主任有什么难处吗？"杜志飞将雪茄架在烟灰缸上，缓缓地问。

"痕检和法医知识，我只是懂点皮毛而已，就怕……"

"黄主任，集团高薪聘请你来船上当安保主任，就是请你替我们解决问题的。"杜志飞的措辞还是很客气，但越客气，反而越显得咄咄逼人，不留退路。

"那当然。"黄良才只能唯唯诺诺地点头。

"要是你觉得以你的能力不足以解决问题，那我们唯有另请高明了。"

"杜总请放心，我会竭尽全力，查明真凶。"

杜志飞的脸上总算露出了一丝笑意，他从怀里拿出几张照片，递给黄良才："这些是嫌疑人。"

黄良才接过来一看，立即认出了这是在赌场 VIP 室里面拍的照片，其中还有凶案的第一嫌疑人童瑶。

"这是……"

"案发前后在 VIP 区八号室的所有人，全部要仔细调查。"

"咦？"黄良才发现里面还混杂着一张在主甲板上用长焦镜头拍下的照片，照片上有一男一女牵着手，看上去应该是一对情侣，巧合的是，照片上的男人同样出现在VIP室里。

"这是沁凌之前提醒我特别留神的一个人，他叫路天峰，是一名警察。"杜志飞就像看穿了黄良才心里在想什么。

"这警察……身上有什么问题吗？"

杜志飞沉着脸，没有吭声。

黄良才顿时明白自己问了个错误的问题，也不指望能得到老板的回答，于是欠了欠身子，说："那么我立即开始调查。"

这时候，杜志飞突然开口说："被关起来的童瑶也是一名警察，而且在VIP室的时候，童瑶就站在路天峰身旁，他们俩认识。"

黄良才老脸一红，这么明显的线索，他是不应该忽略的。

"千万不要再让我失望了。"杜志飞意味深长地说道。

黄良才连声应诺，转身告辞。离开船长室后，他才察觉到自己手心里全是汗。

九月二日，晚上十点五十分。

"未来之光"号，第七层，魔术剧场。

今天晚上魔术剧场并没有安排表演，只见大门上挂着一把铁锁，一片冷清的景象。丁小刀脚步匆匆地来到门外，回头确认身后没有人，才从怀里掏出一张工作证，熟练地刷卡，推开大门旁的员工通道入口，紧接着迅速关上门。一套动作如行云流水，一气呵成。

剧场内部没有开灯，一片漆黑，只有靠近地面位置的应急出口指示牌发出幽幽的绿光，丁小刀顺着绿光，不紧不慢地向前走着，不一会儿就来到了放置魔术道具的后台。

"我来了。"丁小刀向着那堆黑黝黝的道具喊了一声。

"叮咚——叮咚——"

不知道从哪里传来风铃相互碰撞的声音。

丁小刀站在黑暗之中，有点不耐烦了："不要每次都这样装神弄鬼的，我一个人，没有尾巴。"

风铃的声音停止了，取而代之的是一个娇滴滴的女声从一面镜子后传出。

"很好，你怎么被那两个人盯上了？"

丁小刀转身面向镜子说话，而他只能看到镜子里的自己。

"我也搞不懂他们为什么要来找我麻烦。"丁小刀哼了一声，"也许他们真正想要找的人是你吧？"

镜子后安静了。

丁小刀慢慢地将手放进裤袋，几乎没有人知道，丁小刀身上永远都藏着一把设计精巧的小刀，因为见过这把小刀的人基本上都死光了。

丁小刀往镜子方向走了一小步："放心吧，我会信守承诺，反倒是你，什么时候能把约定的尾款给我呢？"

"咦？你还没有查账吗，尾款大概在两小时前已经打入了你的账号。"

"两小时前？"丁小刀不禁皱眉，这个时间点实在是太微妙了，"案发时间？"

女子的笑声清脆悦耳："你真聪明，正是第一起案件发生的时间点。"

"这不是平白无故给我增添涉案嫌疑吗？"丁小刀又向镜子走近了一步，右手紧紧握住了刀柄。

"你的问题好像搞错了。"

"问题错了？"丁小刀愕然。

就在这一瞬间，他听到耳边传来一阵风声，然而他还没来得及做出反应，就有什么冷冰冰的东西划过他的咽喉。他的五感顿时凝

逆时侦查组：拍卖时间的人

固了,整个人沉没到黑暗之中,一切都变得如此不真实。

"你应该问,为什么说是'第一起'案件。"这个声音来自丁小刀的正后方。

"因为现在正在发生的,是第二起案件啊。"然后她已经来到丁小刀的耳边,贴着他的耳朵温柔地说。

这是丁小刀这辈子听到的最后一句话。

九月二日,晚上十一点。

"未来之光"号,第七层,魔术剧场。

邮轮上的监控系统毕竟不是警方的天眼,章之奇费了好一番功夫,才确定丁小刀进入了魔术剧场。路天峰和司徒康匆匆赶到,不料恰好在剧场门外遇到雷·帕克。

雷·帕克一见路天峰就皱起眉头:"你怎么在这里?"

"随便逛逛呗。"刚才的时间倒流避免了和雷·帕克的正面冲突,因此路天峰只是随意地说了一句。

"今天的剧场不开门。"

"那你不是也来了?"

"我是来工作的。"雷·帕克正色道。

路天峰也不再遮遮掩掩了:"你们一直盯着丁小刀,对吧?"

雷·帕克点了点头。

"可惜你们的策略不对,光监视他没用的,要把他抓起来问话。"

"抓起来?他没犯事,我们凭什么把他抓起来?"

路天峰失笑道:"拜托,随便找个借口就可以了。现在我们是在追捕犯罪嫌疑人,不是在请客吃饭,哪有那么多条条框框的规矩?"

雷·帕克耸耸肩,毕竟还有身份不明的司徒康在场,他不想多说什么,只是拿出了自己的工作证,刷卡从员工通道进入了剧场。

"你们不准跟着进来。"雷·帕克还抛下了这样一句警告。

"没事,我在这里帮你盯着,反正这里只有一个出入口。"路天峰不以为意地挥了挥手。

路天峰已经向章之奇确认过,魔术剧场内部虽然有两条不同的观众疏散路线和一条员工通道,但无论走哪条路,最终都会经过这个大门位置。因此无论是雷·帕克顺利抓住丁小刀,还是丁小刀自己偷偷溜出来,都没办法躲开他们的围堵。

路天峰没想到的是,几分钟后,雷·帕克一个人匆匆忙忙地从员工通道跑出来,脸色苍白,胸前的衣服染上了一大片血迹。

"怎么回事?"路天峰心头一紧。

"丁小刀死了……利器割喉,一击致命。"雷·帕克大口大口地调整着自己凌乱的呼吸,"还有,死亡现场跟贺沁凌的状况很像。"

路天峰看着雷·帕克袖口和裤腿处的血迹,缓缓地问道:"请问,你怎么证明不是你自己动手杀了他?"

"什么?"雷·帕克瞪大双眼,用难以置信的神情看着路天峰。

"丁小刀这起案件,现在开始由我接管了。"路天峰就像变魔术一样,手里多了一副手铐,一下子就锁住了雷·帕克的双手。

雷·帕克还没回过神来,惊呼:"路天峰,你脑子有毛病吗?我可是警察啊!我哪来杀死丁小刀的动机?"

路天峰没搭话,只是向司徒康打了个眼色,示意他继续在这里守着,然后自己押着雷·帕克,两人一前一后走进剧场。

九月二日,晚上十一点零五分。

"未来之光"号,第七层,魔术剧场,后台案发现场。

"现在你明白我的感受了吗?"路天峰远远地看着尸体,用几乎是耳语的音量对雷·帕克说。

"什么……意思?"雷·帕克惊愕得连中文都说不利索了。

"现在的你，就跟两小时前的童瑶一样。"

雷·帕克默然，他在目睹丁小刀死状的那一瞬间，就意识到这两起凶杀案很可能是同一人所为，但他还没想好该怎样跟路天峰沟通，就被当作嫌疑人抓起来了。

"我们合作吧。"路天峰说出了他的建议，"跟我一起行动的那个男人叫司徒康，但我信不过他。"

"我还以为你们是朋友。"

"不，他就是一只狡猾的狐狸，绝对不能信任。"路天峰叹了叹气，"而且我还觉得他今晚心事重重，一副魂不守舍的样子。"

其实还有一个原因路天峰没说出来，登船之后一直伴随在司徒康左右的水川由纪，在最近一次时间倒流后就一直不见人影，也不知道躲哪里去了。

雷·帕克又沉默了，他实在想不通路天峰和司徒康到底是什么关系。

"我们怎么合作？"既然想不通，干脆就别想了。

"表面上维持对立状况，暗地里联手查案。还有，等一下我会找个理由放了你，而你也得下令释放童瑶。"

雷·帕克尴尬地笑了笑，说道："我还得假装不情不愿地下令，对吗？"

"合作愉快。"路天峰一边说一边掏出钥匙，解开手铐，"待会儿我把我们的内部通信频率告诉你，你也可以加入。"

雷·帕克揉了揉手腕，嘀咕了一句什么。

第三章
乱流

1

九月二日，晚上十一点二十分。

"未来之光"号，第七层，魔术剧场，后台案发现场。

四周凌乱放置着各种魔术道具，就如同喜欢在街头看热闹的一众路人一样，围观着地上那具冰冷的尸体。

戴着橡胶手套，正在检查尸体伤口的陈诺兰看上去动作娴熟，有板有眼，根本不像第一次担当法医角色的门外汉。

"诺兰，你这法医还当得有模有样的嘛。"路天峰忍不住说了一句。

"我刚才不是说过，我读大学时选修过法医学吗？"

路天峰不好意思地挠挠头："在我的概念里，'选修'等于'没学过'。"

陈诺兰狠狠瞪了他一眼，于是路天峰自觉地闭上嘴，走到一旁继续检查那些堆积如山的魔术道具。

"我检查完了。"陈诺兰就像是故意在戏弄路天峰一样，等他刚走远就开口道。

"那么快？"

"只会一点皮毛，所以检查得快。"陈诺兰又白了路天峰一眼，"死亡时间在一小时以内，死因是气管被割破，引发大量出血进而窒息死亡。"

这不用尸检我也知道呀。当然，这句话路天峰只敢在心里对自己说，表面上他则用力地点了点头，说："然后呢？"

"凶器估计是金属质锐器，切口相当平整，而且切得很深，要么是刀刃磨得异常锋利，要么就是借助机械的力量做到的。"

机械的力量？路天峰下意识地扭头望向那堆魔术道具。

"另外，初步判断丁小刀在被割喉后，曾经用左手捂住脖子处的伤口，而他的右手手指则呈不自然状态，我猜他在遇袭时右手是拿着某样东西的，但死后被凶手强行掰开手指，拿走了原本在他手中的东西。"

"那会是什么呢？"路天峰蹲下身子，仔细观察着丁小刀僵硬的右手。

"可能是武器，也可能是手机之类的？"

"如果是武器，那么为什么没有搏斗的痕迹？大晚上的一个人来这种地方，丁小刀不可能毫无防备。"路天峰注意到尸体胸前微微鼓起的地方，小心翼翼地伸出手，在西装外套的内袋里面抽出一部黑色外壳的手机，"凶手竟然没有拿走他的手机？"

"像他们这种人应该不止一部手机。"陈诺兰说。

"那凶手为什么没有拿走所有手机？"

"别问我，破案可是你的强项呀，我又没选修过刑侦学。"陈诺兰故意用调侃的语气说着。

路天峰滑动手机屏幕，不出所料地弹出了锁屏密码输入框，他想了想，尝试用丁小刀的右手大拇指进行指纹解锁，成功了。

"这确实是丁小刀的手机。"路天峰看着屏幕上凌乱的各种应用图标，不禁皱起眉头。他尝试查看通话记录和短信列表，里面的最新一条信息却是邮轮启航之前的。看来不是他删掉了通话记录，就真的还有另外一部手机。

走廊处传来了杂乱无章而又匆匆忙忙的脚步声，来者应该有好几个人。路天峰站直身子，很快就看到童瑶和雷·帕克并肩走了进来，后面还跟着一个穿着制服、身材略微发福的中年人。

"欢迎归队。"路天峰简单直接地对童瑶说，而童瑶心领神会地点点头，两人之间就不再做更多交流了。

雷·帕克依照约定，摆出一副满脸不爽的样子，没有继续走近。他身后的中年人反倒上前两步，神色冷峻地对路天峰说："我是安保主任黄良才，现在是什么情况？"

"正在调查呢，专业的事情就交给我们来处理吧。"

"不行，邮轮航行在公海上，你们又不是正规的海警，并没有直接的执法管辖权。"

"咦，你知道我是警察？"路天峰敏锐地反问。

黄良才面不改色地哼了一声，没有回答，而他的心中则在暗暗叫苦，怎么一登场就被路天峰占据了上风？

路天峰也不多说什么，完全不在乎黄良才的目光，径自把丁小刀的手机收入证物袋。

"喂，就算要进行调查，也应该交给我们吧？"雷·帕克不失时机地插话。

"论刑事案件调查，还是我们更专业一点，第一起案件你们查得怎么样了？"

"还在调查中，相关信息保密。"

"那这起案件干脆交给我们，你继续去查之前的案件吧。"路天峰向雷·帕克挤了挤眼。

逆时侦查组：拍卖时间的人　　99

雷·帕克装作勉为其难地回答："好吧……"

黄良才这时才回过神来，这两个家伙是在唱双簧吗？可惜一切已经晚了，事到如今他还能说什么，总不能说靠着手下的安保人员，能在查案方面做得比警察更加专业吧？

"我也要参与调查！"黄良才拿出自己的底气，大喊一声。毕竟自己手下还有几十号人马，难道就这样被踢出局吗？

"非常感谢黄主任！那就麻烦你赶紧调一下监控记录，看看今晚十一点前后有什么人进出过剧场。"没想到路天峰一点也不客气，顺水推舟开始发号施令。

"这个……"

"有结果了！"章之奇人未到，声先至，迈着急匆匆的脚步冲进后台，不过他马上注意到黄良才和雷·帕克都在场，立即控制住脸上的表情，快步走到路天峰身边，轻声地汇报情况，"剧场门前的监控视频检查完毕，丁小刀进来之后，没有任何人离开过这里。当然，雷·帕克除外。"

"知道了。"路天峰点了点头，然后向黄良才说，"黄主任，现在我怀疑凶手有可能仍然藏身于剧场之内，拜托你立即调配人手，封锁现场，将这里彻底搜索一遍。"

黄良才不禁瞪大了眼睛："凶手还没逃走？怎么可能！"

路天峰没有正面回答，毕竟章之奇入侵邮轮监控系统一事，在人家的安保主任面前还是需要礼节性地掩饰一下。

"另外，我还想见一下在这里表演节目的魔术师，有些问题要向他请教。"

"你怀疑我们的魔术师也跟案件有关？"

"在查明真相之前，我怀疑一切。"路天峰不紧不慢地说。

黄良才虽然不想让路天峰控制调查大局，但实在是无力反驳，只能悄悄地瞄一眼雷·帕克，指望他会继续出言争夺调查主导权，没料到雷·帕克只是淡淡地说了一句:"那我也派人来协助一下路警官吧。"

黄良才也不是笨蛋,这下心里确信路天峰和雷·帕克两人已经秘密达成某种协议,所以他接下来能做的,唯有配合他们进行调查。"未来之光"号首航之旅连续发生两起命案,这事如果不能得到妥善解决,杜氏集团的邮轮以后估计就没多少游客敢光顾了。

"我马上派人搜查现场,魔术师谢骞也会在十分钟内到场接受路警官的询问。另外,我会尽快找到魔术剧场的设计图和施工图,相信会对调查有帮助。"黄良才终于恢复了平日的干练和果断,显示出身为安保负责人应有的专业素质。他决定先想办法获取路天峰的信任,同时暗中执行老板杜志飞交给自己的任务。

盯紧路天峰,这个警察绝对不简单。

"司徒康还在门外吗?"路天峰趁着其他人没注意的时候,偷偷地问章之奇。

章之奇愕然地回答:"司徒康?刚才我进来的时候没看到他啊。"

"呵呵,看来这只老狐狸果然耐不住寂寞了……"

九月二日,晚上十一点二十五分。

"未来之光"号,主甲板,露天酒吧。

虽然已是深夜时分,但对于喜爱夜生活的年轻人而言,他们的一天才刚刚揭开序幕。露天酒吧早些时候一直在播放轻柔的爵士乐,现在已换成了节奏更为明快刺激的摇滚乐。

舞池旁,一对年轻男女紧紧地依偎在一起,两人耳鬓厮磨地窃窃私语着,女生还时不时发出低沉的笑声。酒吧里面这样的情侣随处可见,大家也会心照不宣地和他们保持适当的距离,以免破坏了对方美好的恋爱氛围。

然而,现在就有一名男子完全无视社交礼仪,举着酒杯,硬生生地坐到了年轻男女身旁的空座位上。

"两位朋友,我敬你们一杯。"面带微笑举杯祝酒的人,正是司徒康。

年轻男女的身子略微分开了些,女生脸上带着不加掩饰的不快,而男生则淡淡地说:"这位先生,你是不是认错人了?"

"当然没有,几个小时前,我们还在赌场里面交过手呢。"司徒康自信满满地说。

年轻男生笑了笑,说:"抱歉,这里光线不太好,一下子没认出来。"

他们正是之前和司徒康等人在赌场VIP区比拼轮盘游戏的那对恋人,只不过赌钱的时候,两人身上全是高调张扬的奢侈品,生怕别人不知道他们财大气粗,而现在两人都穿着极为简朴的便服,完全看不出富贵之气。

司徒康丝毫不顾女生刀一样的目光,把酒杯放在桌上,说:"你们没认出我,但我可是认出了你们。"

"哦?"男生的眉头向上一挑。

"在赌桌上,我就觉得你有点眼熟,但我很肯定自己绝对没见过你。那么,为什么你会给我一种熟悉的感觉呢?"

女生的脸色愈发阴沉。她刻意地移开目光,不再看向司徒康。

司徒康见状,心中暗喜,更加确信自己的猜想无误。

"我们之前确实没见过面。"男生的神情如初。

"但我曾经见过你的父亲——东南亚娱乐大亨,人称'富可敌国'的谈武衡。"司徒康终于点破了年轻人的来历。

谈武衡确实是个传奇人物,年幼时因为逃避战乱,从家乡一路南下,前往香港。后来又跟着一艘走私的黑市货船偷渡去东南亚,其间遭遇海难,几乎丢了性命,但幸运地被路过的渔民救起。踏上异国他乡的土地后,他一无所有,从替渔民打杂的小工做起,以勤勉认真的工作态度取得了当地人的信任，慢慢拥有了一艘属于自己的渔船，后来又赢得村长女儿的芳心，成了村长的女婿。谈武衡以村长接班人的身份，策划出渔村未来十年的发展蓝图，想要将这小小的渔村打造成为顶尖的旅游度假胜地。

一开始，大部分人还会取笑谈武衡，觉得他只是个空想家，但谈武衡不为所动，苦心经营了十年之后，他将毫不起眼的小渔村成功改造为国际知名的豪华度假村，由此走上了致富之路。

在经历了数十年的商场打拼后，谈武衡的"武衡集团"已经成为全球顶级的旅游行业巨无霸，旗下的中高端酒店遍布全球一百多个国家。另外，集团也经营着数十艘豪华邮轮，与以邮轮起家的杜氏集团算是直接竞争对手。

谈武衡先后四次娶妻，共有九名子女，其中最年长的儿子已经五十岁，是武衡集团的董事会成员，而最年轻的一位，是从来没有在媒体上抛头露面，坊间传言最受谈武衡喜爱的"九公子"谈朗杰，今年才二十五岁。

"为什么你会觉得我是谈朗杰？"年轻人既没有承认，也没有否认。

"首先，今晚进入赌场 VIP 区八号房的人基本上可以确定全部是买家，既然是买家的话，就得有雄厚的财力，能够满足这一点的人并不多。"司徒康故意闪烁其词，并没有说清楚他们到底是什么东西的买家，就是为了观察对方的反应。

然而，年轻男子还是一副悠然自得的模样，静静地等待着司徒康说下去。

"其次，我见过你父亲，也读过财经杂志上的人物专访。专访里面有你父亲年轻时的照片，样子和你很像。"

"这一点更有可能只是巧合而已。"

司徒康慢慢地摇摇头："绝对不是巧合，你是谈朗杰的话，可以解释所有的事情——你为什么出现在这艘邮轮上,为什么进入了赌场 VIP 区的八号房。还有,为什么谈武衡要将自己最小的儿子保护得严严实实,从来不让任何媒体接触到他。"

"哦,为什么呢?"

"因为他的这个儿子不是'普通人'啊……"司徒康盯着年轻男子的黑色眼瞳,说,"参与今晚这场竞拍的人,一定需要有验货的能力。所以,谈朗杰先生,你能感知到时间的异动,对吧?"

年轻男子笑了起来,双手十指交叉,像是松了一口气,语调欢快地说:"没错,我就是谈朗杰,司徒先生果然名不虚传。"

"原来你也知道我是谁。"司徒康并不显得太过意外,像谈朗杰这种人,一定提前做了很多准备工作。

"多亏了司徒先生,我们对'时间'这一门学问的研究才能获得突破性进展。"谈朗杰言语中颇有欣赏之意。

"那么,我们有机会合作吗?"司徒康的身子微微前倾,问道。

"你所指的合作是……"

司徒康掏出了那台拍卖专用的手机。

"这场拍卖可能是一个骗局。"手机上收到的最后一条信息,是最终报价高达三百万枚 DT Coin,卖家正式宣布成交。但司徒康认为,按照目前的最新市场价,在今天晚上收集到三百万枚 DT Coin 的难度极大,搞不好一切都只是卖家设计的骗局。

"你的意思是,卖家想通过炒卖 DT Coin 赚钱而已?这三百万枚的报价也是假的?"谈朗杰托着下巴说。

"反正我想尽一切办法,只买到了两百万枚 DT Coin,再多一百万枚……根本不可能嘛。"

谈朗杰微微颔首:"我知道市场上流通的 DT Coin 一共是一千万枚,而我们这边最后出价是两百万枚,已经到我们的极限了。"

"还有另外一件值得注意的事情。"司徒康稍作停顿,故意卖了个关子,"据我所知,已经有两名参与轮盘游戏的买家死于非命。"

"这是怎么回事?"谈朗杰倒吸一口凉气,看起来对案件毫不知情。

"我只知道第一位死者是老板的女朋友贺沁凌,第二位死者是那个赌棍丁小刀,详细情况还在调查当中。"

谈朗杰沉思片刻后,转头问身旁的女生:"小冷,你怎么看?"

"我们还是先把卖家找出来吧。"叫小冷的女人声音清冽而温柔,眼中却带着别样的光芒。

这时候司徒康注意到,小冷那白皙纤细的手指上,戴着一枚朴素无华的银戒指,戒指上没有镶嵌任何珠宝,但他看出了这枚戒指本身形成了一个莫比乌斯环。

莫比乌斯环象征着无限循环,同时也是天时会的秘密标记之一。这难道只是巧合吗?

2

九月二日,晚上十一点三十五分。

"未来之光"号,第七层,魔术剧场,表演舞台。

黄良才和他手下的安保人员正在对剧场进行地毯式搜查,但并没有任何发现。随着时间的推移,在剧场内找到凶手的概率越来越低了,路天峰的脸色也因此变得越来越严肃。

就在刚才,黄良才和章之奇先后向路天峰反映了同一个情况:邮轮的视频监控系统遭受了病毒侵袭,船上有大概三分之一的监控摄像头无法正常运作,其中包括安装在赌场 VIP 区出入口的两个摄像头,而缺少了这两处关键的视频信息,排查工作变得极其困难。

"病毒会不会也影响了剧场门外的监控摄像头?"路天峰私下询问章之奇。

"电脑病毒大概在十点三十分左右被清除了，之后所有摄像头恢复正常，因此我可以肯定在丁小刀进门之后，就只有雷·帕克进去过，而且没有任何其他人进出。"

"把时间再往前推呢？"

"找不到之前的数据，也不知道是被删除了还是受病毒影响……"章之奇有点无奈地说，"但即使有谁提前进入剧场等候丁小刀，那他在杀人之后也总得想办法离开啊。"

"有一个人可能帮得上忙。"路天峰一边说，一边把目光投向刚刚走进剧场的魔术师。

"我是这里的魔术师谢骞。"

"我叫路天峰，感谢你的配合。"路天峰与谢骞客气地握了握手，随即认出了对方。傍晚的时候，他已经见过谢骞在甲板上表演瞬间换人加逃脱术，知道他是个水平挺不错的魔术师。

"警民合作嘛，应该的。"谢骞笑着说，倒没有计较执法管辖权之类的问题，"这次是……命案？"

"第二起命案。"路天峰留意观察着谢骞脸上的表情。

"第二起？"谢骞惊讶的样子看起来很自然。

"具体情况需要保密，我就直接提问吧，今天晚上你去了哪些地方，做了些什么？"

"这就是所谓的不在场证明调查吗？很有趣呢。"谢骞露出了兴致勃勃的神情，思索了片刻才说，"今晚因为没有表演节目安排，所以我大概是在八点左右吃完晚饭，就跟我的剧组成员一起来到了剧场，为明天开始的表演做好检查和准备工作。"

谢骞又认真地回忆了一下，接着说下去："我们各司其职，分头检查了舞台和道具的情况，又整理了一下后台、化装间等地方，最后大概在九点半左右，一起离开了这里。之后，我就一直在自己的房间休息了。"

"最后一个离开剧场的人是谁？"路天峰追问了一句。

"我们一起走的，走在最后的人应该是我吧，因为我有个习惯，最后会回头看一眼各种灯光是不是已经全部关好。"

"所以九点半之后，剧场里面一个人都没有？"

"是的。"谢骞非常确定地点了点头。

"会不会有谁一直藏在剧场里头而没被你们发现呢？"路天峰又问。

谢骞似乎有点惊讶："这个我不敢说绝对没有，但可能性很低，要知道这里面积并不算大，能藏人的地方更是没几个。因为是开演前的最后一次检查工作，我们还是检查得比较认真细致的，过程中并没有发现任何异常。"

路天峰点了点头，看上去像是接受了这个答案，却又话锋一转，问道："接下来想问一个关乎商业机密的问题——这剧场的表演专用密道在哪里？"

谢骞的身子微微一顿："路警官为什么会觉得这里有密道？"

"因为你傍晚在甲板上表演了一个非常精彩的瞬间转移魔术，然后我就猜想，那有可能是你正式表演时的压轴好戏之一。"路天峰稍稍用力踏了踏脚下坚实的舞台，"如果你需要登台表演类似魔术的话，应该需要一条密道吧。"

谢骞流露出一副非常难办的表情。魔术窍门绝对不能公开，这可是魔术行业能够延续数百年、生存至今的基本原则。

路天峰向身旁的章之奇打了个眼色，示意他先回避一下，章之奇心领神会，随便找个借口离开了。这样一来，舞台上就只剩下路天峰和谢骞两个人了。

"谢骞老师，拜托您告诉我吧。"路天峰用上了尊称，"否则我们还得花时间认真检查一遍舞台，搞不好还会把密道机关给弄坏了。"

谢骞叹了叹气,说:"好吧,我可以告诉你密道在哪里,但如何开启密道入口不能说,我只能向你保证,除了我之外,没有人能开启这条密道。"

"可以,我一定会替您保密。"

"就在你身后,已经开启了。"谢骞指了指路天峰脚下。

路天峰还真被吓了一跳,一来他并没有看到谢骞的手中有什么特别的动作,二来也完全没听到密道入口开启的声音。看来这机关设计得非常巧妙。

"这条密道可以通往哪里?"路天峰蹲下身子,探头到密道里观察。只见密道里面并没有灯光,而是贴满了荧光贴纸,以便指引方向。

"通往后台道具间,出入口隐藏在一面镜子的后面。"

路天峰愣了愣:"没有通往剧场之外的密道?"

"没有,魔术师要是彻底离开了剧场,接下来还能表演什么呢?"谢骞忍不住笑了起来,"再说对我而言,从舞台到后台才需要使用密道,从后台离开剧场可就简单得多了。"

"真的吗?有办法不被剧场门口的监控拍到,然后离开这里吗?"路天峰的话里带着一丝期待。

"有啊,比如躲在餐车里头,让别人推着出去。"谢骞几乎是立即就给出了答案。

"可是这方法不对……"路天峰看着黑漆漆的密道,突发奇想道,"我可以试着走一遍这条密道吗?"

"可以,但你得跟在我后面。"谢骞一口答应。

"没问题,麻烦您带路了。"路天峰打开手机附带的手电功能,跟在谢骞身后,跳进了这条魔术师专用的秘道之中。

"哎哟!"

"路警官,小心一点。"

刚进入密道时,路天峰似乎是脚下一时没站稳,撞上了谢骞的后背,幸好谢骞在黑暗之中依然反应奇快,一把扶住了他。

"谢谢,继续前进吧。"

九月二日,晚上十一点四十分。

"未来之光"号,第十七层,1722房间,门外。

"叮咚,叮咚,叮咚——"

小冷锲而不舍地每隔五秒钟就按一下门铃,但足足按了一分钟,还是无人应门。

"房间里好像没人。"小冷说。

"刚才跟我们一起玩轮盘的金发大叔,真的就住在这儿?"司徒康问道。

谈朗杰语气肯定地说:"没错。"

"你怎么那么肯定?"

"因为我认识他啊。"谈朗杰轻描淡写地说,"房间号也是他自己告诉我的。"

"你们居然是认识的?"司徒康不经意地皱起了眉头。

"每个人都会有一些小秘密,希望司徒先生不要介意。"谈朗杰微微一笑,说,"小冷,我们走吧,换个地方说话。"

"他到底去哪里了?"小冷自言自语地说。

司徒康也嘀咕着:"那家伙该不会也被杀了吧?"

"放心吧,'银行家'可不会那么容易死掉。"谈朗杰对此倒是信心满满,"司徒先生听说过这个绰号吗?"

银行家?

司徒康在心里默默地重复着这个名字。

三人转身离去后,灯光昏暗的1722房间内那两个人终于长嘘了一口气。

水川由纪轻轻推开了抱着自己的"银行家",埋怨道:"好险,我们差点暴露了,都怪你这家伙太过猴急。"

"银行家"却是面不改色,笑嘻嘻地说:"没错没错,都怪我。这次全靠我亲爱的由纪,才能凑到三百万枚 DT Coin 啊。"说话间,他的一双大手还不断地往水川由纪的腰间摸索。

水川由纪轻轻拍一下他的手,娇嗔一声:"够了,赶紧去完成交易吧,趁着司徒康还没发现我偷走了他的钱。"

"别回司徒康身边了,那个男人很危险。"没想到外形粗犷豪放的"银行家",对水川由纪说话时却有一种别样的温柔。

"我现在得马上回去了,司徒康的疑心很重。"水川由纪飞快地吻了吻"银行家"的脸颊,"等你拿到了时间机器就立即联系我。"

"好的,我明白了。"他正色道,"你可一定要小心。"

九月二日,晚上十一点四十分。

"未来之光"号,第七层,魔术剧场,后台。

路天峰跟随着谢骞,通过密道抵达后台,不得不由衷感叹密道设计之精妙。之前他印象中的密道应该是狭窄难行的,没想到除了密道两端的出入口之外,其余地方都足够宽敞,利用这条密道从舞台赶到后台,大概只需要二十秒左右。

当然,路天峰并没有快速通行,而是仔细地检查了一遍密道内壁,确认密道里面不再有其他的机关和岔路。

"剧场里头只有这一条密道吗?"路天峰整理了一下衣服,注意到自己身上并没有沾到多少灰尘,看来密道内部也会定期做清洁工作。

谢骞苦笑:"路警官,身为魔术师,剧场内部能有这样一条密道已经是非常奢侈的配置了。实际上,我也不是每次表演都需要用到它。"

"不用密道也能表演瞬间转移吗?"

"那可涉及另外一个商业机密了。"谢骞眨眨眼。

路天峰抱歉地笑了笑。他也很清楚,不可能要求谢骞将自己的所有魔术秘密交代个底朝天,但密道只能连通舞台和后台,杀死丁小刀的凶手即使知道密道的存在,也依然没办法逃离剧场。

那么,还有其他可能性吗?

这时候,黄良才拿着一卷图纸走进了后台。他看到路天峰和谢骞,有点意外地说:"路警官,原来你在这里,我还到处找你呢。"

"怎么了?"路天峰自然而然地略过了关于密道的信息,信守承诺,替谢骞保守秘密。

"这是剧场的设计图,你看看,舞台建造得比较高,下面其实是有一定的空间可以进行改造的。"看来黄良才也不是等闲之辈,光看设计图就猜出个大概,"当时的设计方案是为了预留足够的空间安装升降装置,但我们可以再对比一下施工图,上面并没有升降装置的安装记录。"

"所以证明下面的空间并没有被利用起来?"路天峰故意装糊涂道。

"不,这证明做手脚的机会很多啊。"

"黄主任,这可是新邮轮的首航,能够在你们剧场里头做手脚的人,屈指可数吧?"

"这个……"黄良才发现按照自己的思路推理下去的话,真正的嫌疑人不就只有自己的老板杜志飞吗?除他之外,还有谁有能力在"未来之光"号上提前做好布局?

路天峰再仔细看了看设计图,说:"就算舞台下方有一定空间,也不可能借此离开剧场范围啊……剧场的正下方和正上方分别是什么?"

"六层是购物中心和KTV,八层是娱乐区域,包括赌场。"黄良才立即回答。

路天峰抬头看着天花板上的空调出风口,若有所思道:"我之前看过一篇科普文章,说空气循环系统是邮轮的核心系统之一,越是高端的邮轮,就越重视这个环节的设计。这个说法到底靠谱不?"

黄良才说:"没错,因为整艘邮轮与外界之间的空气流通程度不高,大部分情况下是靠高效的循环清洁系统来补充新鲜空气的,所以我们这艘船不惜成本,打造出了国际一流水准的空气循环系统。"

"我想知道这些通风管道里面,能不能通过一个成年人。"路天峰说出了自己的推测。

黄良才想了想,回答道:"这还真的不好说啊……"

"立即把所有人召集过来,彻底检查一遍剧场内部的所有通风口和通风管道,看有没有被破坏或者入侵的痕迹。"

路天峰从来不相信推理小说里面的什么密室、不可能犯罪,真相一定是个极为简单合理的存在,只是他们暂时还没有发现而已。

没关系,迟早会发现的。

九月二日,晚上十一点五十分。

"未来之光"号,主甲板,船首观光台。

此时此刻的茫茫大海看起来只是一片漆黑,无边的黑暗似乎能够吞噬一切光芒与希望,人若在这里站久了,难免会意兴索然,因此观光台上几乎没有游客。司徒康一言不发地站在这里,听完了谈朗杰对"银行家"的介绍。

"银行家",没有人知道他的真实姓名,圈子里都称他为"Banker",是个专门替人洗黑钱的地下钱庄老板。他的经营手段与其他同行不一样的地方在于,无论他接多大的生意,跟什么人见面谈判,永远都是孤身前往,连保镖都不带一名;而且据说无论多大金额的单子，他都能以最快的速度把黑钱洗白，干净得谁都查不出一丁点儿瑕疵来。正因为这样，别人开的地下钱庄只敢叫"钱庄"，他开的地下钱庄却敢叫"银行"，他也大言不惭地自称为"银行家"。

当然了，"银行家"的服务既然那么好，收费自然也高得惊人，但想要他提供服务的人，根本不会在乎价钱的问题。至于他本人在这门生意上到底积攒了多少财富，那就真的只有天知道了。

"据说那家伙曾经一个人闯进东京势力最大的黑帮老巢，一路上没有人拦得住他。他径直冲进老大的房间，硬是谈完一笔价值一百亿日元的生意后再潇洒离开。这种人嘛，你根本不用担心他会被别人害死。"谈朗杰总结道。

司徒康冷冷一笑，说："当时一起玩轮盘游戏的，合计是五方买家：现在丁小刀和贺沁凌死了，这两家很可能已经失去了竞争力，而你和我这两家都是无功而返。如果'银行家'真如你说的那么有能力和魄力，那花了三百万枚 DT Coin 竞拍到时间机器的人会不会就是他？"

"假设真的是'银行家'竞标成功，那么他们会选择在哪里进行交易呢？"谈朗杰似乎胸有成竹，抛出这个问题，只是为了听听司徒康的答案。

司徒康沉吟片刻，说："我会选择一个带有一定私密性，但又属于公众场合的地方，比如餐厅包厢之类的，绝对不会选择在某人的房间里做交易。"

"船上的餐厅虽然是二十四小时营业，但深夜时分的顾客人数比较少，在那里交易还是容易引人注目。"谈朗杰拍了拍手边的栏杆，"船上还有另外一个地方更适合，KTV。"

KTV 人多嘈杂，但进入包间关起门来也自成隐蔽空间。出于安全和实际情况考虑，KTV 的包间大部分不会安装门锁，虽然会安装监控摄像头，但只拍视频而不会收音，方便密谈，可以说是一个既

逆时侦查组：拍卖时间的人　113

私密又公开的场所，确实是交易地点的理想选择之一。

"没想到邮轮上还有KTV，这年头大家都那么喜欢唱歌吗？"司徒康半开玩笑道。

"如果我竞标成功的话，也会选择KTV作为交易地点。所以我还提前做了一点准备工作。小冷，现在情况怎么样？"

"就在一分钟之前，'银行家'大摇大摆地走进了KTV，说是一位朋友替他预订好了包间。"小冷细声细气地说。

司徒康心下豁然，谈朗杰一早就在KTV里安插了眼线，没想到这招守株待兔歪打正着，真的逮到了猎物。

谈朗杰大笑着说："那么我们也去唱个歌吧！"

3

九月二日，晚上十一点五十分。

"未来之光"号，第七层，魔术剧场，后台。

搜查工作还在进行当中，但依然没有任何发现，空气循环系统的大部分管道其实还是比较狭窄的，人绝对无法通行，而几条直径较大的主要管道又都被检查过一遍，近期并没有人进去过。

路天峰把陈诺兰、章之奇、童瑶三人召集到后台，准备开一个简单的搜查会议，商量接下来的调查策略。雷·帕克当仁不让地受邀参加，而黄良才却是厚着脸皮站在原地，摆出一副非要旁听不可的姿态，路天峰也只是笑笑，没说什么。

然而在路天峰发言之前，雷·帕克却抢先举起手来："路警官，我这边有新情况汇报。"

"请说。"

"之前在赌场VIP区八号房参与轮盘游戏的其余几个人，身份已经确认了。"雷·帕克将一份打印好的档案资料递给路天峰。

章之奇懊恼地叹了叹气,搜寻资料本应是他的强项,没想到在他分心去处理监控系统的时候,却被别人捷足先登。

路天峰接到资料,第一页就让他大吃一惊。

"刚才那年轻人,居然是亿万富翁谈武衡的儿子?"

谈朗杰,二十五岁,从未在公开场合和媒体上露面,童年经历不详,没有小学、中学阶段的相关信息,而大学阶段也只是简单地写着美国一所高校的名字,连就读专业都没标记,可谓是披着神秘光环的豪门之子。他的职业信息上写着"无业"——这可能是世界上最有钱的无业游民了。

路天峰翻到下一页,这人的资料就更少了。

于小冷,女,中国籍,二十二岁。父母身份不明,在中国北方的孤儿院长大,十年前被谈武衡收养,但并未改姓,保留了原姓氏"于",其余情况未知。

"这女孩又是什么情况?"路天峰不禁发问。

"不清楚,谈武衡膝下共有九个孩子,按理说并不需要收养一个毫无血缘关系的女孩。"雷·帕克也答不上来。

"这事曾经轰动一时,网上有各种各样的猜测,有人说于小冷其实是谈武衡的私生女,也有人说她是谈武衡特意找回来的小情人,但无论哪种说法,都没有实质性的证据支持,所以看热闹的围观群众也就很快散去。"一提到这种豪门八卦,章之奇就特别来劲,"现在看起来,于小冷更像是谈武衡特意为谈朗杰挑选的未婚妻。"

路天峰暂时不知道该说些什么,只能翻开资料的下一页。让他笑哭不得的是,这一页资料虽然写得密密麻麻,但同样夹杂着一大堆疑问。

男,白种人,姓名未知,年龄未知,国籍未知,绰号"银行家"。地下钱庄运营者,洗黑钱专业户,业务范围以亚洲地区为主;一直独来独往，无论与什么人洽谈生意都只会单独出现，从来不带任何下属，让客户分外放心；他的洗黑钱业务背后当然需要有一整套专业流程和人员配置，但没有人知道他背后的势力到底有多大，他又是如何控制业务运作的。"银行家"曾经被列入国际刑警的重点观察名单，但连续两年的跟踪调查无功而返，只好不了了之。

"这种人你也没能第一时间认出来？"路天峰向雷·帕克发问。

雷·帕克尴尬地摊摊手："我又不是电脑，难道还自带人脸识别系统吗？对'银行家'的调查工作，我并没有参与过，不认得他也不奇怪吧。"

"好吧……"路天峰刚想说点什么，就看到孙映虹火急火燎地冲了进来。她先是环顾全场，然后快步走到雷·帕克身旁，贴着他的耳朵小声说了一句什么。

雷·帕克的神色立即变得严肃起来，他看了看路天峰，沉声道："刚刚收到的消息，'银行家'一个人去了六层的'如歌'KTV。"

"他去那里干吗？"

"反正应该不是去唱歌的。"雷·帕克和路天峰交换了一下眼神，两人几乎同时点了点头。

"我先去'如歌'KTV看看那边的情况，奇哥你看看能不能深挖一下这三个人的资料？现在的信息实在太空泛了。"

"没问题！"章之奇一口答应。

"我想回赌场的案发现场看看。"童瑶憋闷了好几个小时，心中一口闷气想要一吐为快，于是主动请缨。

路天峰想了想，现在把全部人力集中在这里也意义不大，于是吩咐陈诺兰跟着童瑶，先返回第一起案件的案发现场重新勘查一遍，然后去对贺沁凌的尸体进行简单的尸检。虽然陈诺兰只是业余水平，但应该也能判断出两起案件的杀人手法有什么联系。

大家分头领命，各自散去，而理论上是船上安保工作负责人的黄良才却被有意无意地忽略了。他冷冷地哼了一声,重新拿出魔术剧场的设计图纸,口中念念有词。

突然之间,黄良才的嘴角不由自主地翘了起来,似乎看出一些并没有被其他人发现的奥秘。

九月二日,晚上十一点五十五分。

"未来之光"号,第六层,如歌KTV。灯红酒绿的装潢,闪烁不定的霓虹灯,处处透露出一种不合时宜的热情和深度透支的欢愉。

即使"银行家"已经在亚洲生活了那么多年,也依然无法理解亚洲人民对KTV的那种热切喜爱之情。对他而言,选择这里作为交易地点的唯一原因,就是环境足够嘈杂和混乱,方便逃跑。

刚才在前台,他先是刷了自己的智能手环,笑容甜美的服务生就告诉他预订的是十六号包间,顺着走廊往洗手间方向一直走即可。但他一点都不着急,慢慢悠悠地在KTV里四处闲逛了好几分钟,才去往十六号包间的方向,却又像是路过的样子,径直往洗手间走去,只是不经意地用眼角余光瞄了一眼十六号包间内部。

没有人。

"银行家"在洗手间内转了一圈,再次回到十六号包间门外,这时候他已经确认了四周一切正常,并没有什么陷阱,才放心地推开十六号包间的房门,走了进去。

江湖传言将他的形象塑造成一位胆识惊人的勇士,而只有他自己最清楚,真正的安身立命之本是冷静和谨慎。当然,他还有另外一件秘密武器——身为时间感知者的能力。

再三确认安全后,"银行家"站在包间的正中央,拿出手机拨打了某个网络电话的号码。他没有坐下来,也没有触碰包间内的食物和饮料,在拨打电话的同时,目光紧紧锁定了包间的房门。

"我到了。"

"很好,你看一下沙发底下,有个密码箱。"电话另一端的人采用了变声器,把声音设置为童声,又尖又细,听起来特别诡异。

"看到了。"在弯腰拖出沙发下面的密码箱之前,"银行家"还不忘先戴上橡胶手套。

"我的朋友,没必要那么小心翼翼吧?"对方笑着调侃了一句,出于变声器的缘故,那笑声显得很瘆人。

"银行家"没有答话,只是静静地看着箱子上的电子密码锁,等待对方的下一步指示。

"打开箱子吧,密码是……739192。"

"银行家"按照这个密码,顺利打开箱子,里面是一台尺寸明显大于普通笔记本电脑的仪器,无论是屏幕、键盘还是上面的电子元件,都透着一种陌生的高科技气息。

"这就是时间机器?"

"没错,刚才我们已经验了好几次货了吧?"

"但我怎能确认这就是真正的时间机器呢?"

"银行家"的担心不无道理,毕竟他并不知道时间机器长什么样子,也根本认不出眼前这玩意儿到底是什么。

似乎早就料到他会有此顾虑,电话那头不紧不慢地说:"没关系的,你可以试着启动一次。"

"可是……我不会操作。"

"很简单的,我来教一下你。"对方又发出毛骨悚然的笑声,"先按那个键……调出菜单,选择设置时间……嗯,很好,你想选多久就多久,不过最好不要超过十五分钟……"

"银行家"一步接一步地依次操作着,有一种自己已经变成了一个傀儡的错觉。

他将时间设置为五分钟。

"设置完毕的话,就按一下那个红色的启动键。"

"就这么简单吗？"他总觉得这操作简单得有点过分了。

"试一试不就知道了？"对方意味深长地说。

"银行家"心想，反正现在自己一分钱都没给，就算是骗局也没关系，难不成还会一按下去整艘邮轮就爆炸了吗？

他咬咬牙，按下了启动键。

好像有那么半秒钟的延迟，紧接着，"银行家"发现自己出现在洗手间里面。

他连忙看了一眼手表，没错，时间倒流了！

确认了这一点后，他立即大步飞奔向十六号包间。

这一次，他没有任何犹豫，直接扑向沙发，从沙发底下拖出那个价值连城的密码箱。

739192。

密码错误。

"银行家"对自己的记忆力相当有信心，这区区六位数的密码怎么可能记错？

他又认真地输入了一遍，密码箱还是没能打开。

"怎么回事？"他略略思索就想明白了，这个箱子的密码是可以通过远程控制修改的。

这时候，"银行家"怀里的电话"嗡嗡嗡"地振动起来。

"不会以为我用的还是同一个密码吧？"电话那边换成了苍老的男声，"立即将三百万枚 DT Coin 转给我，我就会把箱子的密码告诉你。"

"五分钟内转账给你，先转六成，打开箱子后给尾款。""银行家"果断地拿起箱子，离开了十六号包间，同时也离开了卖家的监视范围。

"凭借你的江湖信誉，可以先给八成，但别耍花样，箱子里面可是有自毁装置的。"电话那头提醒道。

逆时侦查组：拍卖时间的人　119

"银行家"没再说话，挂断了电话。提着手中那沉甸甸的箱子，他觉得自己似乎已经拥有了整个世界。

但整个世界，都比不上水川由纪……这个令他神魂颠倒的女人，主动来到他身边帮助他。一旦这场交易顺利结束，他就赚够了这辈子所需要的钱了，接下来他可以退隐江湖，跟水川由纪双宿双栖。

第四次时间倒流后。

九月三日，凌晨零点。

"未来之光"号，第六层，如歌 KTV。

路天峰和司徒康几乎同时来到了如歌 KTV 的前台接待处，路天峰身旁是雷·帕克，而司徒康身后还有谈朗杰和于小冷。

和路天峰打了个眼色后，司徒康抢先说："路警官，怎么这么巧，来唱歌吗？"

"是啊，你呢？"路天峰故意无视了站在司徒康身后的谈朗杰和于小冷。

"我也是来唱歌的。"司徒康说完，还真让前台服务生替他开一个包间。

"司徒先生是第一次来这里？"

"不，第二次。"

两人通过这简单的一问一答，确认了刚才确实又发生了一次短短五分钟的时间倒流。

说话间，路天峰特别留心观察着谈朗杰和于小冷，想从他们的表情判断出两人之中谁是感知者。只可惜谈朗杰总是一副玩世不恭的花花公子模样，于小冷又小鸟依人地缠在他身边。即使明知道两人未必是真正的情侣，但仍然不得不佩服他们的演技高超。

这时候，"银行家"施施然地出现在走廊上，他的手里正提着一个可疑的大箱子，令众人的目光不约而同地投向了他。即使并不知道内情的雷·帕克，也凭着职业本能判断出那个箱子非同寻常，而路天峰等人更是马上断定"银行家"已经拿到了时间机器。

说来也奇怪，虽然每个人都想抢夺这台机器，但毕竟是大庭广众、众目睽睽之下，没有人愿意先动手。

"银行家"早就注意到前台这边的状况有点莫名其妙，也认出了好几张熟悉的脸孔，自然猜到其他买家并未轻易放弃。不过看司徒康现在的表情还比较自然，估计是尚未发现水川由纪已经叛变。

"银行家"知道，这种时候绝对不能轻举妄动，只有维持着各方势力之间微妙的平衡，才有机会顺利脱身。于是他攥紧密码箱的提手，不紧不慢地向KTV的出口走去。

路天峰上前一步，拦住了"银行家"。

"先生，对不起，请问你手里拿着的是什么？"

"银行家"神色自若地反问："你是什么人？"

"警察，正在查案。"

"你的证件呢？邮轮现在在公海范围，不是只有各国海警才有执法管辖权吗？"

"银行家"看准了路天峰并没有第一时间出示证件，由此判断他肯定不是正规海警，只是没想到，路天峰也不按常理出牌。

"我们怀疑这箱子里面是毒品，可以先行扣押调查，后补手续。"路天峰说罢，伸手就要把密码箱拿过来。

"银行家"护住箱子，退后两步，警觉地说："你可别乱来！"

路天峰当然不会让"银行家"轻易脱身，正在两人僵持不下之际，谈朗杰却主动上前打圆场："这位警官大概是有点误会。"

"你又是谁？"路天峰明知故问，就想看看谈朗杰如何应对。

"我只是个生意人，这位先生是我的朋友，一贯诚信守法，绝对不可能贩毒。"谈朗杰避重就轻地说。

"没有贩毒就再好不过了，但箱子还是得打开让我检查一下，这是我的职责所在。"

谈朗杰笑着说："既然这样，在下有个小小的提议，可否找一个包间，让无关人员回避，然后我们再开箱检查？"

路天峰不解地问："我们？"

"在下可以在旁做个第三方见证人，相信我的朋友会愿意的。"谈朗杰说完，微笑着望向"银行家"。

"银行家"现在进退两难，如果硬杠下去，路天峰毕竟是警察，非要动用武力开箱检查的话，自己抵挡不住；而让谈朗杰掺和进来自然不是什么好消息，但总比让司徒康这种人掺和进来要好一点。更何况，他自己还没转账给卖家，连箱子的密码都不知道呢，干脆先回到包间里头，三个人之间的谈判会比较好处理。

"好吧，那我们回十六号包间，这位警官只能一个人进来检查，而你……"

"我自然也是一个人进去。"

小冷听了这句话，嘴唇动了动，似乎想说点什么，然而谈朗杰提前用目光阻止了她。

司徒康和雷·帕克对这个安排虽说不算满意，但一时之间也无话可说。在路天峰等三人进入包间后，他们自然而然地守在包间门外，确保"银行家"插翅难飞。

门外的气氛剑拔弩张，小小的包间内更是风起云涌。

九月三日，凌晨零点十分。

"未来之光"号，第六层，如歌KTV，十六号包间。

"银行家"将密码箱摆在正中央的小桌子上，开门见山地说："坦白说，我还没办法打开这个箱子。"

"怎么回事？"路天峰和谈朗杰同时皱起了眉头。

"我正在和别人做交易……而交易还没有正式完成。"说话的时候,"银行家"下意识地看了看包间内的监控摄像头。

他希望卖家能看到目前的状况,并不是他不想给钱,而是被这个警察缠住了——你可千万不要启动箱子里的自毁系统啊!

"你们交易的东西到底是什么?"

"一台……仪器,绝对跟毒品没有任何关联。如果你同意的话,我现在就可以立即完成交易,然后获得打开箱子的密码。"

路天峰盯着"银行家"的脸,觉得他不像是在说谎。

"请便。"

于是"银行家"掏出手机,进入 DT Coin 的转账界面,在输入转账数额时,经历过大风大浪的他,手指还是难免微微颤抖起来。

这可能是他一辈子最重要的一笔交易啊。

随着一声模拟金币掉进钱袋的提示音,转账完成了。如今也只有使用电子货币,才能在转瞬之间完成如此巨额的交易。

一分钟过去了,两分钟过去了,"银行家"的手机一直没有任何动静。

他终于按捺不住,尝试用网络电话去联系卖家,然而在拨打那个虚拟号码的时候,却只收到了"对方账号不存在"的提示。

"联系不上了?"谈朗杰的脸色变得凝重起来。

如果这真是一场骗局的话,居然连"银行家"这种老江湖都会上当,实在是不简单。

但之前明明发生过好几次时间倒流啊?

就在"银行家"为无法联系卖家而急得团团转时,路天峰注意到密码箱上的特殊设计,他尝试转动几下数字密码盘,突然开口说:"这个箱子是可以远程解锁的吗?"

"银行家"用不太确定的语气回答:"这个可以远程设置密码,那应该也可以远程解锁吧……"

"可以的,因为箱子已经解锁了。"

"什么?"

随着"银行家"的一声惊呼,路天峰动手掀开了密码箱。看着箱子里的东西,"银行家"激动得几乎要哭出来了,而谈朗杰露出了困惑的神情。这东西的样子和他心目中的时间机器差别太大了。

路天峰则满脸愕然,几乎无法相信眼前的一切。

因为密码箱里并不是什么"时间机器",而是陈诺兰之前失窃的那台RT分析仪。

这到底是怎么一回事?

4

九月三日,凌晨零点三十分。

"未来之光"号,第八层,赌场VIP区,一号休息室。

邮轮上当然不可能有专门用于保存尸体的地方,所以贺沁凌的尸身被搬到这间配置齐全的豪华休息室内——这里有一个足够大的冰柜,原本放满了五花八门的冰镇饮料,现在则把饮料全部搬了出来,杂乱无章地堆放在一旁,好腾出空间来安置尸体。

奢华的陈设、高雅的家具、堆积的饮料瓶子,加上冰柜内的女尸,这几个奇异的元素结合在一起,如同一幅充满黑色幽默的后现代艺术作品。

陈诺兰仔细地检查完贺沁凌脖子上的伤口,又拿出手机里面丁小刀伤口的照片认真对比一番,才对身后的童瑶说:"虽然都是被利器割喉,但两具尸体上的伤口有明显的差异。你看,贺沁凌的伤口深浅不一,切开皮肉的地方也稍微有点不平整,这是持刀伤人的常见伤口形态,毕竟无论你用多锋利的刀刃,想要一刀顺利地割开喉咙还是有难度的。"

"但丁小刀身上的伤口更加平整,也切得更深?"童瑶接过陈诺兰递给她的手机,放大图片观察着伤口。

"是的,我怀疑杀死丁小刀的时候,凶手使用了额外的辅助工具,而杀死贺沁凌的人,应该是手持利刃作案的。"

童瑶把手机还给陈诺兰,想了想,又说道:"在贺沁凌的死亡现场,我们找到了行凶的刀具;而在丁小刀的死亡现场,凶器不知所终。从犯罪心理学的角度来分析,对凶器的处理手法反映了凶手的个性,因此这两起案件真不像是同一人所为。"

陈诺兰又细心检查了一遍贺沁凌的双手,摇摇头道:"贺沁凌的身上完全没有挣扎和搏斗的痕迹,但一个人……尤其是一个女人,在洗手间内被陌生人突然袭击的话,总会下意识地进行反抗吧?"

"这样说来,凶手应该是女性,甚至有可能是贺沁凌认识的人?那还是应该继续深入调查贺沁凌的人际关系,看看船上有哪个女性跟她的关系比较密切。"

"不过,从刀伤形成的角度分析的话,凶手应该比贺沁凌要高一截,估计在一米七五以上,更可能是男性。"说到这里,陈诺兰叹了口气,"不过我的认知水平有限,这方面的判断准确率肯定很低,仅供参考吧。"

"诺兰姐,你已经很厉害了……"童瑶的话刚说到一半,两人的耳机里就同时传来路天峰的呼叫。

"各位,请立即到魔术剧场集中。"

"收到,马上来。"童瑶并没有浪费时间去思考,服从命令已经是她的职业本能。

陈诺兰却情不自禁地想着,今天晚上他们自始至终就像是被人牵着鼻子在走一样,一步一步陷入现在这种全盘被动的局面。

不把他们犯下的错误找出来,就无法逆转形势。

"我们想错了什么……又做错了什么?"陈诺兰在心里反复地

问着自己。

她希望路天峰已经找到了这个问题的答案。

九月三日，凌晨零点三十五分。

"未来之光"号，第七层，魔术剧场。

路天峰代入了魔术师的角色，坐在表演舞台边缘，双脚悬空，在他身前几米开外，是坐在观众席第一排的章之奇。

如果说魔术师需要在观众的注视之下完成不可思议的表演，那么这场关于时间机器的拍卖会，也像是一场无比华丽的魔术。

"卖家"一次接一次成功套利，先是通过电子货币的价格波动低买高卖，大赚一笔，然后又从老奸巨猾的"银行家"口袋里拿到了价值数十亿美元的 DT Coin，而直到最后，那台时间机器还好端端地留在自己手中——整个过程已经不能用"骗局"来形容了，完美得如同犯罪史上的一件艺术品。

艺术品？

路天峰突然抬起头，这个词让他想起了一个人——"樱桃"。

在每一起可能与她相关的案件中，她都没有留下一丝一毫可供追查的痕迹，可以称之为完美犯罪领域的"艺术家"。

"难道是这样吗？"路天峰站了起来，在空无一人的舞台上不停地来回踱步。

"你想到什么了？"章之奇好奇地问。

"想到了另外一种被我们忽略了的可能性。"路天峰看着刚刚走进剧场的陈诺兰和童瑶，"正好人齐了，一起说吧。"

路天峰依旧站在舞台上，对着台下的三名"观众"说："在这一连串的事件当中，我们犯下了一个最基本，也是最致命的错误——我们一直想知道谁是'樱桃'，却忽略了应该花时间精力去思考一下'樱桃'是什么人。"

"这不是同一码事吗?"陈诺兰听得一头雾水,于是举手提问。

"不一样,我的意思是,我们应该想一下'樱桃'这个人在这场拍卖活动中到底扮演什么角色。"路天峰停顿片刻,观察着众人的反应,"大家都知道,拍卖活动中的角色只有两种,买家和卖家,但为什么我们一直会觉得'樱桃'是买家呢?"

"因为丁小刀的存在,还有那个曾经和丁小刀接触的神秘女人……"章之奇一边说,一边露出了恍然大悟的神色,"从来不留任何痕迹的'樱桃',为什么偏偏在接触丁小刀的时候留下了线索,难道她是故意这样做的?"

"没错,因为丁小刀出现在只有买家参与的轮盘游戏中,因为我们觉得'樱桃'和丁小刀是盟友,所以自然而然地认为,'樱桃'就是隐藏在丁小刀背后的真正买家。"路天峰拿出一张不知道从哪里找到的扑克牌,上面印着黑白的小鬼图案,"就像这张扑克,大家看到的那一面是'小鬼',就会觉得另外一面是牌背,但实际上呢?"

路天峰翻过牌面,台下的三人看到的不是牌背,而是一张色彩斑斓的"大鬼"。

章之奇吸了吸鼻子,说:"阿峰你的意思是,'樱桃'其实就是隐藏在背后的卖家,而不是参与竞拍的买家?有这种可能性吗?"

"我们来归纳总结一下吧,'樱桃'这个人有三大特点:第一,凡事使用代理人,从不公开现身;第二,对金钱极度渴望,只赚大钱;第三,心狠手辣,事后会杀人灭口。"路天峰竖起三根手指,"这次拍卖当中的'卖家'完全符合这三点特征。第一,使用丁小刀做代理人,吸引了我们全部的注意力;第二,在整个拍卖的过程中,追求利益最大化,赚取了巨额的财富;第三,贺沁凌和丁小刀都很可能见过她的样子,因此相继被杀死。"

"但如果'樱桃'是卖家的话,丁小刀为什么要假装成买家呢?"

童瑶问。

"一来为了误导我们,让我们深信'樱桃'也是买家。二来丁小刀混入买家之中,也正好替'樱桃'做托,可以煽动买家情绪,也可以帮忙哄抬价格。"

"我有疑问。"章之奇似乎还不太能接受这个假设,"如果时间机器已经落入了'樱桃'这种狠角色手里,她何必演这么一场大戏来赚钱呢?她是个聪明人,加上控制时间倒流的能力,还会为钱发愁吗?根本犯不着上船来组织什么拍卖会,还得费劲去杀人啊。"

路天峰怔了一下,他刚才沉浸在终于找到突破口的喜悦之中,有点被胜利冲昏了头脑,但被章之奇这样一说,顿时觉得自己的推论暂时还无法站稳脚跟。

确实,如果只是为了钱的话,拥有了时间机器,就拥有了无数的可能性,"樱桃"又为什么会选择用那么复杂的方式来赚钱呢?

真相的拼图,目前仍然缺少关键的几块。

路天峰长叹了一口气,将那张魔术道具扑克重新收回口袋。

"对了,刚才一直赖在我们身边不肯走远的那个胖大叔呢?"陈诺兰像是突然发现了新大陆似的。

"船上的安保主任黄良才?"路天峰仔细回想一下,确实是好一段时间没有看到他了,而且连刚才在场帮忙搜索的安保人员也全部撤退了。

这是不是意味着,黄良才已经发现了什么重要线索?

九月三日,凌晨零点四十分。

"未来之光"号,第二层,船长室。

房间内烟雾弥漫,充斥着浓烈的烟草气息,而烟灰缸里面已经堆满了雪茄残骸。杜志飞又点燃了一根新的雪茄,透过烟云,呆呆地看着放在桌面上的相框。

相框里，是他和贺沁凌的甜蜜合影。

杜志飞还记得，那一天是在一个朋友举办的酒会派对上，他们第一次见面。当时贺沁凌拿着一杯鸡尾酒，从他的身前走过，而他恰好点燃了一根雪茄，想要在其他女生面前装酷。

只是他第一眼看到贺沁凌后，目光就再也移不开了。

贺沁凌也注意到他，微笑着走上前。

"我可以告诉你一个秘密。"她凑到杜志飞的耳边，轻声细气地说。

经常混迹于声色犬马场所的杜志飞只是礼貌地笑了笑，问："是吗，什么秘密？"

"等会儿你将把我带回酒店，去你的房间。"

杜志飞呵呵一笑，没接话。他不喜欢太露骨的挑逗，贺沁凌这句话令他对她的印象分大减。

"我还知道你今天开了一辆红色的宝马，没有带司机，所以你今晚滴酒不沾；你住在 H 酒店顶层的总统套房，房间内有个智能大浴缸，出门前你已经预设好时间，今晚十点钟左右浴缸会自动装满温水；你明天一大早要坐飞机去西雅图出差，为免麻烦，你提前收拾好你的行李箱，身上特意穿了几件已经不太喜欢的衣服，今晚洗澡后，你就会扔掉现在这身衣服，即使它们实际上还能继续穿，但是你这个人啊……超级怕麻烦。"

杜志飞愣住了，她是从哪里得知这些信息的？如果说开什么车、住什么酒店、乘坐哪个航班出差等信息还能通过一些手段获知，那么自己出门前将浴缸设置为几点钟加满温水，她又怎么可能知道？更何况，自己身上的这套衣服看起来还是挺新的，按常理根本没有任何扔掉它们的理由，她却偏偏说出了他内心深处的想法。

"你怎么会……"杜志飞惊讶得连话都说不利索。

"因为我有未卜先知的能力。"贺沁凌向他眨了眨眼睛，"这

逆时侦查组：拍卖时间的人　129

就是我的秘密。"

杜志飞当然不相信什么未卜先知,但他不得不承认,自己对这个女人的兴趣已经非常大了。接下来,他就如同她预言的一样,开着那辆临时借来的红色宝马,把她带到了H酒店的总统套房。

站在房间的落地窗前,贺沁凌硬是要杜志飞站在自己身旁,以灯光璀璨的城市夜景作为背景,两个人一起拍了一张合照。

这张照片,就放在眼前的桌面上。

杜志飞原本只想逢场作戏,没料到,贺沁凌却为他打开了一扇通往新世界的大门。

时间感知者……

"杜总!你没事吧?"杜志飞的回忆被打断。他回过神来,惊觉黄良才站在自己的面前,也不知道已经进来多久了。

"在想一些事情而已,怎么了?"杜志飞故作平静地说。

黄良才看了看身前的椅子,似乎想坐下来,但最终还是站着说道:"案件的调查有了进展,我来向您汇报一下。"

"哦……什么进展?"杜志飞将手里的雪茄架在烟灰缸上。

"刚才在魔术剧场内,发现了一具男尸……"黄良才把丁小刀之死的调查工作简略地说了一遍,在汇报的过程中,他一直留意观察着杜志飞的脸色。毕竟一趟航程死了两个人,无论发生在哪艘邮轮上,都是极其负面的新闻,更别说这还是"未来之光"号的首航了。

杜志飞一言不发,直到黄良才长篇大论完毕,才冷冷问了一句:"你确定第二起案件跟沁凌的死有关联吗?"

"同样是锐器割喉的杀人方式,我觉得很有可能是同一个凶手所为。"黄良才停顿了一下,深吸一口气,说了下去,"而且关于第二起案件凶手的身份,我已经掌握了一些关键的线索。"

"说吧,干脆利落一点。"杜志飞听出了黄良才话语之中暗含着卖关子的意味,略有不快地催促道。

但黄良才的神色显得更加犹豫不定,他深深地吸了几口气,才说:"我想先向您提一个有点唐突的问题。"

"那就问吧。"杜志飞更加不耐烦了。

"杜总,您是不是有什么事一直瞒着我?"这一刻的黄良才不再唯唯诺诺,像是换了个人似的,露出了当年从警时的犀利目光。

杜志飞愕然,他沉默了好一阵子,才慢慢地拿起烟灰缸上的雪茄,说:"你为什么会这样问?"

"因为我大概猜到了凶手是怎样从魔术剧场离开,却又能不被门口的监控拍到。"黄良才拿出了剧场的设计图,平摊在桌面上,"实际上,答案简单得不能再简单了。既然凶手没有从正门离开,那就一定存在另外一条路。"

路在哪里?

黄良才的手,指向了设计图上的某处。

5

九月三日,凌晨零点四十五分。

"未来之光"号,第七层,魔术剧场。

路天峰坐在舞台的地板上,手里拿着一台平板电脑,屏幕上显示着剧场的平面设计图——和黄良才手中的一模一样,不过这一份电子版是章之奇刚刚通过"技术手段"从杜氏集团的服务器上拷贝下来的。

"黄主任一直拿着这张图纸看个不停,我觉得这上面一定没有标注其他出入口,否则他根本不需要找那么久。"路天峰低头看了一眼设计图,又抬头四顾,"那么他到底找到了什么呢?"

陈诺兰也好奇地把脑袋凑近,边看边问:"那些通风管道已经全部检查过了吗？"

"检查过了，所有通风口和通风管道内都没有发现。另外通风管道内部每隔十米就装有一层空气过滤网，如果想要借助通风管道离开剧场的话，起码要破坏四层过滤网，但现在管道内所有的过滤网都完好无损。"

章之奇也补充了一条信息："船上的这套空气循环系统非常先进，如果过滤网损坏了会立即向维修部门发送警报信号。但根据系统运行日志，警报信号从未触发。"

"真是怪了，凶手难道还能飞走了？"童瑶同样是百思不得其解。

"等等，你刚才说'飞走'？"路天峰眼睛一亮，立即认真地再看了一遍设计图，"天啊，因为我们正身处一艘邮轮之上，所以导致搜查工作出现了盲点！"

"什么意思？"另外三人面面相觑，一时没搞明白。

"奇哥，童瑶，如果这起案件发生在陆地上的某座建筑物里头，那么迄今为止的搜查行动缺少了哪一个步骤？"

章之奇和童瑶相互看了看，不约而同地开口说："外围勘查！"

"没错。"路天峰怕陈诺兰听不懂，耐心地解释道，"如果案件发生在建筑物内部，按照正常流程，警方还应该检查建筑物的外围，看四周有没有可疑的脚印，外墙上有没有攀爬的痕迹，窗户有没有异常情况，等等，从而判断凶手是否从外部侵入。"

"但我们的'外面'什么都没有，只有茫茫大海啊。"陈诺兰说。

路天峰将屏幕上的设计图放到最大，然后指着边缘部分说："你们仔细看这里吧。邮轮在建造的时候，预留了足够多的窗户位置，而且窗户之间的间隔距离是固定的，这样子从外面看起来才会觉得整齐美观。"

"然而实际上，魔术剧场并不需要那么多窗户。"章之奇也发现了问题所在。

"是的,但为避免破坏邮轮外观,也为了日后装修改造的时候更灵活方便,施工人员不会将已有的窗户全部拆卸,而是选择低成本且方便的方案——在内部用一面装饰墙,把窗户全部遮挡住。"

路天峰信步走到表演舞台的斜后方,轻轻地敲着那里的木制装饰墙,按照设计图所示,装饰墙的后面应该就是一排窗户。路天峰走走停停,不断地敲打着,终于听到了某处传来不一样的回音。

"应该就是这里了。"

众人很快就在墙上找到了一个凹槽位置,路天峰将手伸进去,用力一拉,墙身上出现了一条小小的缝隙,再一拉,一扇隐蔽的"门"就出现了。门后的空间非常狭小,仅仅可供一个成年人勉强容身,而在这小小的空间内,恰好就有一扇装着强化玻璃的窗户。

路天峰试了试,窗户并没有上锁,可以向外推开。而船上的窗户原本应该全部安装了保护装置,确保仅能打开一定角度,防止意外摔落事故。但现在这扇窗上的保护装置却不知所终,窗户可以完全推开。

路天峰慢慢扶着窗户边缘,把整个上半身探出窗外,用实际行动证明了凶手完全有可能通过这里离开。微微的引擎轰鸣声和海浪不断拍打船身的声音传入路天峰的耳中,跟眼前的黑暗搭配在一起,形成一首仿如来自地狱的奏鸣曲。

"峰,小心点。"陈诺兰赶紧上前,扶住了路天峰的身子。

"放心吧,我不会掉下去的。"路天峰眯起眼睛,试图在邮轮外壁寻找人力攀爬过的痕迹。但灯光照不到船身之外,今晚的天色也不好,没有月光,视野范围内就是黑乎乎的一片模糊,什么都看不清楚。

"这种事情,真的能做到吗?"童瑶虽然没有探身去看,但也能脑补出大概的情况。

逆时侦查组:拍卖时间的人　　133

她知道有些极限运动员能徒手攀爬到摩天大楼的楼顶，甚至能爬上几乎与地面呈九十度直角的峭壁，但这些都需要经历日复一日的魔鬼式训练，并拥有过人的勇气和毅力。而在光滑的邮轮外表面攀爬，恐怕会是一件更加困难的事情。

"我正在思考的是另外一个问题——有谁会知道这个暗门的存在呢？"路天峰把身子缩回船内，说道。

这个问题的答案似乎是显而易见的。

九月三日，凌晨零点五十分。

"未来之光"号，第二层，船长室。

杜志飞耐心地听完了黄良才的汇报，才将手中那几乎燃尽的雪茄摁灭。这一次，他没再继续点烟。

"按照你的推理和发现，魔术师谢骞不就是嫌疑最大的人吗？"

"没错，所以我特意去查阅了谢骞的人事档案，发现他是在一个月前才入职杜氏集团的新人……我怀疑他是带着特定目的前来应聘的，于是又看了一下他的招聘流程——他的简历未经人事部门正常流程，而是直接由总部推荐给'未来之光'，当时在总部负责面试谢骞和拍板同意他入职的人，正是杜总您。"

黄良才默默地把谢骞的人事档案放在桌面上，不再说话。

"你这是什么意思……你怀疑我？"杜志飞一脸不快。

黄良才应道："不敢，我只是想搞清楚杜总是不是还有什么事情瞒着我，如果有的话，直接说出来可能有助于我尽快破案。"

"你想知道为什么我会招聘谢骞来船上当魔术师？"

"是的。"

黄良才注意到杜志飞的神色明显是在犹豫，他不禁更加好奇了。要知道杜志飞就是杜氏集团未来的接班人，在某艘邮轮上指定一位魔术师入职根本就是小事一桩，干吗还一副闪烁其词的样子呢？

杜志飞思索了好一阵子，才缓缓地说："是沁凌极力推荐谢骞入职的。"

"贺小姐她为什么要推荐谢骞？"

黄良才其实更想问的是，贺沁凌和谢骞之间到底是什么关系？

杜志飞又沉默了。他不禁回想起贺沁凌跟他说过的那些匪夷所思的事情——她说她是时间感知者，能够感知到时间洪流之中的循环和回溯，也正是凭借着这种超能力，她才可以做到未卜先知。

杜志飞一开始只是将信将疑，他只觉得贺沁凌可能聘请了非常厉害的私家侦探和通过全方位的跟踪调查，掌握了自己的一些隐私信息，然后装神弄鬼假扮预言家而已。不过贺沁凌用一次又一次的事实证明了，她真的具有超出科学常识的超能力。

她预言过股票的涨跌、飞机的失事，甚至还有彩票的中奖号码，杜志飞觉得如果她真能操控这些东西的结果，就根本不用费尽心思接近他和欺骗他了。

所以杜志飞很快就给予她绝对的信任，而她也三番两次利用超能力，替杜志飞赚了几笔大钱，于是杜志飞对她更是言听计从。

贺沁凌的超能力需要通过杜志飞的财力才能更好地获利套现，于是两人自然而然地组成一个利益共同体。然而在旁人看来，这位花花公子竟然超过三个月没换女朋友，还以为他们两人之间肯定是真爱呢。

关于"未来之光"号的首航，贺沁凌其实只提出了两个要求：第一，需要谢骞成为驻场魔术师；第二，紧盯路天峰这个警察的一举一动。杜志飞其实不知道贺沁凌真正的计划是什么，但这也是她一贯的办事风格，杜志飞只需要相信和配合她即可。

贺沁凌跟他说过，这一次的行动如果成功，可能会成为他们这辈子最关键的一笔生意，所以要更加小心谨慎，航程的第一天不需要做任何特别的事情。可是他万万没想到，邮轮才离港几个小时，贺沁凌就遭遇不测,而她生前的最后一项吩咐,就是要求他到赌场VIP区八号室里玩轮盘游戏。

这一切,又怎么可能告诉黄良才?即使说了,他又怎么可能会相信?

所以最终杜志飞只是很敷衍地说了一句:"因为她喜欢看谢骞的表演。"

"什么?"黄良才对这个回答非常不满意。

"她曾经看过一次谢骞的魔术,对他的精彩手法念念不忘,于是就拜托我想办法请他到船上来表演节目。"

"就这?"

"有什么问题吗?"杜志飞反问。

黄良才勉强露出了苦涩的笑容:"原来如此,我明白了。"

现在黄良才虽然站在杜志飞面前,两个人之间的距离却异常遥远。

九月三日,凌晨一点。

"未来之光"号,第六层,如歌KTV,十六号包间。

浮夸的灯光和嘈杂的背景音乐依旧,"银行家"狠狠地灌下了面前那杯冰啤酒。啤酒本身是麦香浓郁的德国黑啤,但现在喝到他嘴里,只剩下苦涩一种味道。

他刚刚丢失了人生中最重要的一笔交易款项,更让他绝望的是,他突然联系不上水川由纪了。

"我以为自己在戏耍司徒康,把我的女人安排到他身边,没想到我才是被戏耍的那个,我才是失败者——"

圈内人都知道他有钱,有渠道,有胆识,有谋略,但只有他自己最为清楚,"银行家"的名声完全是靠背后几位深藏不露的老大哥支撑起来的。那几个人都是有头有脸的重量级人物,绝对不能和洗黑钱扯上半分关系，因此联手打造了"银行家"这个神秘而有故事的狠角色，替他们卖命。

没错，"银行家"的命根本不属于自己，他的钱更加不属于自己。

这一次的拍卖会，老大哥早就吩咐过了，安全第一，资金不能丢，要是有人出价太高抢走了时间机器，那也只能认命，千万不能头脑发热做出不理智的判断。

他有些不以为然，自己行走江湖那么多年，何曾毛毛躁躁、头脑发热过？他对自己非常有信心，这反倒成了最大的死穴。

在改变时间的魔力面前，他终于还是糊涂了一次。钱没了，时间机器也没买到，他再无颜面回去跟老大哥们交代。除非，他能够想办法把藏在背后的卖家揪出来，夺回那笔巨款。

但有可能吗？

他不禁苦笑，拿起酒杯的时候，才发现整整一扎啤酒已经在不知不觉间喝了个精光。恰好在这时，一名服务生敲了敲门，礼貌地问："先生，包间时间到了，请问您还需要继续吗？"

"继续，然后再来一扎啤酒。"他晃了晃手中的手环，颇为讽刺地想，没想到资金周转都是以亿计的自己，最后一次豪爽结账时竟然只能包个KTV喝啤酒而已。

唉，只能怪自己聪明一世，糊涂一时啊。

"银行家"将那苦涩得有点变味的啤酒送入喉咙，整个人却突然愣住了，眼睛瞪得大大的，嘴巴张开，发出低声呻吟。

他脸色一变，想要站起身来，双脚竟然不受控制地发软，全身力气被人抽走似的，眼前一阵头晕目眩，跌倒在地板上。

"啤酒里……有毒……"当他想到这一点时，一切都太迟了。

刚才来送啤酒的服务生，似乎打开门看了他一眼，但没有做出任何反应，只是冷冷哼了一声，然后退到门外，将门紧紧地关上。

"银行家"绝望地看着天花板，视线渐渐模糊，身体的抽搐也

逆时侦查组：拍卖时间的人　137

越来越慢。

他用最后的力气，将右手摆到自己的胸前，西装内袋装着他的荷包，荷包里面没有多少钱，却有一张水川由纪送给他的照片。

"很抱歉……"他脑海里闪过这个念头，然后就断气了。

包间的投影屏幕上，正好播放着一群和服女生载歌载舞的画面。

九月三日，凌晨一点十分。

"未来之光"号，第十七层，1734房间。

房间内摆放着两张单人床，小冷坐在其中一张床上，神情落寞，私下里的她完全没有在别人面前的那种硬朗和锐气，反而更像一个楚楚可怜的小女生。

"哥，对不起，我们又失败了……"小冷的眼角挂着泪花。

谈朗杰轻轻地坐到她身旁，手自然而然地搭上了她的肩膀，把她整个人搂入怀中，动作却不带一丝一毫的情爱意味，如同兄妹之间的亲切体贴。

"小冷，别担心，我们一定能找到破除时间魔咒的办法。"

"我实在无法继续忍受这种生活了，我只想做一个普普通通的正常人，可以吗？"小冷说着说着，已泣不成声，"我时不时就会在梦中回到孤儿院宿舍里，日复一日，时间循环，我无法逃离那栋房子……"

"放心吧，你早就是我家的一分子，永远不会回到那个鬼地方了。"谈朗杰斩钉截铁地说，"我们这一次要尽全力把时间机器拿到手！"

"但现在看来，所谓的时间机器很可能只是一场骗局……我们真的有机会跳出时间感知者的死循环吗？"

"时间机器可能是假的，那位卖家却是真实存在的。"谈朗杰神秘地笑了笑，"我之前收集的资料显示，时间机器的研发即使还算不上完全成功，但离揭开时间循环的奥秘总算是又接近了一大步。只要找到卖家，我们就还有机会。"

"但卖家隐藏得太深了，谁都找不到那家伙的下落……"

"不，我找到了。"谈朗杰脸上流露出傲视一切的自信，"那家伙以为将手机改装成特殊的信息收发装置，别人就没办法找到他了吗？真是太小看我谈朗杰了。"

小冷终于止住了眼泪，充满期待地看向谈朗杰。

"在信息收发的时候，那部改装手机会发出特别的电子信号，这个信号当然是非常微弱的，转瞬即逝，几乎无法追踪，但我采用最笨的方法，追踪到了卖家的位置。"

"什么方法？"

"人海战术。这艘邮轮上有三十多名我一早就安排好的检测人员，分布在船上的不同位置，而每当我收发信息的时候，他们都会用手持感应仪检测周边特定频率的电子信号强弱。虽然一两次检测无法锁定卖家的位置，但每次收发信息，都可以让目标范围逐渐缩小——"谈朗杰用双手比画了一个圆圈，然后手势慢慢合拢，"尝试足够多的次数后，就能够锁定卖家的具体位置了。"

"还能有这种方法？"小冷瞪大了眼睛，虽然脸上的泪痕还没干，但她好像已经没有低落的情绪了，取而代之的则是跃跃欲试的兴奋。

"是的，那家伙现在就在十二层的'味魂'日本料理的包间里，我派出去的人已经将餐厅团团包围，他这次可是插翅难飞了。"谈朗杰倏地换了一种严肃的语气，"小冷，做好战斗准备，那家伙可能会很难对付。"

"没问题。"小冷也站了起来，快步走进洗手间，仅用十秒钟就洗干净泪痕，再擦掉脸上的水珠，整个人恢复如常。

"很好，我们走吧。"谈朗杰向她伸出了右手。

两人的手十指紧扣，如同情侣一般亲密地走出了房间。

6

九月三日，凌晨一点十五分。

"未来之光"号，第七层，魔术剧场。

路天峰和章之奇一左一右蹲在暗门的两旁，两人都是一副若有所思的模样。

"奇哥，在想什么呢？"终于还是路天峰首先开口发问。

"在和你想一样的事情。"

路天峰笑了："你怎么知道我在想什么？"

"你在思考整个事件当中缺失的那一环。"章之奇指了指自己的脑袋，"而我也发现了，有些人应该在这艘船上，我们却一直没发现他们的踪迹。"

路天峰眼前一亮，他和章之奇果然心有灵犀。

"天时会，那么热闹的场合怎么可能少了他们？"根据路天峰的认知，天时会一直以维护时间运行的"裁判官"自居，那么这场时间机器的拍卖会等于公开宣称要打破他们组织的垄断。他们绝不可能坐视不理。

然而现在形势已经混乱不堪，天时会的人还是一点儿动静都没有，似乎这场拍卖会的结果对他们而言并不重要。

为什么会这样？这正是路天峰百思不得其解的地方。

章之奇说道："我倒是有个大胆的猜想，天时会没有任何行动的话，会不会是他们一早就确认了这场拍卖会只是个骗局？"

"还有一种更可怕的假设——这场骗局就是天时会搞出来的，他们以'时间机器'为诱饵，把那些拥有足够财力的感知者集中到邮轮上，然后逐一击破。"路天峰沉声说道，这恐怕是他能够想象到的最坏情况了。

"连'樱桃'也心甘情愿地为天时会卖命吗？凭什么？"章之奇对路天峰的这个推测将信将疑。

"天下熙熙，皆为利来；天下攘攘，皆为利往。"路天峰难得掉了一次书袋，"天时会利用'时间机器'将目标聚集到邮轮上，而'樱桃'则利用这个机会大赚一笔，然后交给天时会杀人灭口，最后，双方还能平分利润部分，何乐而不为？"

章之奇正想开口，就看到童瑶急匆匆地跑了过来，开口说道："糟糕，我们找不到那位魔术师谢骞了。"

"他是担心这里的机关暴露，提前躲起来了吧？"章之奇说。

"别担心，他想躲着我们的话，就恰恰是中计了。"路天峰拿出手机，在屏幕上熟练地操作着，很快就调出一个跟踪定位程序的界面。

"你还能在他身上安装追踪器？"章之奇不禁啧啧称奇。谢骞毕竟是专业的魔术师，在他身上搞这些小动作，不是班门弄斧吗？

"那确实有点难度。"路天峰笑着回想起一个多小时之前，自己在舞台密道之内与谢骞的斗智交锋。

当时路天峰假装自己在刚进入光线昏暗的密道后站立不稳，撞上了谢骞的后背，同时将一个微型追踪器贴在了谢骞的衣领下方。然而谢骞的身体感觉相当敏锐，他注意到路天峰动的手脚，虽然一直装作若无其事，但在离开魔术剧场后，就立即扔掉了追踪器。

只是谢骞没留意到，路天峰同时将另外一个微型追踪器扔到了密道的地面上，谢骞的鞋子一踩上去，就自然而然地粘住了。这才是路天峰真正的杀着。

因此现在路天峰的手机屏幕上，可以看到两个追踪器的信号，其中一个离他们很近，应该就在魔术剧场的门外，这是被谢骞发现并扔掉的那个；另外一个信号比较远，根据距离和相对位置来判断的话，目标在第十二层的餐厅附近。

"奇哥，分析确定一下具体位置，我们立马赶过去看看。"

九月三日，凌晨一点二十分。

"未来之光"号，第十二层，"味魂"日本料理餐厅。

作为邮轮上人均消费最高的餐饮店，"味魂"和其余几家餐厅一样都是二十四小时营业，各种菜式一应俱全，新鲜刺身依然现切现卖。但毕竟凌晨时分选择日料店用餐的客人并不多，一眼看过去，店里的座位几乎都是空的，大部分的包厢也关着灯，好不冷清。

目前唯一有客人在内的包厢，却同样灯光昏暗。

这个最多能够容纳二十位宾客同时就餐的榻榻米房间里，只有两个人，一男一女。

男人面前的桌子上摆放着一盏煤油灯，摇曳的火光照亮他的脸庞，这男人的相貌看起来最多四十岁出头，头发却已经全部变成银白色。

要是有生物医学领域的专家在场，也许就能认出这位曾经登上业内顶级杂志封面的泰斗，在警方资料档案中标注为失踪多年的DNA技术专家——周焕盛。

长桌子的另一端，坐着一位女生，她身穿一件明显尺码过大的长袖衬衣，头戴一顶草帽，即使在室内，也依然戴着墨镜和口罩，让人根本无法分辨她的年龄和容貌。她面前同样有一盏煤油灯，煤油灯的旁边放着一个方方正正的盒子，与魔方相像，只不过上面并没有五颜六色的方块，而是通体散发着银白色的金属光芒。

女生用手指轻轻触碰了一下盒子，金属材质的表面居然泛起了水波一样的涟漪，波纹飞快地扩散着，布满盒子表面，然后又很快消失不见，归于平静。

周焕盛目不转睛地盯着这个盒子，开口说道："这东西到底是用什么制成的？"

他的声音听起来有点干涩，仿佛来自另外一个时空。

"我不知道，你可以拿回去认真研究一下。"女生发出了机器人一般的电子合成声音，原来她的口罩下方还藏着一个变声器。

说罢，她还真的把这个盒子用力一推，顺着桌面一直滑到了周焕盛面前。

周焕盛的嘴角微微抽搐，说："你知道这是什么吗？"

"传说中的时间机器，我从某东欧小国的科学家身上'拿'回来的。"

"据说制造出这台机器的人，已经死了？"

"没错。很可惜，我拿到手才发现，根本不知道这玩意儿应该如何启动。"女生的笑声经过电子合成之后让人毛骨悚然，"早知如此，我就应该留个活口的。"

周焕盛用手指轻轻抚摸着这奇特的金属外壳，一阵微凉的触感传来，而盒子表面也同样出现了那超乎想象的波纹图案。

"没想到光凭司徒康公布的那些信息，就有人能把时间机器研究到这个地步。"他自言自语地感慨了一句。

"所以说，这东西真的能影响时间吗？"女生似乎对这价值连城的时间机器漠不关心，纯粹是出于好奇才发问。

周焕盛没有回答，而是拿起盒子，问："你真的愿意把这个交给我们？"

"我'樱桃'行走江湖这么多年，从来都是说一不二、一诺千金。"女生又发出刺耳的笑声，"但我也希望周老师和天时会能信守承诺，放小女子一条生路。"

原来她就是只闻其名，不见其人的"樱桃"。

"放心吧，谁愿惹上你呢？"周焕盛笑了笑，"能够想出这种一石数鸟计划的人，我可惹不起。那些贪得无厌、觊觎时间机器的家伙，肯定会被一网打尽。"

"小女子只是为了赚点小钱，要是没有周老师手中那逆转时间的超能力，这个局又怎么能运作起来呢？"她冷笑了一声，"我猜这台所谓的时间机器，没准只是个骗子做出来的玩具罢了。"

两人一问一答之间，坐实了路天峰的猜想，"樱桃"与天时会联手布置了这个陷阱，时间机器只是幌子，真正能够让时间倒流的，是周焕盛身为干涉者的特殊能力！

这时候，周焕盛面前的手机响了起来，他看了一眼屏幕提示，接通电话："小邓，有急事吗？"

电话那头，是邓子雄略显焦躁的声音："周老师，突然有一群来历不明的人聚集在'味魂'餐厅门外。"

"到底是什么人？"周焕盛大吃一惊，他对保密工作非常重视，也深信不可能有人能够跟踪到自己，没想到会在这里被人截住。

"我切换监控看看……啊，是谈朗杰。"

"那家伙又是怎么找到我的？"周焕盛眉头紧锁，下意识地攥紧了手中的时间机器。

与此同时，桌子另外一端的煤油灯突然熄灭了，房间顿时昏暗下来。

周焕盛只觉得眼前一花，十秒钟之前还好端端坐在那里的"樱桃"，现在已经不知所终。

真是个可怕的女人。

周焕盛一点都不担心眼下被包围的状况，身为一名干涉者，他随时都可以启动时间倒流，回到安全的时刻。他只是很想知道，谈朗杰到底是用什么办法锁定自己位置的，好在时间倒流之后尽快填补上这个纰漏。

算了，还是先倒回一段时间吧。

每次启动时间倒流，周焕盛都有着专属于自己的仪式感。他闭上双眼，默念倒数着"三、二、一"。

也正因为他闭着眼睛，所以没看到手中那台时间机器的表面，出现了一个以逆时针快速转动的光斑旋涡。

时间机器并不是骗局，只是"樱桃"不知道如何启动，或者没有足够的能力启动而已。

但周焕盛根本来不及思考了，他突然感到自己的灵魂仿佛被狠狠地抽离出体外。他经历过无数次时间循环和时间倒流，从来没有出现过这种情况。

他想重新睁开眼睛，却发现自己做不到了。

时间，在疯狂地反复跳跃着。

往前，往后，再往前，再往后……即便是万里挑一的干涉者，在这种未知的力量面前也完全无计可施。

"不可能，这到底是……怎么回事！"

周焕盛痛苦地惨叫起来，他仿佛看到自己的身体分裂成无数碎片，散落在时间长河的不同片段之中。

"这……不……可……能……"他一字一顿地说着，仿佛说出每一个字都要耗尽所有的力气。

整个世界的时间线，在他的眼前化为一个巨大的旋涡。

第四章
旋涡

1

未知时间。

未知地点。

路天峰突然发现自己进入了一个时间旋涡。

"这是……怎么回事！"

上一秒，他还在邮轮的魔术剧场内与章之奇说着话；下一秒，他就看到整艘邮轮陷入了熊熊火海，甲板诡异地倾斜着，四周哀号声不断。

然而，这个场景只持续了短短一秒钟，自己又好像进入了一个黑乎乎的房间，一具老年男人的尸体瘫倒在地上。

路天峰还没来得及看仔细死者的样貌，又瞬间穿越到另外一个时空——他从来没有过这样的体验，在每个时空只停留一秒左右，然后立即切换到下一个不同时间的不同地点。

初遇陈诺兰、呼啸而至的子弹、狙击枪的枪口、侧翻燃烧的汽车、定时炸弹、牺牲的同伴、被抓获的罪犯、审讯室内的对质……

一个又一个熟悉的场景,仿佛让他重温了一遍自己的人生。

但与此同时,也有许多令他陌生的景象浮现在眼前:医院的产房、破落的山村学校、大雪纷飞的荒原、干旱的沙漠、倒塌的高楼,甚至还有一场追悼会,会场内高挂着自己的黑白照片……这一切他从未经历过的东西,却令他感受如此真实,深深触动着他的心灵。

路天峰的脑袋快要炸裂开来。他起码经历了上百次时空跳跃,之后有许多场景,他都无法辨认了。因为他已经痛苦得眼泪直流,视野一片模糊,全身的力气像是被抽干了一样,躯体不由自主地倒下。

"砰!"

这是脑袋与地板相接触发出的声响。

头好痛……路天峰知道自己倒在地上,却完全不知道现在是何时,又身处何地。有人将他搀扶起来,关切地在他耳边说着些什么,但他的耳朵一直在嗡嗡地轰鸣着。

过了好一阵子,路天峰才感觉恢复正常,勉强辨认出陈诺兰和章之奇的声音。

"我在哪儿?"路天峰吃力地吐出这几个字。

"我们一直在魔术剧场里面啊!难道……时间又发生倒流了?"章之奇扶着路天峰的身子,略带不安地问。

"峰,你没事吧?刚才你突然脸色变得苍白,一下子摔倒了。"陈诺兰焦灼万分地说着,伸出手来摸了摸他的额头。

"现在几点?"路天峰没有回答,又追问了一句。

"零点五十分。"

"我……刚刚经历了上百次时间跳跃……"说完这句话,路天峰两眼一黑,再次晕倒过去。

九月三日,凌晨零点五十分。

"未来之光"号,第十七层,1734房间。

逆时侦查组:拍卖时间的人　147

谈朗杰瘫坐在沙发椅上，上半身的衬衣已经被汗水湿透，额头和脸上也全是豆大的汗珠，但他连擦一下的心思都没有，只是不停地喘着粗气。而于小冷则是四肢摊开，"大"字形躺在床上，双眼微张，无神地望着天花板，好像刚刚跑完了一场马拉松，呼吸急促，满脸通红，脖子上同样全是汗迹。

片刻过后，还是于小冷首先恢复了力气，勉强坐起身来："刚才……到底发生了什么？"

谈朗杰有气无力地苦笑着，好不容易才开口说："我看到了过去……和未来。"

于小冷跳下床，虽然脚步有点不稳，但还是站了起来，伸手去拉谈朗杰。

"没错，我也是。"她神色黯然，"我甚至看到了死亡。"

"死亡没什么可怕的，我们每个人的结局都一样。"谈朗杰在于小冷的搀扶下，终于站了起来，只是脚下还有点踉跄。

原本他已经带领手下包围了"味魂"日本料理餐厅，正要揪出拍卖会的幕后黑手，没料到时间线突然失控一般，连续不断地跳跃着，超出了他身体承受能力的极限，他差点以为自己就要因此死去。而当这股莫名的波动平静下来的时候，他发现时间大概倒流了半个小时左右。

"哥，难道这是幕后黑手在搞鬼？"利用时间倒流逃出困境，对感知者而言并不陌生，于小冷会这样想也不奇怪。

谈朗杰脸色苍白，似乎还没从刚才的一连串冲击中恢复过来。他眉头紧锁，一言不发，下意识地拿起手机，然后又放下。

他觉得刚才之所以发生了一次极其异常的时间倒流，很可能是因为自己一口气召集了太多人手，结果暴露了行踪，打草惊蛇。

"时间机器也许真的存在……"谈朗杰正色道，"但很可能出现了一些未知的故障，否则我们不会经历如此诡异的时间跳跃。"

于小冷的神情有点沮丧:"接下来,我们该怎么办?"

"再去一次'味魂'日本料理餐厅,看看那里到底发生了什么。"

"但……对方应该趁机逃跑了吧?"于小冷愕然地说。

"人可以溜掉,但证据和线索会留下来。"谈朗杰笑了起来,脸上重新浮现出胸有成竹的表情,"我们只需要认真做一下现场勘查,就一定能发现关于卖家的线索。"

看着谈朗杰的样子,于小冷的心里也稍微安定了一些。

"可是我们并不会什么现场勘查啊!"

"你和我确实不会,但某人也许会嘛。"谈朗杰眨眨眼。

于小冷顿时醒悟过来,她想起了这艘邮轮上至少还有一位专业的警察——路天峰。

九月三日,凌晨一点。

"未来之光"号,第六层,如歌KTV。

身穿服务生制服的邓子雄推着餐车,来到十六号包间门外。在天时会的帮助下,他跑到国外做了整容手术,也换了一个假身份,如今胸前戴着的那块工作人员名牌上赫然印着中文名"高朋"和英文名"Gooden"。

他来到十六号包间门外,轻轻地敲了敲门。

"先生,包间时间到了,请问您还需要继续吗?"

然而包间内没有任何反应。

"先生,我进来了。"邓子雄等了片刻,心里有点不耐烦,于是轻轻一推,包间的门随之打开。

一股异样而浓烈的味道涌入邓子雄鼻内,他几乎要呕吐了。

原本邓子雄来这里是为了杀人的,他准备了有毒的啤酒,想趁着"银行家"失魂落魄的时候骗他喝下,但万万没料到,打开门之后,他竟然直接看到了"银行家"倒在地上的尸体。

"这……怎么回事？"邓子雄明明是通过监控看到"银行家"还在埋头喝闷酒，才动手准备毒酒，再推着餐车赶过来的，他很确定十五分钟之前的"银行家"还活得好好的。但现在，"银行家"不仅已经死了，而且尸体都已经开始腐烂，散发出阵阵恶臭，看起来死亡时间可能超过一天了。

如此匪夷所思的现象，并没有让邓子雄过于惊慌失措，他虽然不是感知者，但好歹为天时会卖命多年，还是有点基本判断力的。这具腐败状况不正常的尸体，很可能是因为在时间线上遇到了某些奇怪问题造成的。

邓子雄立即退出包间，掏出怀内的手机联系周焕盛。在这一次天时会的"狩猎任务"当中，邓子雄是负责冲锋陷阵的战士，而周焕盛才是那个稳居幕后运筹帷幄的真正猎人，之前的每一次时间倒流，也都是由周焕盛看准时机启动的。

邓子雄知道自己只是组织内部的工具人，但他丝毫不介意，毕竟这个社会上的绝大部分人都是工具人，只不过他们并没有意识到而已。能够成为天时会的"工具"，已经比许多人幸运多了。

起码，他们拥有将时间玩弄于股掌之间的超能力。

可是周焕盛一直没有接听电话，话筒内空洞的电子提示音，让邓子雄莫名焦躁起来。

不正常的事情实在是太多了，从昨晚到今天凌晨，周焕盛每次都会第一时间接通电话，毕竟对他们的这次任务而言，随时保持沟通交流非常重要，一着不慎就可能满盘皆输。

电话那头仍然没有回音，邓子雄的手心开始渗出汗水。

"还是过去看看吧。"邓子雄终于放弃了通话的念头，收起手机，随手把餐车往旁边一推，三步并作两步地小跑起来。

按照原来的计划安排，这时候周焕盛应该正在"味魂"日本料理餐厅与那个神秘女人"樱桃"会面，难道会面过程中发生了什么意外吗？

邓子雄的脸抽搐了一下，他可从来没有想象过，光凭自己一个人，该如何面对当下的局势。

九月三日，凌晨一点零五分。

"未来之光"号，第七层，魔术剧场。

路天峰睁开眼睛，发现自己坐在魔术剧场的观众席上，在他身边是神情焦灼的陈诺兰、一脸严肃的章之奇和略显紧张的童瑶。

"我怎么了？"路天峰只觉得口干舌燥。

"峰，你终于醒了。"陈诺兰努力克制着不安的情绪，"刚才你突然就晕了过去。"

"我没事，那只是不断穿越时间所带来的副作用……"

"不，没那么简单。"一个冷冰冰的声音从背后传来，路天峰听出了这是司徒康在说话，但回过头时，只看到一位白发苍苍、满脸皱纹的老人家，起码有六十多岁了，唯有那双带着垂垂暮气的眼睛内，还能依稀辨认出熟悉的目光。

"你是……司徒先生？"

那老人冷笑起来——这笑容是司徒康特有的招牌："路警官，大事不妙了，我相信你刚才也经历过一段非常混乱的时间跳跃。"

"是的，你知道这是怎么回事吗？"路天峰的直觉告诉他，司徒康是知道内情的人。

司徒康长叹一声："想当年，我还在天时会内部接受培训的时候，曾经接触过相关的知识。"

他停了下来，深吸一口气，双手微微颤抖着，似乎仅仅说了这两句话，就已经累得不行了。

休息片刻后，他继续说道："我们现在陷入了时间死锁之中。"

"时间死锁？"这个闻所未闻的新词语，让路天峰一时之间有些迷茫。

司徒康举起满是皱褶的双手,十指交叉合拢:"这是一种非常特殊的情况……简单来说,就是在一个范围较小的空间内,同时有两位干涉者发挥能力,试图影响时间线时,就会产生意想不到的冲突。"

司徒康一边说,一边将手腕扭曲起来,双手摆成了一个奇怪的姿势。

"可是两位干涉者同时发动能力的概率也太低了吧?难道是你……"

"不,不是我。"司徒康用力地摇摇头,"你要明白,能够干涉时间线的,除了人之外,还可以是机器——别忘了这艘船上还有一台时间机器的存在。"

"我还以为时间机器是假的……"路天峰刚刚推理出时间机器很可能只是一场骗局,就又颠覆了自己的判断。

"我曾经也怀疑过时间机器的真实性,但现在看来,那东西确实存在。假如某位干涉者在手里拿着时间机器的同时发动他的能力,就可能会形成时间死锁的局面。"

路天峰问:"因此我会在过去与未来之间来回跳跃,甚至还能看到一些根本没有发生过的事情?"

"你所看到的那些没有发生过的事情,其实发生在另外一条时间线上,也就是我们俗称的平行世界。"

"平行世界……这东西真的存在吗?"路天峰不禁发问。

"当然了,一条时间线就是一个平行世界,只不过在正常情况下,时间线相互之间绝对不会产生交集,平行世界的存在也是人类无法感受和证实的事情。"司徒康摊开了双手,说道,"但发生时间死锁后,不同的时间线之间会互相干涉、影响,其引发的后果难以预测,最极端的情况下,可能会导致某条时间线和相应的世界彻底崩溃。"

"崩溃的意思是……"一直在旁静静听着的陈诺兰打了个冷战，忍不住问了一句。

"意思是整个世界都不存在了，啪，灰飞烟灭。"其实司徒康还想打个指响的，但他那老迈的手指已经无法发出清脆的响声。

"别担心，毕竟我们的世界依然存在。"路天峰安抚着陈诺兰。

"但很可能有其他一些世界就此终结了。"司徒康淡淡补充了一句。

陈诺兰上前一步，紧紧抓住了路天峰的手，这样可以让她觉得安心一些。

"可你为什么会变成这样？"路天峰看着司徒康的那一头白发，心中的困惑不减。

"这就是时间死锁现象，因为邮轮上有多位感知者存在，因此每个人都代表着一条不稳定的时间线，各人的时间线相互影响，导致这个世界的时间线陷入了死循环。据我所知，在时间死锁的无限循环之中，即使时间倒流，感知者本人的状态也不会随之重置。也就是说，如果你受伤了，你会带着伤口经历时间循环；如果你在某次循环之中死了，那么时间倒流也不会让你复活——我之所以变得如此苍老，正因为我经历的时间循环次数要比你多得多，而在这些循环之中，我会不断地变得更老。"

路天峰有点不太理解："难道我们所经历的时间循环次数还不一样吗？"

"没错，对你而言，这可能是你感知到时间死锁之后的第一次经历，但对我而言，却已经度过了二十多年这样的日子……"

"真的吗？"路天峰大吃一惊，他无法想象在同样的时间循环之中不断地老去，到底是一种怎么样的感觉。

"是的，这段死锁的时间，长度大概为三十三分钟，从九月三日的凌晨零点四十五分开始,到一点十八分结束,然后时间又会重新回到零点四十五分。"司徒康唏嘘地叹息道,"其实以上这一解释,我也已经跟你说过无数次了。"

路天峰愣了愣:"可是在我的记忆当中,这只是第一次。"

"是的,时间线的冲突就是那么玄妙,有些人经历了二十年,有些人只经历了两天,甚至两个小时,但可能对某人而言,就已经经历了上百年的时光……"

路天峰能感到,陈诺兰抓住自己的手下意识加重了力度。

"是谁经历了上百年?"

"你迟早会知道的。"司徒康的脸色冷峻起来,"现在,我还有另外一件更重要的事情得告诉你。"

"说吧。"

"理论上是有办法打破时间死锁的,需要满足的条件是让时间线中的感知者数量尽可能地减少。如果出现时间线冲突的这个空间范围之内,只留下唯一一条时间线,那么死锁状态就肯定会解除了。"

"唯一的时间线?"一种不祥的预感笼罩在路天峰的心头,"如果按你所说,每位感知者代表着一条时间线的话,岂不是需要确保邮轮上只剩下唯一一位感知者?"

"路警官实在是聪明,一点就透。"

路天峰苦笑道:"难道你是在怂恿我去杀人?"

司徒康没有回答,只是轻轻地摇摇头:"每一次,你都会说出同样的话,看来无论经历多少次时间循环,有些东西还是永远不会改变啊。"

路天峰沉默了,他还在心里估量着到底要不要相信司徒康的话,毕竟这一切都可能是司徒康编造出来的谎言。

然而,司徒康的老态龙钟,总不能是利用化妆术制造出来的效果,这又该如何解释呢?

"我累了，不多说什么了，希望这一次，会是一个新的开始吧。"司徒康说完，默默闭上了眼睛，一副想要睡觉的样子，"我已经这样祈祷过千百次，却从未实现。"

路天峰看了一眼陈诺兰，只见她也陷入了沉思之中。

九月三日，凌晨一点十分。

"未来之光"号，第十二层，"味魂"日本料理餐厅。

谈朗杰特意吩咐他们的手下四处散开，尽量不要引人注目，他则跟于小冷两人手牵着手，如同情侣一般迈进餐厅大门。

"先生您好，请问有订座吗？"站在门外的服务生立即殷勤地上前招呼。

"我们有一位朋友，提前订了包厢。"

"包厢？"服务生脸上露出困惑的神色，他低头看了看手中的记录本，"对不起，我们这里并没有预订的记录……"

"可以让我们进去看一下吗？"谈朗杰说得很客气，动作却非常强硬，一只脚已经迈开了步子。

在这种高档餐厅里面，服务生阻挠客人的情况是不可能发生的，于是那年轻的服务生连忙后退一步，把路让给谈朗杰和于小冷。

二人径直走到包厢那边，只见每个包厢都是一片乌灯黑火，根本不像有人在内的样子，谈朗杰和于小冷交换了一下眼神，都看出了彼此眼中的迷茫。

"真的没人来过吗？"

谈朗杰和于小冷连续查看了几个包厢，都空无一人，直到谈朗杰推开最后一个包厢的门，一股冷意扑面而来。他不禁打了个寒战。

这个包厢里依然安安静静的，没有一丝生气，但在昏暗之中，能隐约看到一个人形的影子，靠在包厢的角落处。

"是谁？"于小冷手疾眼快，按下了门边的电灯开关。

包厢内一下子变得明亮起来,两人也同时看清楚了刚才那个影子——一具骷髅骨头,歪歪斜斜地倚着墙壁。骷髅的头骨与颈骨之间扭成了九十度角,好像脑袋随时要掉下来似的,而原本眼睛的位置只余下两个黑乎乎的空洞,却依然像在死死地盯着谈朗杰和于小冷。

"啊——"

谈朗杰和于小冷毕竟经历过不少事情,还勉强沉得住气,而跟在他们身后,生怕闹出什么波折的那位服务生,顿时吓得惨叫起来。

"到底是什么情况?"谈朗杰一半是惊愕,一半是不满地回头望向服务生。这包厢内出现了一具骷髅,服务生总不可能装作不知情吧?

"我……我不知道啊……"没想到那服务生还真是脸色煞白,浑身颤抖,结结巴巴说了两句话后,双眼一翻,竟然吓得晕死过去。

"哥,他还真不是装的。"于小冷快步上前,翻开服务生的眼皮看了看,又摸了摸他的脉搏,确定人确实是晕过去了。

"船上可能发生了一些超出我们理解的怪事……"谈朗杰的话刚说到一半,余光就瞄到了一个男人。那人同样穿着邮轮工作人员的制服,但动作鬼鬼祟祟的,似乎原本想要走到这边,但一看见谈朗杰的身影,就立马回头逃跑了。

"小冷,追上去。"

于小冷抬起头,立即锁定了目标。她与谈朗杰早就建立了默契,根本不需要问清为什么要追这人,第一时间就拔腿冲了过去。

九月三日,凌晨一点十六分。

"未来之光"号,第七层,魔术剧场。

路天峰休息了一会儿,感觉身体状况基本恢复了正常。如果司徒康所言非虚的话,那么两分钟之后,时间就会倒流,重新回到零点四十五分。

路天峰从怀内拿出一支签字笔，打开笔盖，猛地在自己的手背上戳了一下。轻微的刺痛感传来，手背顿时出现了一个小小的伤口。

"我是第几次这样做了？"

"数不清了。"司徒康干巴巴地苦笑着。

"如果我还陷在时间旋涡之中的话，我的一切都会重置？"

"是的，只有两种可能性：第一，你的一切会彻底重置，失去这三十三分钟内的所有记忆，身上的伤口不会存在，那就证明时间旋涡还在影响着你；第二种可能性就是你终于突破了时间旋涡，但走进了时间死锁，这样的话你记忆会持续，身体上受到的伤害也不会复原。"司徒康答道。

"真有意思，如果我是不死之身，那么我将一无所知；反之，如果我还记得关于时间死锁的一切，我也就随时可能面对死亡。"

"嗯，大概就是这样子。"

路天峰看了看陈诺兰，又问："司徒先生，在你陷入这十多年时间死锁的过程中，就没有尝试过杀死我吗？"

"杀死一个还在时间旋涡中的感知者是没有意义的，因为这个人会复活。"司徒康露出了诡异的微笑，"对了，我是个科学家，当然是实验过后才能得出结论。"

"我明白了……"

路天峰话音未落，眼前突然一花，就像电视切换频道一样，时间悄然无声地倒流了。

九月三日，凌晨一点十七分。

"未来之光"号，第十二层，走廊。

一男一女在走廊上飞速疾跑着，而两者之间的距离渐渐拉近。

"看你往哪儿跑？"

于小冷很快就要追上跑在前面的那个工作人员了。她的其中一项工作任务，就是保护谈朗杰的人身安全，因此她经历着日复一日的专业身体锻炼和格斗技巧学习，体能不但远胜普通的女孩子，就连那些看起来肌肉健硕的男人也未必胜得过她。

她觉得自己就是为了这种时刻而活着的。

"停下来！"

离男人还有一步之遥的时候，于小冷大喝一声，猛地一蹬腿，原本已经很快的速度，竟然还能再提升一个档次。

她如同离弦之箭一般，扑向那个惊慌失措的男人。

男人发出一声怒吼，狠狠地往正后方来了一记踢腿。

但在于小冷眼中，这只是毫无意义的困兽犹斗。

她微微侧身，举起手臂硬接了男人一招，然后顺势反手抓住他的脚踝，狠狠地用力一拉，把他整个人拉倒在地。

就在于小冷准备上前压住他的那一瞬间，她的眼前先是一黑，短暂的黑暗过去后，她发现自己回到了三十三分钟之前的房间里。

2

九月三日，凌晨零点四十五分。

死锁状态，第二次循环。

"未来之光"号，第七层，魔术剧场。

同样是熟悉的舞台，熟悉的情景，却似乎有着微妙的差异。

路天峰眨了眨眼，脑海里快速检索了一下，确定自己依然拥有之前的记忆，他再看了一眼手背，墨水的痕迹和笔尖刺穿所造成的小小伤口，历历在目。看来司徒康所说的三十三分钟死锁循环，正式开始了。

"峰，你还好吗？"耳边响起陈诺兰关切的问候。

"我很好……但事情有点棘手。"

"棘手？"一直在旁的章之奇也不禁发问。

"一言难尽，简单来说，我们陷入了一个只有三十三分钟的时间死锁里头。"路天峰环顾四周，司徒康还没出现，"所以我必须在这三十三分钟之内解决问题，否则整个世界又会重置。"

路天峰故意略过了感知者们无法跟随时间倒流而重置这点不说，因为他不希望陈诺兰过于担忧。

"时间死锁……那要怎么解决？"章之奇听得一头雾水，陈诺兰也好不了多少，一脸茫然。

但其实路天峰也不知道答案，他只好把目光投向剧场的入口处，一分钟之内，那个可能可以给出解答方法的人，马上就会出现。

九月三日，凌晨零点四十五分。

死锁状态，第二循环。

"未来之光"号，第十七层，1734 房间。

于小冷用力眨了眨眼，仿佛身处梦境之中，而坐在他身旁的谈朗杰，脸上同样挂着极其困惑的表情。

"小冷？这是怎么了？"

"时间倒流了吧……但感觉有点不一样。"于小冷皱着眉头，一时说不出心底那股不安的感觉因何而来，直到她察觉到右手的手臂在隐隐作痛，然后抬起手臂一看，上面有一道新鲜的红印。

是鞋印，于小冷立即想起了刚才用右臂挡下的那一记飞腿攻击。

"怎么可能？"她轻轻地抚摸着肌肤上这道诡异的印记，手指接触到印记的时候，轻微但清晰的痛楚传到她的大脑，告诉她，这是真的。

"时间倒流了，但身体状态并没有重置？"一贯稳健沉着的谈朗杰，脸上顿时有一丝慌乱。他温柔地抓住于小冷的手臂，仔细地观察起来。

"哥，你之前听说过这种现象吗？"

谈朗杰摇摇头："没有，这根本是不可能发生的事情吧……"

但他们很清楚，事情的确发生了，再加上在"味魂"日本料理包厢内发现的那具骷髅，这艘邮轮上的一切，都透露着一股前所未有的神秘气息。

"要不我们再去一次'味魂'吧！"于小冷咬咬牙，站了起来。

"我建议我们先搞清楚状况。"谈朗杰思索片刻，说，"贸然行动的话，可能会有危险。"

"那该怎么办？"于小冷早就习惯了，遇事不决就听从谈朗杰的意见。

"我想知道其他人的情况。"谈朗杰知道，越是关键的时候，越是要保持冷静，因此他强迫自己静下心来，认真分析眼前的局势，"我们还是先去找那个警察路天峰吧。"

"不知道他会不会也遇上了类似的事情？"

谈朗杰苦笑道："我猜，很有可能……"

九月三日，凌晨零点五十五分。

死锁状态，第二次循环。

"未来之光"号，第七层，魔术剧场。

那个白发苍苍的男人坐在剧场的观众席上，一脸怡然自得的表情，也许是因为他发现路天峰终于还是卷入了时间死锁之中，这就意味着原本无解的局面，出现了曙光。

路天峰和司徒康首先花了几分钟时间，向陈诺兰等人简单扼要地解释了目前到底是什么样的状况，虽然仅有的三十三分钟时间非常宝贵，但这个解释还是必要的——而且以后每当死循环开始时，都得重新解释一遍，实在是无奈。

"所以我们的目标就是去除所有干扰因素，打破时间死锁？"章之奇和童瑶都露出了左右为难的神色，毕竟他们和路天峰一样，无法接受这个需要杀人才能自救的方案。

而陈诺兰想到了另外一个问题："时间死锁真的能被打破吗？我们会不会永远被困在这三十三分钟里面？"

"即使是这样，普通人也不会有任何感觉的。"司徒康说，"如果时间死锁无法打破的话，这无尽的痛苦只会由感知者们承受。而且我认为，当这里只留下唯一一名感知者的时候，死锁局面肯定是能打破的。"

陈诺兰不由自主地打了个冷战："这到底要牺牲多少人？"

"我们可以详细统计一下。"司徒康似笑非笑地说，"但同时也可能遇到最为乐观的情况，就是不需要杀死那么多人，只需要消灭一到两个感知者即可。"

"那么，这艘邮轮上到底有多少名感知者？"章之奇问。

路天峰答道："我和司徒先生，然后再加上那神秘的'樱桃'，还有那一对年轻人——谈朗杰和于小冷……"

"我好像听见了我的名字。"就在这时候，谈朗杰大步流星地走进了剧场，他身后跟着的人正是于小冷，"看来我也有资格出席这次会议了吧？"

"欢迎二位。"路天峰向谈朗杰点了点头，算是打了个招呼。

"有人能告诉我，到底发生了什么吗？"谈朗杰的目光落在了苍老的司徒康身上。

路天峰愣了愣，一时之间不知道该不该把司徒康的猜想告诉谈朗杰。照直说吧，没准接下来他们就会兵戎相见；要是瞒着对方不说的话，又似乎意味着他跟司徒康这条老狐狸达成了心照不宣的同盟关系，但这并非路天峰的本意。

逆时侦查组：拍卖时间的人　161

"我们在统计这艘邮轮上的感知者人数。"司徒康巧妙地岔开了话题。

"哦,然后呢?"

"我们目前所遭遇的困难,需要所有的感知者通力合作,才有可能解决。"

"我想知道,具体要怎么样做。"谈朗杰可不是那么容易忽悠过去的人,他一直都牢牢抓住核心问题不松手。

"先把所有感知者找齐了,再讨论下一步吧。"司徒康的脸皮也是够厚,明知道自己答非所问,却还是若无其事地说着。

"司徒先生闪烁其词的态度,让我想起了一则古老的传说。"谈朗杰的声音沉了下去,"虽然我条件有限,但这些年也是竭尽所能去了解关于时间的秘密。我曾经在一本书里看过一段话,说这个世界的时间线之所以会发生混乱,正是因为有感知者的存在,如果能够把所有感知者都消灭的话,时间的流逝将会永远恢复正常。"

不知道为什么,于小冷似乎倒吸了一口气。

谈朗杰继续说道:"那时候我只把这个传说当作无稽之谈,更何况,我根本不知道这个世界上有多少感知者,又怎么可能把他们全部找出来呢?不过,如果只是将一艘船上的感知者全部找到并消灭的话,那还是有机会实现的。"

司徒康怪笑一声:"年轻人,可不要那么冲动,难道你会为了这个毫无根据的猜想就准备杀人?"

"那就得请司徒先生为我指点迷津了,我们到底遇到了什么情况?为什么我们刚才经历了成百上千次疯狂的时间穿越?最近一次时间倒流发生后,我们身上的伤口为何依然存在?你为什么要寻找邮轮上所有的感知者?找到之后又准备做些什么?"

这一连串的问题,让司徒康难以招架,路天峰更是重重地叹了一口气。

"我说，既然我们拥有足够多的时间，那么干脆把事情摊开来讨论吧。"路天峰直视着谈朗杰的眼睛，"也许我们最终会成为敌人，但在此之前，我想先努力尝试一下，看大家能否交个朋友。"

谈朗杰听了这话，不自觉地翘起了嘴角："这可是我的荣幸。"

司徒康却只是冷冷哼了一声。

九月三日，凌晨一点。

死锁状态，第二次循环。

"未来之光"号，第二层，船长室。

房间内的沉默和尴尬，终于被黄良才腰间别着的呼叫器响声所打破。

"什么情况？"黄良才接通呼叫器，干巴巴地问了一句。他很清楚下属们一般不会直接惊动他，因此每当呼叫器响起，都意味着有一个难以处理的坏消息。

"黄……黄主任……"

"是我，说吧！"对方慌慌张张的语气，让黄良才愈发不安。

"死……死人了……"

"在哪里？"又一起死亡事件，黄良才看向杜志飞，后者却显得心不在焉。

"如歌 KTV……但……现场好奇怪……"呼叫器的那头，依然是吞吞吐吐、畏畏缩缩的声音。

"等我过去再说。"黄良才对下属的能力还是心里有谱的，遇到重大问题时保持镇定，是身为邮轮安保人员的基本素养，也不知道到底是什么样的状况能让他们方寸大乱。

黄良才关掉呼叫器，向杜志飞打了个招呼："杜总，我先过去看一看。"

杜志飞点了点头，送走黄良才后，才长叹一口气，站起身走到船长室的门边，反锁上铁门。然后他走向船长室的另外一端，打开了一道做工考究的木门。

这道木门的背后，就是杜志飞的专用豪华卧室。为了工作和生活便利，身为邮轮主人的他当然不会亏待自己，船长室和卧室之间由这扇门连通，来往方便，而两个房间又各自有一道门通往外部走廊，必要时可以作为完全独立的两个空间使用，互不干扰。

此刻杜志飞只感到疲累万分。他摊开四肢，重重地躺倒在床上，仰面看着天花板，心情依旧沉重。

一旦闭上眼睛，他就会想起贺沁凌……

"杜总。"

是贺沁凌的声音，杜志飞吓得一个激灵，狼狈地从床上爬起来，同时胡乱在床上摸索着，似乎想随便抓点什么东西当作武器。

"杜总，不要喊，不要慌张，我在这里。"

从浴室里走出来的，是身穿黑色夹克和深蓝色牛仔裤的贺沁凌。

杜志飞瞪大了眼睛，似乎一时之间失去了思考能力。

贺沁凌笑了，这正是他非常熟悉的笑容，充满自信和魅力。

"你是不是听他们说我已经死了？"

杜志飞呆呆地点头。

"你有亲眼去确认过尸体是我吗？"

杜志飞摇头。

"是不敢去，还是不忍心去？"女人脸上的笑容越来越灿烂。

"我……"杜志飞好不容易才挤出这一个字来，僵硬地坐到了床上。

"幸亏你没去现场，否则你很可能会发现，那个人并不是我。"女人一边说，一边脱下黑色夹克，穿在里头的是一件白色T恤。

杜志飞的嘴角在抽搐。他几乎可以肯定这个人才是真正的贺沁凌，那么之前死在赌场洗手间里面的那个又是谁？

女人轻轻拉起了 T 恤下摆，露出了雪白光洁的腰肢。她的肚脐旁边，有一颗黑色的痣。

杜志飞当然认得这颗痣。

"所以……那个女人是谁？"

"她是我的替身，不，严格来说，我是她的替身。"女人走到床边，伸出手，轻轻地抚摸着杜志飞的脸颊。杜志飞只觉得浑身上下没有一丁点儿力气，想避开却又不敢避开。

"你……为什么……"他结结巴巴地问。

"她才是真正的贺沁凌，而我只是借用了她的身份。"女人突然缩回了手，变得一脸严肃，"杜总，帮我一个忙，暂时把我藏在这个房间里面好吗？"

"好……好的……"杜志飞没有想到任何拒绝的理由，事实上，他的脑海里只有一团理不清的乱麻。

"你真棒。"女人捧起他的脸，重重地亲了一口他的额头。

杜志飞这时候才意识到，自己的额头上全是汗水。

"你……到底是谁……"

"嘘……"女人将手指放在嘴唇上，做了一个噤声的手势，"千万不要问我这个问题，因为所有知道答案的人，都已经死了。"

一颗豆大的冷汗，缓缓滑过杜志飞的鼻尖。

九月三日，凌晨一点十分。

死锁状态，第二次循环。

"未来之光"号，主甲板，露天酒吧。

酒吧内的钢琴演奏，由慢悠悠的古典轻音乐变成了气势激昂的进行曲，然后换成了更加汹涌澎湃的摇滚乐。乐手们似乎对邮轮房间的隔音效果非常有信心，卖力地发泄着无处安放的热情，却丝毫不担心会影响可能已经入睡的客人。

魔术师谢骞就这样静静地坐在角落里,面前的酒杯始终是满的,而他的手指则一直在有节奏地轻轻敲打着桌面。旁人并不知道,他可以凭借这个动作精准地推算出时间流逝的速度。

那个女人还是没有出现。她也许并不是迟到,而是永远不会出现了,无论是在当下的时间线,还是其他时间线内。

没错,谢骞也是一位感知者。他经历了刚刚那场可怕的时间旋涡后,对自己身处的环境感到了强烈的不安。

谢骞心里有种莫名的失落,虽然从那个女人第一次神秘地出现在他眼前开始,他就知道这一定是一个没有好结局的故事。

他不禁回想起两人第一次见面时的情景——

"我还知道很多关于你的事情……今天我是特地来邀请你和我一起,共同出演一场超华丽的魔术。"

那时候她发出的邀请充满了危险的气息,但这没有吓到谢骞,反而激起了他的好奇心和争胜心。

"哪一种超华丽的魔术?"

"改变整个世界。"她说话的时候一本正经,让人很难不相信是真的。

"我……能够为你做些什么吗?"

她笑了:"很简单,一切听我安排即可。不过首先,你要招揽这个人来当你的魔术助手。"

她递给他一张照片,照片上的年轻女子,和眼前的女生有八九分相似,乍看起来就像是同一个人。

谢骞愕然道:"这人和你有什么关系?魔术助手可不是谁都能当的,需要一定的天赋和身体条件……"

"你觉得我不懂魔术吗?"她嫣然浅笑,让他不免心神荡漾,"放心吧,所有事情我都安排好了,你只需要走个流程,让她成为你的助手即可。"

"我去哪里找她?"

"你不用找她,她会来找你。另外,你要准备一下,下个月离开美国,回国去面试一份邮轮魔术师的工作。"

谢骞的眉头紧皱起来:"这……我总不能糊里糊涂,说走就走吧?你能把事情的来龙去脉向我解释清楚吗?"

"不,一无所知就是你最大的优势。我会再联系你的。"她将一部手机塞给谢骞。

"但我不可能单凭你这几句没头没脑的话,就放弃现在的生活啊……"

"现在的你,哪有什么生活可言。"她轻描淡写地揭穿了他的伪装,"在异国他乡隐姓埋名,就算你有再高超的魔术手法,也只能用来哄酒吧小女生,而且还穷得叮当响。"

"这个……"谢骞一时哑口无言。

"我会给你一百万美元,今晚就到账,跟我走吧。"

"一百万美元?"谢骞瞪大眼睛,怀疑自己听错了。

"这只是定金,事成之后,我会再给你五百万美元。"

"你是要走私军火,还是贩毒?"谢骞知道这个价钱不可能只是聘请他去表演什么魔术,简直像是要买下他的命了。

"放心吧,只要你听我指示,就不会有任何危险。"

"我……"

"我知道关于洁茹的事情。"没有等待谢骞的回答,那女人就潇洒地站了起来,向他挥挥手,消失在熙熙攘攘的人群之中。

他最终没有拒绝她,既是因为他无法拒绝如此巨额的金钱诱惑,也是因为对方说出了那个宛如魔咒的名字。

"她怎么会认识洁茹……"

一个月后,谢骞按照她的指示,回国通过了"未来之光"号邮轮的魔术师面试考核,同时也聘请了照片上的女孩小凌作为他的魔

逆时侦查组:拍卖时间的人　167

术助手。有意思的是，小凌似乎也不清楚那位神秘女子的底细，谢骞唯一能够打听出来的消息，就是小凌同样收到了一笔巨额报酬，其中一个条件是她得担当谢骞的魔术助手，另外一个条件，则是小凌要把自己的真实身份和姓名"借"给那个奇怪的女人。

于是那个女人就大摇大摆地使用了小凌的真名，以"贺沁凌"的身份出现在众人面前。谢骞自始至终不知道她的名字，而在心里，他会默默称呼她：魔女。

魔女信守着她的承诺，并没有让谢骞做任何违法犯罪的事情，虽然指定了他的工作和助手，但邮轮魔术师的工作压力并不大，小凌也是个合格的魔术助手，因此对他而言，这次奇遇除了让他的荷包一下子胀起来之外，并没有任何的负面影响。

但谢骞在心底一直暗暗提防着，他知道事情不可能那么简单。魔女是个非常聪明，甚至应该说是无比狡诈的人，她怎么可能平白无故地送钱给他？

谢骞很清楚，自己卷入了一个非同小可的旋涡之中，然而他别无选择。与其在美国的小酒馆里面蹲一辈子，倒不如趁着还有几分心气和斗志的时候，拼搏一把。反正他已经再没有什么东西可以失去了。

这看似风平浪静的日子，终于在昨天戛然而止。先是傍晚时分，他按照魔女的吩咐，和小凌在主甲板上演了一场近身逃脱的魔术，虽然当时他不知道这场魔术的用意何在，但后来他猜到了，那应该是为了试探路天峰的底细。

然后是昨天晚上，魔女让他通过一辆改装过的手推车，将小凌神不知鬼不觉地送进赌场 VIP 区。对一位魔术师而言，这是简单得不能再简单的小把戏。他一开始还以为魔女只是想在赌场里给贵宾们表演一场即兴魔术而已，没想到半小时后，他听到了"贺沁凌"被杀害的消息。

魔女哪有那么容易死掉，死者应该是小凌吧……如果真是这样的话，那么谢骞就是杀死小凌的共犯。

可惜的是，谢骞并没有合理的借口去接触案件调查工作，所以只能暂时将这份疑惑藏在心里，默默观察着事态的发展。没过多久，下一位死者丁小刀出现了，而且是死在他所负责的魔术剧场之内，就在那一刻，他觉得自己很可能会成为魔女的弃子。

不过谢骞还是竭力保持着镇定，硬着头皮跟路天峰周旋了一番，反正人不是他杀的，无论再怎么怀疑他，也不可能找到所谓的犯罪证据。好不容易才从魔术剧场脱身，谢骞立即按照之前和魔女约定的暗号，试图联系上她，但她一直没有回音。

魔女的回复迟迟未到，那一场前所未见的时间旋涡却毫无征兆地降临。他只觉得整个人都要被时间洪流撕成碎片了——他的过去，他的孤独。身为感知者经历过时间循环之后，他变得敏感而多疑，怀疑世界上的一切，每天都感到极度不安，而身边人只会认为他是个神经兮兮的怪胎，幸亏遇到了那些不可思议的魔术，才能给予他一点点温暖的安慰。

他以为自己早就走出了那个孤寂的漫漫长夜，只是没想到，刚才那一连串不可思议的时间跳跃，让他再次重温了一个又一个难受至极的场景。

尤其是，他又见到了洁茹，他的初恋。

他们是同一所大学的学生，在校园里因魔术而结缘，时常一起研究和练习各种复杂的魔术手法。

洁茹说，她的目标是要成为全国第二厉害的魔术师，而第一厉害的位置，当然是留给谢骞。

他曾经以为，他们会天长地久，她会永远爱他，永远信任他。

直到他鼓起勇气，向她坦白了自己内心深处的最大秘密——他是一个能够感知时间循环和时间倒流的人，所以他的内心总会有一种不安定的感觉，生怕今天好不容易争取到的幸福，转眼之间就会清空重来。

那一刻，洁茹看他的眼神，就像看一个疯子。由此以后，洁茹总是有意无意地劝说他去看心理医生，而他也只能装作口头答应。

他们的恋情渐渐冷却，几个月后，洁茹向他提出了分手，他虽然万分不舍，但也只能忍痛答应。没料到的是，两人分手不到一星期，洁茹就有了新的恋情，而且根据同学之间的各种流言蜚语推测，洁茹在和谢骞正式分手之前，已经跟新男友关系极其暧昧。

那时候，被妒火遮盖住理智的他，做出了一个疯狂的决定：他利用某天发生时间循环的机会，在第二次、第三次和第四次循环内，通过三种不同的手法杀害了洁茹。当然了，在第五次循环的时候，他什么都没做，但杀死洁茹的快感刺激非常强烈，而他似乎迷恋上这种感觉了。

接下来，他多次趁着时间循环的机会，对洁茹进行了一次又一次的残忍杀害。直到最后一次，他彻底崩溃了，在第五次循环之中犯下了不可饶恕的罪行。

他真的彻彻底底地杀死了洁茹。讽刺的是，在不存在的时间里面已经多次杀人的他，练就了相当成熟的伪造现场的技巧，最后洁茹之死被警方以"意外死亡"结案，而他也不愿意继续留在那座城市，选择远走高飞，到美国闯荡。

这就是谢骞人生中最危险，也最华丽的一场魔术表演。

那么多年过去了，谢骞好不容易才淡忘的回忆，却在这汹涌无情的时间旋涡中，接二连三地反复重温：温柔的爱意、无情的背叛、妒忌的怒火、绝望的复仇、残忍的罪行……

谢骞痛苦地按住自己的太阳穴。

那个冷酷奸诈的魔女，将他引入这场可怕的时间大灾变，自己却准备隐身幕后，坐收渔翁之利，哪有那么便宜的买卖？

虽然谢骞依然摸不准魔女的计划是什么,但他觉得一定有办法从中作梗。

"背叛我的人,都不会有好下场。"

舞台上的摇滚乐一曲终了,短暂的安宁中,谢骞一口气喝完了杯子里的烈酒。

九月三日,凌晨一点十五分。

死锁状态,第二次循环。

"未来之光"号,第七层,魔术剧场。

听司徒康讲述眼下的状况后,于小冷脸色苍白,不由自主地拉着谈朗杰的手,肩膀微微颤抖着。她当然明白,如果司徒康所说的一切都是真的,那么她和谈朗杰两个人就不可能同时活下去。

陈诺兰同样握紧了路天峰的手,跟上一次循环时一样,但不知道为什么,路天峰感到这一次陈诺兰手中的力度好像变得更大了。

"然而这一切,都只是你的推测。"谈朗杰看着司徒康,心里飞快地评估着以上信息的可信程度。

"但目前所有已知的事实,都在印证着我的推测。"司徒康淡淡地回了一句。

"或者你只是希望我们自相残杀。"

"我没必要在这里跟大家争辩什么。"司徒康叹了叹气,"反正时间转瞬即逝,你们很快就会知道到底有没有办法打破时间死锁。"

说完这句话后,司徒康一言不发,只是低头看着手腕上的手表。

一点十六分三十秒,再过一分半钟,整个世界又将重置到零点四十五分时的状态。

唯一不会重置的,就是几位感知者的身体和记忆。

"不管怎么说,我们都得先把谢骞和'樱桃'找出来。"路天峰说道。

然后呢？然后应该怎么样做，他确实没法回答。杀人当然违背了他的良心和原则，但如果杀死那几个人，是解救这个世界的唯一办法呢？明明拥有打破时间死锁能力的他，就这样袖手旁观，眼睁睁地看着属于全人类的时间在这三十三分钟之内不断循环吗？

陈诺兰温暖的声音在他的耳边响起："峰，不管你做出什么决定，我都会支持你。"

真的吗？路天峰在心内反问了一句，但他没说出口。

如果我因此需要杀害无辜的人，你也会支持我吗？

路天峰看着陈诺兰，而她的眼中似乎只有坚定的信任。那一瞬间，他懂了，她是相信自己永远不会做出违背良知的事情来。

"如果接下来再发生时间循环的话，我们就不来这里打扰各位了。"谈朗杰似乎已经打定了某个主意，"我们会用自己的方法，去尝试解决问题。"

路天峰从谈朗杰的神色里，读出一种充满危险气息的信号，但他没有办法出言劝阻。因为就在这时，时间已经来到凌晨一点十八分，新一轮的死锁循环开始了。

3

九月三日，凌晨零点四十五分。

死锁状态，第三次循环。

"未来之光"号，第十七层，1734 房间。

上一秒还在魔术剧场的谈朗杰和于小冷，此刻重新出现在自己的房间内。谈朗杰几乎没有半点停顿，迈步就向门外走去，而于小冷突然张开双臂，拦住了谈朗杰的去路。

"哥……"

"怎么了？"即使是一向擅长隐藏情绪的谈朗杰，也不由露出了惊讶的神色。

"你想去哪里？"于小冷微微抬起头，直视着谈朗杰的眼睛。

"想办法打破这个死循环的局面。"谈朗杰看着于小冷，在她的眼眸里读出了罕见的决绝与坚持。

"你想要去杀人吗？"于小冷向前走了一小步，这时候两人之间的距离不到半米了。

"小冷，我们并没有太多选择的余地。"

"哥，难道我们可以只为了自己活下去而不惜犯罪吗？"

"对于世界上的普通人而言，无限死循环的这段时间并不存在，因此我们无论做了什么，都没有违犯任何法律。"谈朗杰看着于小冷，面不改色地说，"包括杀人，也不是犯罪。"

"那么……我呢？"于小冷的眼眶里闪着光芒，"我们都是感知者，如果你需要杀了我才能打破死循环的局面呢？"

谈朗杰的嘴角微微抽搐了一下，然后很快恢复常态。

"我绝对不会伤害你的。"

"那么死循环还会继续存在啊，除非……"于小冷突然想到了一种更加残酷的可能性，脸色突然变得煞白。

除非她和他之间，只有一个人能活下来。

如果谈朗杰不准备伤害自己的话，他所能做出的唯一选择，就是牺牲自己。

"哥，你需要冷静一下。"于小冷一把抓住了谈朗杰的上臂，"千万不要冲动。"

"我很冷静，需要冷静的人是你。"谈朗杰试图挣脱于小冷的手，然而她那纤细的手指却有着不可思议的强大力量，不管谈朗杰如何发力，于小冷的手纹丝不动。

谈朗杰似乎是认输了，叹了一口气道："那么你说，我们该怎么办？眼睁睁看着这个世界就困在这半小时内，不断死循环吗？"

"一定还有其他解决方案的……"于小冷嘴里是这样说，但她的心里连一点底气都没有。

"小冷，我们不可以那么自私。"

"自私？"于小冷一时没反应过来。

"为了自己所谓的善良、底线和原则，甘愿让整个世界成为我们的陪葬品。"

于小冷瞪大了眼睛，她从来没试过以这个角度去考虑问题。

"现在我们最需要的是一个冷酷无情的刽子手，用他那沾满鲜血的双手，打破时间死锁的局面。如果我们愿意成为'恶人'的话，世界就能得救；反之，如果没有人愿意牺牲自己的声誉，最终受害者就是全人类。"

于小冷的手不禁松开了些。

谈朗杰看着于小冷，满怀深情地笑了笑："如果这艘船上只能留下一位感知者的话，我当然希望那个人是你。"

"我……凭什么……"于小冷哑口无言。

"你看，我还有那么多位兄长和姐姐，我爸的武衡集团根本不缺继承人，但这个世界上唯一一个真正能够懂我、可以代替我活下去的人，就是你呀。"谈朗杰轻轻挣开了于小冷的束缚，反过来以十指紧扣的方式，握住了她的双手，"我们必须杀死其他人，然后让你活下去。"

"哥……"

"别说了，我们的时间有限。"谈朗杰将手指抵在于小冷的嘴唇之上，"这些年来，我们一直在假扮情侣，出双入对，但你知道我为什么从来没有逾越之举吗？"

"因为……在你心里，只把我当作真正的妹妹看待……"于小冷的脸倏地红了。

谈朗杰连连摇头，打断了于小冷的话："不，是因为我真心喜欢你，所以不想轻易向你表白，怕给你带来不必要的压力。"

"你……喜欢……我？"于小冷的大脑里面一片空白。

"嗯。"谈朗杰猛地将她拉入怀中，深深吻了下去。

于小冷失去了思考能力，她仿佛看见了一片无边无际的雪原，视线范围之内只有白茫茫的无尽旷野。

如同当年趴在天时会孤儿院的窗户处，遥望窗外那片孤独寂寥的雪白。

而当年打破这份孤独的人，正是谈朗杰。

九月三日，凌晨零点四十八分。

死锁状态，第三次循环。

"未来之光"号，第七层，魔术剧场。

路天峰以最为简明扼要的语句，向大家总结了目前的情况，并且制定出下一步的作战目标。

"先找到魔术师谢骞，才有机会找到'樱桃'，她身上可能有解开时间死锁循环的钥匙——那台真伪莫辨的时间机器。"

路天峰拿出了自己的手机，上面正运行着追踪器的追踪定位程序，可以看到代表谢骞所在位置的红点离他们并不远。

"然而现在的问题是，我无法确定谢骞到底是在邮轮的哪一层……"

追踪器的定位是通过 GPS 信号实现的，虽然路天峰所使用的追踪器性能已经非常先进了，定位误差不超过五米，但依然只能定位目标的经纬度，无法确定更具体的位置。

章之奇伸手拿过路天峰的手机，嘿嘿一笑："这时候，就该轮到我登场表演了。"

"你有办法确定楼层数？"童瑶也是这方面的专家，自然对章之奇那信心满满的态度感到好奇。

"只要多动脑子，一定能有办法。"章之奇将路天峰的手机通过数据线连接到自己的平板电脑上，然后在屏幕上运指如飞操作了一番，不知怎的就将邮轮的整体功能分布图和追踪器信号融合到同一界面里了。

"大家先看看这边这个数据，GPS信号强度，满格爆表，证明谢骞所处的位置一定在邮轮最高的几层；然后再分析一下，这个红点的位置，如果是高层客房里头的话，应该是这几个房间……但结合入住登记信息来看，这几个房间住的客人都没有可疑之处，谢骞跟他们串通，躲在房间里的可能性极小。所以结论就是……"

章之奇点击屏幕，调出了邮轮最顶层，也就是主甲板的功能分布图。

"再假设谢骞是在主甲板上的话，那么他现在所处的位置就是露天酒吧——显而易见，这个推论非常合理。"

路天峰面露喜色，重重地一拍章之奇的肩膀，说："走，我们立即出发！"

"哟，兄弟，你好歹先表扬我一句呀。"章之奇虽然口中念念叨叨，但动作可是一点都不慢，紧跟着路天峰一路小跑起来。

童瑶和陈诺兰相视一眼，不禁苦笑。

九月三日，凌晨零点五十二分。

死锁状态，第三次循环。

"未来之光"号，主甲板，露天酒吧。

"真是太奇怪了……"

耳边喧哗依旧，谢骞静静地喝完了手中的那杯酒，脑袋竟然有点发晕，眼前的杯子也产生了轻微的叠影。他顿时心生警觉，这是怎么回事？虽然他在之前两次的时间循环里面都喝了酒，然而他的身体理应随着时间循环而"重置"，恢复为滴酒未沾的状态，可是现在的自己明显已经带着醉意。

他摇摇头，站起了身，深吸一口气，凌晨时分海面上的冷风灌入肺部，让他的头脑清醒了一些。四肢确实变得沉重了，这绝对不是错觉，而是真的受到了酒精影响。

"不可能，怎么可能会这样呢？"谢骞自言自语着，他已经意识到这一段只有半小时左右的时间循环，也许跟之前自己经历过的完全不一样。

必须尽快找到魔女。

魔女一直对她的行踪和真正目的守口如瓶，而且有意识地和谢骞保持距离，但这并不代表谢骞就没有办法找到她——魔术师永远会有一些秘密，是连身边人都不知道的。

谢骞向酒保摆摆手，又指了指自己手腕上的智能手环，示意结账。就在这时，他眼角的余光不经意地瞥见两个快步走进酒吧的男人。

是刚才打过交道的路天峰和他的同伴。

谢骞大吃一惊，残留的醉意一下子无影无踪。他立即转身，向酒吧另外一端的出口走去。之前魔女曾经让他背下"未来之光"号的结构图，因此他对整艘邮轮各处的设施、通道和出入口都了如指掌，也很清楚露天酒吧到底有多少个出入口。

谢骞听到身后传来一声含糊不清的叫喊，他假装没听到，脚步则变得更加快了。离出口只有一步之遥的时候，一位年轻的女生突然从旁边跳出来，差点撞到他身上。

"小心！"谢骞侧身闪避。

没料到的是，那位女生右手一伸，直接就要扣住谢骞的手腕。他立即明白了，这是警方正在对自己进行围捕！

拦住谢骞去路的人，正是童瑶。她特意选择从另一个出入口伏击谢骞，要的就是请君入瓮的效果。眼见谢骞果然因为要躲开路天峰而往自己的方向走过来，童瑶在心里暗暗偷笑，这一下突然袭击一定可以手到擒来。

"嗯？"

谢骞的手是被她抓住了，但怎么总觉得不太对？

童瑶用力一拉，才发现自己抓住的哪里是谢骞的"手臂"，而是一截塑料模特身上的假肢！她只是稍微愣了几秒钟，就已经反应过来，拔腿追上去，却只看到一大片黑影扑面而来。

"讨厌！"童瑶手忙脚乱地接下这块黑布，幸好黑布里头再没有什么奇奇怪怪的东西，只是一件黑色的披风而已。

"路队，他逃了！"

"赶紧追上去！"路天峰的声音似乎并不特别急切，听起来胸有成竹的样子。

谢骞头也不回，快步离开露天酒吧，然后选择通过离自己最近的安全楼梯前往客房区域。路天峰会来找他，他并不惊讶，真正让他困惑不解的是，这位警官是通过什么方法找到他的呢？

难道自己被算计了？谢骞不禁回想起在魔术剧场密道内两人的斗法，那时候他明明已经将追踪器拆掉了啊。

谢骞边走边想，完全没有注意到在楼梯的拐角处，有两个黑影正等待着他。等反应过来的时候，他已经被一男一女合力压在身下，动弹不得。

"放开我……你们是什么人！"谢骞的声音里带着怒气。

"国际刑警。"雷·帕克将证件翻开，在谢骞眼前晃了晃，魔术师一下子就想明白了，这是路天峰设下的圈套。

九月三日，凌晨一点。

死锁状态,第三次循环。

"未来之光"号,第二层,船长专用卧室。

杜志飞将安保主任黄良才打发走后,心情沉郁地回到自己的卧室里。

连续发生多起命案,看来"未来之光"这趟首航结束之后,要回到船坞里重新装修一遍,改个名字才能再次出海了。

想到这里,杜志飞不禁苦笑起来,暗暗嘲笑自己,都这种时候了,脑子里冒出的念头竟然还是怎么样做才对公司更好。

公司和生意,真有那么重要吗?此时此刻的他,应该为失去女朋友而难过才对吧?

恍惚之间,他甚至在自己的房间内看见了贺沁凌的身影。

不,不可能。杜志飞揉了揉眼睛。

站在卧室床边,对着他微笑的那位女子,确实就是贺沁凌——不是什么女鬼、幽灵,而是活生生的人。

"没把你吓着吧?"她柔声地说。

"你……为什么……怎么回事……"杜志飞的大脑陷入一片混乱,彻底失去了语言组织能力。

"贺沁凌"的眉头轻轻一皱:"哎呀,每次都要重新解释一遍的话有点麻烦呢……人家只是想找个地方安安静静地待着。"

"什么?"杜志飞当然听不懂她在说什么,毕竟他并没有经历过时间循环,眼前所发生的一切,对他而言都是第一次发生。

"算了,没什么。"女人张开双臂,做出一个想要拥抱的姿势。这姿势似乎有一种说不出的魔力,杜志飞不由自主地上前,略带僵硬地抱住了她。

温热的躯体散发着熟悉的香味,那是一股充满诱惑的气息。

"真的……是你吗?"

"当然是我。"女人贴着杜志飞的耳朵说。

杜志飞百感交集，正不知道该继续说点什么的时候，后颈处突然传来一阵轻微的刺痛。

"哎哟！"他忍不住喊了出来。

"对不起，亲爱的，可能有点痛，但很快就没事了。"女人一边说，一边将针筒里面的液体悉数送入杜志飞的身体。

"你在……做什么……"杜志飞的身体颤抖起来，痛楚确实很快就消失了，但强烈的麻痹感迅速传遍他的四肢，顿时令他连呼吸都相当费劲。杜志飞努力张了张嘴，发现嘴唇也不受控制了，他瞪大双眼，绝望地看着怀中的女人，眼神流露出恐惧与无助。

"没关系，反正不会真正伤害到你。"女人轻轻一推，杜志飞就仰面朝天，跌到床上，他的目光已经失去了焦点，无神地盯着天花板。

"现在终于可以好好休息一下了。"女人跳上床，踢掉了脚上的高跟鞋，摊开四肢舒服地躺在那松软的床垫上，丝毫不介意身边还有一具死不瞑目的尸体。

她闭上眼睛，既是在休息，同时也是在静静思考对策。如今这种时间死锁的局面，连她也不知道该怎么处理了。

九月三日，凌晨一点零五分。
死锁状态，第三次循环。
"未来之光"号，主甲板。

谢骞的双手分别被手铐锁在栏杆上，而且两个手铐之间还特意相隔了将近一米的距离，以免这位魔术师再玩出什么新花样来。

"路警官，这阵仗也太过夸张了吧？"谢骞勉强挤出一个笑容。

"谢先生，我们直入主题吧，'樱桃'到底藏在哪里？"

"谁？"谢骞脸上的困惑可不像是装出来的。

"你的同伙。"

"我没有什么同伙。"谢骞一口否认。

路天峰无奈地耸耸肩:"你还没有意识到,我们都被困在这一小段时间中了吗?"

"难道你也是……?"谢骞的目光变得锐利起来,他首先看向的是在场除了路天峰以外的其他人,然后对路天峰挤了挤眼色。

"反正他们也不会记得这场对话。"路天峰看到雷·帕克准备发问,但他不想浪费时间做解释,于是对雷·帕克打了个"别说话"的手势。

谢骞也是聪明人,他笑着说:"路警官,看来我们之间可能有点误会。"

"难道你想说,发生在邮轮上的这两起命案跟你没有关系?"

"我没有杀人,而且我可以帮你抓住真正的犯人。"

"哦?"路天峰万万没料到谢骞会那么轻易地说出这句话来。

"但有一个条件,你可千万不能把我当作从犯处理。"

"那就得看你能提供什么样的线索了。"

谢骞嘿嘿一笑,说道:"当然是价值连城的线索,但我不喜欢在被铐住双手的情况下和别人谈交易。下次时间循环开始之后,我们在赌场见面吧,记住,你只能一个人来。"

"不,我不会和你单独见面的。"路天峰摇摇头,又指了指身后的同伴,"我和你的不同之处,就在于我的背后还有他们的支持。"

"那么我们之间可能谈不拢了啊。"谢骞脸色一沉,冷冷说道。

"我觉得还能试着继续谈谈。"路天峰说完前半句之后,凑到谢骞的耳边,用只有他能听到的音量说,"你一定能感觉到,现在我们所处的时间循环模式,是前所未有的。"

谢骞不知道路天峰到底想说什么,只是"嗯"了一声。

"在这长度为三十三分钟的时间循环之中,我们感知者的身体状态并不会重置。"路天峰向谢骞展示了自己手背上的伤口,"这就是证据。"

谢骞心头一惊，但依然不动声色地说："路警官，你是在骗我吧……谁知道这个伤口是什么时候造成的呢？"

"难道你就没有察觉到自己的身体状况有什么异常吗？"

谢骞似乎终于明白了自己为什么只喝一杯酒就会有醉意了，如果路天峰所言非虚，那么他刚才可是连续喝了好几杯啊。

"你很快就会知道答案的。"路天峰手疾眼快，从裤袋里掏出一支签字笔，狠狠地戳在谢骞的手背上。

谢骞痛得皱起了眉头，但忍住没吭声。

路天峰拍了拍谢骞的肩膀："如你所愿，在下次时间循环开始之后，我们在赌场门口见面吧。"

谢骞没有回答，他还在思索着路天峰刚才所说的话。

"千万别耍花样，否则你很可能会害死自己。"路天峰冰冷而严峻的语气中，没有半点开玩笑的意思。

于是谢骞用了他最大的努力，在脸上挤出一个职业性的微笑。

当一位魔术师要竭尽全力才能笑出来的时候，眼前这个魔术表演多半是搞砸了。

九月三日，凌晨一点十分。

死锁状态，第三次循环。

"未来之光"号，第十七层，1734房间。

"嘀嘀——"

一阵清脆的电子音响起，门锁开了，有人试图用力推开客房的门，却只听见"咔嗒"一声，谈朗杰随手挂上的安全门链发挥了作用。

在房间内缠绵拥吻着的那对恋人立即如同触电一样，彼此分开，同时从床上跳起来。于小冷红着脸，迅速整理好凌乱的衣衫，心里暗暗埋怨自己有点放松警惕了。

"谁啊？"谈朗杰的语气里带着一丝怒气，他觉得应该是某个刚上岗实习的新手服务生，用万能房卡直接开门进入客人的房间。然而不管出于什么理由，这都绝对是违反职业操守的举动。

门外没有回答，但紧接着，一把大号钳子伸入门里，干脆利落地截断了安全门链。

谈朗杰和于小冷顿时明白，门外是有备而来的敌人。

门开了，水川由纪一边冷笑着走进房间，一边顺手将门关上。她收起钳子，双手各拿出一把银光闪闪的刀，凛冽的杀意扑面而来。

"你想干什么？"谈朗杰伸手去拿放在床边的台灯，他虽然考虑过司徒康会对自己动手的可能性，但没想到是用这么简单粗暴的方式。幸好他也提前对司徒康做过一些基本调查，认得出对方这个贴身女保镖的模样。

水川由纪瞄了一眼于小冷，眼中笑意更盛："哟，小姑娘的脸色真红，你们俩终于假戏真做了吧？"

"胡说什么呢？"于小冷微微弯下腰，从枕头下方拿出一把小巧玲珑的匕首。

水川由纪哼了一声："小孩子就别玩这种危险的武器了。"

"让你看看谁才是小孩子！"于小冷二话不说，竟然抢先发难，匕首直刺水川由纪的胸前。

水川由纪出招格挡住匕首，冷冰冰地说："司徒先生猜得不错，年轻人一旦开始谈恋爱，就会出现软肋。你看你这一招，瞻前顾后的，一点也不果断。"

"少废话。"于小冷根本不管水川由纪说什么，身形一动，匕首直取水川由纪的咽喉。

"哼！"水川由纪身子一侧，竟然放弃了防守，直往前冲，左手的刀刃刺向小冷的腰间，右手的刀刃则劈向她的脖子。

电光石火之间，于小冷有点走神了，她很确信自己的匕首可以先刺中水川由纪,但她不明白对方为什么要使用这种玉石俱焚的拼命打法。

不,不是玉石俱焚。她会死,我可不会。

于小冷咬紧牙关,匕首用力一划,锋刃处传来的感觉,令她知道水川由纪的喉咙已经被割破了。

鲜血四溅——除了水川由纪的血之外,还有于小冷的血。

"呜……好痛!"

于小冷虽然竭力扭腰闪开了水川由纪左手的攻击,刀子只是堪堪划开了她的衣服,但依然避不开那一记不要命的右手劈砍。锋利无比的刀刃先是砍中了于小冷的左肩,然后又在她的肩部到肋部之间留下了一道长长的伤口,血水一下子涌了出来。

水川由纪的脖子处带着一道可怕的血痕,而她竟然还有力气举起刀子,想上前继续攻击于小冷,但只换来了台灯底座的一记重击。

谈朗杰将台灯狠狠砸在水川由纪的脸上,一直将她砸得满脸是血,颓然倒地。她的四肢微微颤动了几下,然后就彻底没了动静。

"哥……"于小冷脸色苍白,无力地坐在床边,一副随时要晕倒的样子。

"小冷!"谈朗杰搂住于小冷的身子,拉过身边的床单,用力撕扯成布条,然后迅速脱去她的衣服,替她紧急包扎伤口。

"还好……总算干掉了这女人……"于小冷勉强地笑了起来,失去血色的双唇抖动着。没想到自己第一次在心爱的男人面前脱掉衣服,居然是这样的处境。

然而谈朗杰一言不发地包扎着伤口,脸色变得愈发阴沉。包扎完毕后,他也没开口说话,只是爱怜地看着于小冷。

"哥……怎么了?你别担心我,这些都只是皮肉之苦,没有伤到要害……"也许是害羞的缘故,她苍白的脸上浮起了淡淡红晕。

"小冷,你流了很多血……"

于小冷痛得龇牙咧嘴，但还是倔强地说："没关系，不碍事。"

"你还记得吗，我们的身体状态不会因为死锁循环而恢复。"谈朗杰又低头看了一眼水川由纪的尸体，"但这个女人应该不是感知者，所以等一下她会健康完好地复活。"

于小冷也是聪明人，她终于想明白了谈朗杰到底在担心什么。

在时间死锁的循环当中，他们会受伤，会死去，但一个普通人反而可以无所畏惧，舍命向他们发动疯狂的攻击。

水川由纪用一条命换于小冷身上的一处伤口，看似亏大了，实际上却相反——下一个死锁循环开始之后，水川由纪没有付出任何真正的代价，于小冷的伤却会影响她的身体状态和发挥。

下次两人要是再面对面格斗的话，死的人估计就是于小冷了。

"那要不我们在下一次循环开始之后就赶紧逃跑吧？"

"你可别忘了，在下一循环开始的时候，你身上可没有这些包扎伤口的布条，因此你的伤口就会立即大出血，我们得花点时间重新包扎……"谈朗杰的声音越来越压抑，"再这样反复几次的话，你会因为失血过多而死的。"

"哥……对不起……"于小冷终于明白了，刚才水川由纪是故意用性命来引诱她出手，导致她和谈朗杰两人跌入了万劫不复的陷阱。

这个女人实在太可怕了，而更可怕的人是司徒康。他竟然可以让水川由纪这样心狠手辣的女人对他言听计从，即使在需要付出生命代价的时候，也没有丝毫的犹豫和怀疑。

"我一定会亲手杀死司徒康。"谈朗杰咬牙切齿地说。

"哥，我漂亮吗？"这时候，于小冷却说了一句不相干的话。

谈朗杰愣了愣，才意识到自己怀内的她正在以最原始、纯洁的姿态，向自己展示着一个女生绝对不会轻易示人的骄傲和秘密。

鲜艳的血迹，雪白的肌肤，还有那充满期待、含情脉脉的眼神。

逆时侦查组：拍卖时间的人　185

"非常……漂亮……"

"吻我,好吗……"

谈朗杰照做了,这个吻还带着血的味道、死亡的气息,但同时也能更真实地感受到于小冷体内那股熊熊燃烧的爱火。

他忘情地闭上了眼睛,不知道吻了多久。

直到时间再次跳回零点四十五分。

4

九月三日,凌晨零点四十五分。

死锁状态,第四次循环。

"未来之光"号,主甲板,露天酒吧。

伴随着疾风骤雨一般的钢琴进行曲,手边那一杯满满的酒重新出现,谢骞终于恢复了自由,他情不自禁地活动了一下发酸的手腕——还好手铐真的没了,刚才那种冷冰冰的感觉让人难受。

难受的还有他的胃和他的脑袋,酒精正在侵蚀着他的清醒,而右手手背上那一个被签字笔戳穿的小伤口,更是确切无误地证实了路天峰所言非虚:感知者的身体状况不会随着时间循环而重置。

手背的伤口虽然很小,但不知道为什么,感觉特别痛,就好像有无数蚂蚁在噬咬着他一样。更讨厌的是,这些蚂蚁沿着他的手臂,一路往心脏位置爬过去,想要钻入他的胸腔。

谢骞抖了抖手臂,那股酥麻的感觉稍微减退了一些,但仍在反复"提醒"他——记住路天峰的警告,乖乖跟他合作吧。

"反正有些事情,必须在赌场那边解决。"谢骞咬咬牙,放下酒杯,大步离开。

九月三日，凌晨零点四十五分。

死锁状态，第四次循环。

"未来之光"号，第十七层，1734 房间。

一股浓烈的鲜血的味道硬生生地撞入谈朗杰的鼻腔，而属于于小冷的芬芳和清香正在急速地散退。

原本相拥热吻的两人终于分开了，谈朗杰重新回到了沙发椅上，而于小冷坐在床边，身上的衣服穿戴整齐。有那么一瞬间，谈朗杰多么希望一切都能回到于小冷受伤之前的状态，但下一秒钟，于小冷的上半身顿时变得一片血红，她的脸色也苍白得可怕，额头上冒出豆大的汗珠。

"小冷，坚持住！"谈朗杰一个箭步冲上前，手忙脚乱地开始替她包扎伤口。

"哥，没用的，你快走吧……"于小冷的声音断断续续，气若游丝，看起来随时就会晕倒。

"别说话，保存体力。"谈朗杰心急如焚，连手都开始颤抖了。

"哥，谢谢你。这些年我过得很开心。"于小冷的眼神突然亮了起来，仿佛想起了什么让她快乐的事情。她用冰凉的小手，握住了谈朗杰的手臂。

"我也很开心……"

"别浪费时间了。"于小冷话音刚落，右手已经抽出了藏在枕头下面的匕首，狠狠地插入自己的左胸。

谈朗杰连阻止她的机会都没有，只能眼睁睁地看着那把银色的匕首，刺入于小冷的心脏要害位置。

于小冷的身子左右晃了晃，然后她看着谈朗杰，笑了笑，嘴唇微微张开，似乎想说一句最后告别的话语。

但她什么都没有说，就这样安静地闭上双眼，慢慢倒入谈朗杰的怀里。

"小冷……"谈朗杰觉得自己浑身上下的血液都在沸腾,这是他的爱人、他的同伴,是世界上唯一一个真正理解他、关心他的人。

他们手牵手,经历了无数次时间循环的折磨,幸好还能在彼此身上找到以"异类"身份坚强生活下去的理由。

他好后悔,为什么直到最后一刻,才第一次告诉她,他喜欢她。

不,告白的时候不应该说"喜欢",这可不仅仅是"喜欢"而已。

"小冷,我爱你。"

谈朗杰终于说出了他最想说的那句话。

他相信已经永远沉睡的女孩,一定能够感受到他的心意。

谈朗杰亲了亲于小冷的唇边,然后将她的身子轻轻放下,再拔出那把夺命的匕首。他很清楚,现在没有时间停下来伤心哭泣,水川由纪随时可能发动袭击。

接下来他需要做的事情,是想尽一切办法活下去,绝不能让小冷白白牺牲。

门外,传来了脚步声。

九月三日,凌晨零点五十分。

死锁状态,第四次循环。

"未来之光"号,第八层,赌场入口。

凌晨时分的赌场绝对是邮轮上最为热闹的地方,客人们在一张张赌桌旁,透支着自己的体力、金钱甚至性命,试图去实现那个名为"不劳而获,一夜暴富"的虚无之梦。

没有多少人知道,在几个小时之前,这里面出了一桩命案。就算知道了,他们也只会流露出漠不关心的眼神,而将目光锁定在即将揭晓的赌局结果之上。

谢骞来到赌场门外的时候,路天峰已经在这里等候了,而站在他身边的只有陈诺兰一个人。

"路警官,怎么这次只带了一个人?"谢骞故意用一种轻松的语调向路天峰打着招呼。

"既然已经谈好了合作条件,就不需要那么多人了。"路天峰只是淡淡一笑,没有多说什么。

"另外那几位警官去哪里了?"

"他们各忙各的去了,毕竟时间有限嘛。"路天峰答道。

谢骞的目光情不自禁地投向陈诺兰,并不是感知者的她,应该不明白他和路天峰之间到底在说什么,而且这次循环仅仅过了五分钟,相信路天峰也很难向她解释清楚一切。

然而让谢骞惊讶的是,陈诺兰的脸上神情自若,这场缺少逻辑关联的事件和对话,并没有对她造成丝毫的困扰。她只是安静地站在路天峰身旁,用行动表明了她的立场——她不需要任何解释和理由,就可以无条件地支持路天峰。

"知道我为什么要约你在这里见面吗?"谢骞又问。

"我猜,是因为你想检查一下贺沁凌的尸体?"路天峰停顿了一下,从谢骞的表情上判断出自己的回答应该是正确的,"不过我倒是想问你另外一个问题,你怎么知道尸体放在赌场里面了?"

"出于某种原因,我记熟了邮轮上的所有设施分布图,很清楚这艘船上并没有多少适合安置尸体的地方,而凑巧在赌场的 VIP 休息室里就有一个足够大的冰柜。这同时还能避免在搬运尸体的过程中惊动到某些客人,确实是最明智的选择。"

"逻辑不错,我们走吧。"路天峰似乎对谢骞的这段推理没什么兴趣,轻轻碰了一下陈诺兰的肩膀,两人转身走进赌场。

这下子,谢骞可有点沉不住气了:"路警官,能再问你一个问题吗?"

"边走边说。"

"你为什么要带上这位……陈诺兰小姐?"

"你知道她的名字？"路天峰稍稍提高了语调。

谢骞没回答，路天峰继续说："因为我觉得你想要再次检查贺沁凌的尸体，而诺兰有相关的专业知识。"

谢骞愣了愣，他万万没想到，路天峰竟然提前看穿了自己的想法和目的。

"另外还有一个问题，我应该从没告诉过你贺沁凌在赌场里面被害的消息。"路天峰轻描淡写地说，仿佛这只是一件微不足道的小事情，也不需要谢骞做出正面回答。

谢骞张嘴结舌，只能在心里暗暗叫苦。

这家伙，真是个难缠的对手。

九月三日，凌晨零点五十分。

死锁状态，第四次循环。

"未来之光"号，第十七层，1734房间。

"叮咚——"

门铃声响起，站在门后的谈朗杰，紧紧握着匕首的把柄，手指的关节已经因为用力过度而开始发白。

但他不敢有半点松懈，因为他很清楚，于小冷的格斗能力远胜自己，即使这样，她也没能在水川由纪手里占到多少便宜。现在轮到他面对这个可怕的日本女杀手了，想要活下来的唯一办法，就是拼尽全力，在开门的瞬间发动突袭，争取一击得手。

如果一击不中的话，他很可能没有第二次出手的机会了……不，不能有"假如失败"这种念头，他只能成功，一定能成功！

"叮咚——叮咚——"

电子门铃继续响个不停，水川由纪并没有像上一次循环那样，直接用万能房卡和钳子闯进来，而是很有耐心地按着门铃。

谈朗杰隐约察觉到有点不对劲，于是屏住呼吸，将眼睛靠近房门上的猫眼位置。

门外的人,竟然不是水川由纪,而是路天峰的那两位同伴——章之奇和童瑶。

谈朗杰那紧绷的神经终于松开了,这时候他才发现,自己的后背全是冷汗,而胸前沾满了一大片血渍,狼狈不堪。

"谈先生,你在吗?"章之奇在门外喊道。

谈朗杰努力控制住自己不停颤抖着的手,解下门链,打开房门,然后后退了几步,让门外的两人进入房间。

他依然握着那把闪着寒光的匕首,虽然理性告诉他暂时没有危险了,但他就是无法松开自己的手。

"发生什么了?"刚进门的章之奇显然被谈朗杰身上的血污吓了一跳,然后他马上注意到躺在床上、一动不动的于小冷。

章之奇正想上前查看于小冷的情况,却被谈朗杰厉声喝止:"别碰她!"

章之奇和童瑶对视一眼,还是由后者开口柔声问道:"谈先生,可以告诉我到底发生什么事情了吗?"

谈朗杰脑海里一片混乱,根本不知道从何说起,再加上这两人应该是对时间循环一无所知的普通人,并未真正获得他的信任。于是他干脆什么都不说,没好气地反问:"你们怎么跑来这里了?"

童瑶想了想,说道:"其实我也不知道前因后果,刚才路队突然跟我们说,这个世界的时间进入了一种奇怪的死循环模式,而你们两位在上一次循环之中完全没有现身,他担心你们遇到了什么麻烦,所以派我们来帮忙……"

"难道你们不会觉得事情正在变得莫名其妙、乱七八糟吗?"谈朗杰突然大笑起来,"你们这些普通人什么都不知道,什么都感受不到,只是盲目听从路天峰的指令,真是傻到家了。"

"即使发生了许多不合逻辑的事情,我们依然信任路天峰。"

童瑶又忍不住看了一眼于小冷，只见她浑身是血，左胸位置更是渗出了一大片鲜红，眼看应该是没救了。

"信任，信任……"这个词刺痛了谈朗杰的心。他突然很嫉妒路天峰，凭什么他就能获得章之奇和童瑶的信任，自己就不行呢？

谈朗杰甚至也在嫉妒司徒康，毕竟水川由纪真的愿意为司徒康卖命。

而愿意将生命托付给他的那个人，已经不在了。

他这时候才察觉到，于小冷交给他的爱，是如此珍贵，也如此沉重。

谈朗杰松开了一直紧握着的匕首，跪在地上，抱着头不说话。

章之奇看着童瑶，用嘴型无声地问了一句："怎么办？"

童瑶同样是无声地回答："不知道。"

光看现场的话，两人第一反应是谈朗杰杀死了于小冷——房间拴着门链，没有别人能进来；于小冷身上没有搏斗的迹象，死得很平静；更关键的证据是，谈朗杰手里拿着一把疑似凶器的匕首，衣服上也全是血。眼前证据确凿，是常见的凶手在作案现场落网的状态。

但路天峰交给他们的任务是前来保护谈朗杰和于小冷的人身安全，无论发生了什么奇怪的事情，都不要惊慌失措，只需要在一点十五分之前，将现场情况详细地汇报给他即可。

所以，还是得想办法从谈朗杰的口中，问出他所知的真相。

"谈先生……"

章之奇上前一步，正想说点什么，谈朗杰就猛地抬起头来，缓缓开口说话了。

"你们不会明白的，但请务必将我说的话转告路天峰。"

谈朗杰语气里那股低沉肃杀的气势，让章之奇也不禁认真起来。

"请说。"

"第一，司徒康是个极其可怕的对手，千万不能轻视他；第二，在这个死锁循环之中，最强大的人不是感知者，而是不怕死的普通人；第三，于小冷是被水川由纪杀死的，而且我觉得那个日本女人，还会去杀更多的人。"

章之奇和童瑶虽然没完全听懂谈朗杰的话，但毕竟只有短短三句，还是能背下来的。

"最后，我还要感谢你们，也感谢路天峰。如果这一次你们没来的话，我可能已经被水川由纪杀死了。"

"可是我们什么也没做呀？"面对谈朗杰的谢意，章之奇觉得自己受之有愧。

"有时候你觉得自己什么都没做，但也已经彻底改写了另外一个人的命运。"谈朗杰看向于小冷，换了一种幽怨的口吻说着，"但有时候你认为自己一直在努力，却什么都改变不了。"

谈朗杰的脑袋，再次低垂下去。

九月三日，凌晨一点。

死锁状态，第四次循环。

"未来之光"号，第八层，赌场 VIP 区，一号休息室。

谢骞原本认为，检查和辨认尸体并不是一件特别困难的事情，毕竟他已经提前做好了各种心理准备。然而目睹尸体容貌的那一刻，他的心里还是猛地咯噔了一下。

尸体的五官因痛苦而扭曲变形，死气沉沉的面孔上仿佛蒙了一层薄雾，竟然让他有点看不清楚这具尸体到底是魔女还是小凌。

"需要仔细检查哪些部位吗？"路天峰看出了谢骞的表情有点迷茫，于是开口提醒道。

"这个……"

谢骞用力眨了眨眼，鼓起勇气，仔细辨认女尸的样子。魔女和小凌的相貌原本就高度相似，谢骞完全是靠着对方的说话语气、神态和气质等微妙细节来区分她们，然而尸体不会说话，更失去了生者的特质，这让谢骞觉得躺在面前的只是一个素不相识的陌生女子。

"其实我怀疑死者并非贺沁凌，而是我的助手小凌。"谢骞发现自己的喉咙干涩，声音沙哑。

"哦？贺沁凌和小凌，两个名字很相似嘛。"

"她们两人的相貌也很像，应该是通过微整容实现的。"谢骞像是打开了话匣子，"招聘魔术助手的时候，我认真看过小凌的简历，上面很多东西都语焉不详，她的过去就如同一团迷雾。"

"所以呢？"路天峰听出了谢骞话中有话。

"我感觉小凌是被贺沁凌安排和设计好的替死鬼。"谢骞一边说，一边用微微颤抖的手去轻抚尸体的右手手肘部位，"小凌在表演某些魔术的时候，在右臂手肘和右腿膝盖都落下了伤疤……"

然而尸体的手肘部位并无任何异常。

谢骞愣了好一会儿，才慌张地查看尸体的另外一边手肘，那里同样没有伤痕。他不甘心，又再俯身去检查尸体的膝盖位置，依然一无所获。

他的耳朵嗡嗡作响，全身血液冰冷地倒流着。

"没有……没有任何痕迹……"

陈诺兰插话道："尸体的骨头关节状态正常，也不像是平日锻炼过软骨功夫的人。"

"不可能！"谢骞用力拍了拍自己的脑袋。他坚信死者不可能是魔女，但事实证明，眼前的死者也绝非和他朝夕相处的助手小凌。

所以唯一合理的解释只有一个——小凌才是真正的魔女。

谢骞几乎连站都站不稳了，他回想起自己曾经多次通过盘问小凌，试图打探魔女的秘密，还一再游说小凌加入他的阵营，两人联手对抗魔女，当时她看起来似乎还有点心动。

他还以为小凌已经逐渐开始信任自己，于是也把越来越多的秘密告诉她……

"不可能，她们明明是两个不同的人，我能分辨出来的……"

路天峰和陈诺兰不明所以地对视了一眼。

"到底是怎么回事？"路天峰眼见谢骞一副即将崩溃的样子，心知事情不妙。

"演技，都是演技……"谢骞继续喃喃自语着，他不肯接受这个残酷的现实。

魔女一直跟随在他的身边，密切观察着他的一举一动。

真正的替死鬼，是以"贺沁凌"的名字生活在杜志飞身边的那个人。

九月三日，凌晨一点零五分。

死锁状态，第四次循环。

"未来之光"号，第二层，船长专用卧室。

"贺沁凌"再一次杀死了杜志飞，将他的尸体扔到地上，然后摊开手脚，躺在床上。

也许还是称她为"樱桃"比较适合吧。

杜志飞至今也没搞明白，他身边其实有两个"贺沁凌"，其中一个是真正的贺沁凌，那个不得志的小演员；另外一个，则是化妆后和贺沁凌几乎一模一样的怪盗"樱桃"。

杜志飞之所以没有察觉到这一点，是因为一直以来只有"樱桃"才会和他发生亲密关系，而一个绝色美女对男人投怀送抱的时候，正常男人是无暇注意她相貌上的细微变化的。

当"樱桃"成为贺沁凌的时候，贺沁凌就会假扮成魔术师助手"小凌"。小凌的人设本来就是沉默寡言，很少抛头露面，所以只要不跟谢骞有直接接触，几乎不可能露馅。

而在大部分时间里，"樱桃"扮演着懵懵懂懂的小凌，假装自己什么都不知道，只是因为拿了一大笔钱，才按照雇主的指令跟在谢骞身边；至于贺沁凌，她只需要本色出演自己，攀附权贵，吃喝玩乐，花天酒地，这种事情根本不需要动用她的演技。

"樱桃"之所以一直没有被警方抓获，正是因为她在每次行动之中，都有两个甚至更多个不同的身份，而且这些身份之间可以随时调换，所以她成了永远不会落网的法外幽灵。

"然而，我还是被困在了时间死锁里头……""樱桃"长吁一口气，闭上眼睛，静静地回忆着最近几个小时以来所发生的一切。

时间死锁到底为什么会出现？

又要怎么样才能打破这个死循环？

正当她想得入神的时候，突然传来了一阵不紧不慢的敲门声。

"咚，咚，咚——"

这个夜深人静的时间点，怎么会有人来找杜志飞？

关键是，在上一次循环的时候，根本没有人来过这里！

经历过各种风浪的"樱桃"，反应自然奇快无比，几乎没有任何犹豫和停顿的时间，她立即从床上一跃而起，

"咚，咚，咚——"

这敲门声如同催命符一样，阴魂不散。

而"樱桃"逐渐冷静下来，她知道接下来自己的每个抉择，都可能决定生死，而她没有犯错的空间。

首先她必须知道两个问题的答案——谁在敲门？为什么要敲门？

九月三日，凌晨一点零七分。

死锁状态，第四次循环。

"未来之光"号，第二层，船长专用卧室门外。

水川由纪掏出早就准备好的后备钥匙，打开了房门。这个房间

的门锁并不能用一般的万能门卡打开，但像杜志飞这种富家公子自然不可能亲自动手整理房间，因此有一名专属的清洁工，拿着唯一一把备用钥匙，会在收到杜公子吩咐的时候前来打扫卫生。

很明显，水川由纪的钥匙就是从专属清洁工身上"借"过来的。

她走进房间，第一眼就看到了杜志飞倒在地毯上的尸体，而她没有任何惊讶或者意外的神情，只是眯起眼睛，快速地扫描着房间内的状况。

目光所及之处，没有人在。

水川由纪并未放松警惕，她屏住呼吸，一步一步地往房间里走，竖起耳朵，寻觅着四周最为微细的声音。

她之所以会在房门外敲门，而不是直接闯进来，其实是为了诱导房间里的人跑向船长室，然后从另外一个出口逃往走廊。

如果猎物这样做的话，那就省事了。因为水川由纪已经在船长室的门外安装了一枚微型炸弹，足以将开门的人摧毁。

然而"樱桃"并没有上当，正如司徒康预料的那样，她是一个非常厉害的对手。那么，这位神出鬼没的"樱桃"小姐，现在藏身何处呢？

水川由纪的右手拿着匕首，走到床边一脚踢开了床上的床垫。为了安全起见，邮轮上的床全部是用螺丝固定在地板上的，没法钻入床底，如果非要藏在床上的话，只能躲到床垫的下方。

但床垫下面没有人。

水川由纪的呼吸更缓慢了。她很清楚，敌人没有选择一般人最容易想到的藏身之处，而是在极短的时间内想出了与众不同的应对方案，实在是冷静得可怕。

水川由纪打开了房间内唯一一个足够大的衣柜，柜子里只挂着几件男装衬衣，根本没有"樱桃"的影子。

"这女人到底藏在哪里了？"

卫生间和浴室里面都空空如也，水川由纪觉得，"樱桃"很可能是通过卧室与船长室之间的那扇门，溜到了隔壁的船长室。

但那里同样是无处可逃的死路一条，水川由纪对自己很有信心。一旦发现目标，她就有把握顺利击杀对方。

于是她握紧匕首，踢开了连接两个房间的那扇门。船长室里面只有一张简易办公桌，桌子底下无法藏人，而里面的文件柜都装着透明的柜门，同样不可能躲进去。

水川由纪皱起了眉头，怎么可能呢？仅仅两分钟不到的时间，就算"樱桃"有三头六臂，也不可能逃出这两个房间啊？

除非——

就在水川由纪想到答案之前的瞬间，"樱桃"整个人从天花板上扑了下来。她既然能够完美饰演魔术师的助手，那么体力和身体柔韧性自然远胜常人，因此能够屏住呼吸，手脚张开，就像壁虎一样踩着门框边缘位置，支撑在墙壁和天花板之间，一直坚持到水川由纪踏入陷阱。

"樱桃"虽然手里没有武器，但一扑之下势头极猛，正好用手肘最坚硬的位置，撞上了水川由纪后脑的脆弱部位。

水川由纪眼前一黑，不由自主地倒在地上，常年训练的本能让她下意识地想要使用翻滚动作，先远离敌人再作打算。然而"樱桃"的攻势十分狠毒，根本不留任何余地，贴身上前，连续踢出几脚，每一下都瞄准水川由纪的脑袋。

水川由纪虽然勉强避开了前几次攻击，但还是被最后一脚正中面门，鲜血从鼻孔处一涌而出，痛得她一下子晕死过去。

"呼呼……呼呼……"

之前高难度的贴墙藏身，加上这一系列的猛攻，使得"樱桃"的体力也消耗得七七八八。她已经大概摸透了时间死锁的特性，知道自己身为感知者，身体状况是无法通过时间循环而重置的，所以自己唯一的选择，就是在不受伤的前提下杀死水川由纪。

"樱桃"调整好呼吸，弯腰捡起了跌落在水川由纪手边的匕首，水川由纪的眼皮动了动，似乎很快就会清醒过来，而"樱桃"毫不犹豫地举起匕首，狠狠地插入水川由纪的后颈部位。

锋利的匕首刺穿了水川由纪的脖子，她连哼都没哼一声，就断气了。

但"樱桃"知道，这个日本女人还能复活无数次，再来尝试杀死自己无数次。所以现在她迫切需要搞清楚的问题就是——水川由纪是怎么找到自己的？

如果司徒康和水川由纪能发现自己，那是不是意味着路天峰也可能循着同样的线索锁定自己的行踪？

路天峰，一个有时间感知能力、正义感极强的警察，才是她最不想面对的敌人……

5

九月三日，凌晨一点十分。

死锁状态，第四次循环。

"未来之光"号，第八层，赌场 VIP 区。

八分钟后，时间即将再次倒流，路天峰抓紧这最后的几分钟时间，让章之奇和童瑶齐聚于此，汇报各自跟进的线索和情报。

谈朗杰和于小冷的遭遇，自然是章之奇优先报告的内容。当听到在时间死锁的特殊规律之下，一个不怕死的普通人竟然变成了针对感知者的大杀器时，路天峰心底油然生出一股恶寒。

司徒康能用这样的手段对付谈朗杰，自然也可以用来对付其他人，万一真遇上了这种不要命的打法，路天峰觉得自己也难以抵挡。

"那么谈朗杰现在的状态如何？"路天峰问。

童瑶长叹一声，连连摇头："很不好，他抱着于小冷的尸体，嘴里不停地念叨着要报仇。"

章之奇补充了一句："关键是他也不知道怎么样才能报仇啊。"

路天峰说："司徒康被困在时间旋涡中的时间远远长于其他人，他一定想出了一套完整的作战方案，谈朗杰想要跟他硬碰硬是不可能赢的。"

"那么我们该怎么办？"陈诺兰发问的时候，下意识地看了谢骞一眼。这位高傲的魔术师因为发现自己被"樱桃"玩弄于股掌之间而大受打击，整个人无精打采。

"我们首先要搞清楚，司徒康的真正目的到底是什么。"路天峰不由自主地皱起了眉头，他总觉得司徒康的行为模式有点诡异，但现在还说不清楚是怎么一回事。

陈诺兰反问道："难道他不想打破时间死锁的局面吗？"

"那么他完全可以偷偷摸摸地进行他的计划，没有必要将时间死锁的几个关键规律告诉我。"路天峰边说边思考，脸色变得更凝重了，"而且他如果仅仅是想通过杀死其他感知者来打破无限循环，应该趁我毫无防备的时候攻击我才对。"

"但他没有这样做，其中必定有他的理由。"章之奇不失时机地插了一句。

"所以他告诉我的那些关于时间死锁的信息当中，肯定隐藏着某些错误信息，而这些错误信息很可能会将我们引入歧途。"

陈诺兰愣了愣，说："所以我们接下来应该做的事情是……"

"亲自验证时间死锁的规律，不能尽信司徒康的话。"

童瑶补充道："我们可以联手谈朗杰，否则难保失去于小冷的他做出什么过激的行为来。"

陈诺兰咬了咬嘴唇，似乎鼓起了很大的勇气才开口道："峰，有些事情我想单独和你聊聊。"

路天峰有点惊讶，虽然现在离时间倒流只剩下不到五分钟，但看陈诺兰的表情，她是想跟自己讨论一件非常重要的事情。

路天峰点了点头，拉起了陈诺兰的手——她的手冷冰冰的，让人心生怜爱。

九月三日，凌晨一点十四分。

死锁状态，第四次循环。

"未来之光"号，第八层，赌场 VIP 区二号房。

由于发生了案件，整个 VIP 区都处于封闭停业状态，因此每个贵宾室里面都空无一人。路天峰随意挑选了一个房间，牵着陈诺兰走了进去，然而他还没来得及发问，陈诺兰已经主动扑上前，给了他一个大大的拥抱。

"峰，你一定很累吧？"她的声音非常温柔。

"嗯，确实是有点累。"

"不断地重复同一段时间，一定很辛苦。"陈诺兰的语气之中已经带着一丝哭意，她把他抱得更紧了。

路天峰只好轻轻地拍打她的后背，安慰道："没事的，我会找到办法打破死循环的。"

"嗯……对了，我有话想说。"陈诺兰深吸一口气，说道，"水川由纪能够做到的事情，我也能做到。"

"你说什么？"路天峰的心头猛地一震。

"水川由纪那种不顾性命的自杀式攻击手段，我也能够做到。"陈诺兰的样子十分严肃认真，"每次循环开始时，你只需要花一句话的时间就能说服我为你去送死。"

"开什么玩笑，我怎么可能让你做这种事情！"

"这样我们就有了足以和司徒康抗衡的武器……"

"不，不可能的！"路天峰提高音量，打断了陈诺兰的话，"假如在你某一次牺牲之后，时间死锁就被打破了呢？我不能让你冒这样的风险！"

"峰……"陈诺兰既感动又难受，一时之间说不出话来。

"司徒康把水川由纪视为他的一枚重要棋子，在最关键的时候，他可以选择弃车保帅；但你就是我的一切，知道吗？"

"但如果，我只是说如果，你会因此输掉跟司徒康的对决呢？"

"我不会输的。"路天峰露出了自信的笑容，"我答应你，我一定会解决这一切。"

"可是——"

可是什么，路天峰再也听不到了，因为时间又一次回到了零点四十五分。

怀中的陈诺兰消失了，胸膛上似乎还残留着她的体温，而如今的陈诺兰，站在他的身旁，一脸关切地问："峰，你还好吗？"

九月三日，凌晨零点四十五分。

死锁状态，第五次循环。

"未来之光"号，第十七层，1734房间。

新的一轮循环开始，谈朗杰从沙发椅上一跃而起，扑向床上的于小冷。他多么希望奇迹能够出现，希望她还会睁开眼睛，还会向他露出淡淡的微笑，还会不顾一切地保护他。

然而，并没有。

身为感知者的于小冷，生命终结于上一段不存在的时间之中，而在打破时间死锁之前，谈朗杰只能一次又一次地重返这个房间，一次又一次面对她那逐渐失去体温的尸体。

胸口处传来一阵揪心的痛楚，有那么一瞬间，谈朗杰的脑海里闪过了追随她而去的念头，但很快被另外一个更清晰、更强烈的念头所覆盖。

"我一定要为小冷报仇!"

谈朗杰狠狠地将拳头砸在墙上,这充满怒气的一拳,不仅是发泄情绪,也让他一下子冷静了不少。

他开始飞快地盘算着自己手中到底拥有多少筹码,怎么样才能跟司徒康抗衡。

失去了最为信任的小冷,谈朗杰所能依仗的人手就只剩下自己安排来寻找时间机器卖家的那批测试人员了。这些人大概有三十多个,基本都是私家侦探或者安保人员,只要给他们足够的钱,安排简单明了的任务,他们还是能完成得不错的。

但他不觉得这些人当中有谁会真心愿意为自己卖命,更别说实施像水川由纪那种疯狂的自杀战术了。一群乌合之众,唯一的优势就是人比较多,一哄而上的话,容易乱中取胜。

只可惜,之前为了锁定时间机器卖家的位置,他将人手分批集中到邮轮第十二层的"味魂"日本料理附近了,匆忙之中,很难组织他们再去对付司徒康。他估算了一下,从下达指令到全员执行,没准就要耗费半个小时左右,对于这段只有三十三分钟的时间而言,真可谓是要等到"时间尽头"了。

"放心吧,无论遇到什么困难,我都不可能放弃的。"谈朗杰向再也无法回答他的于小冷,做出了郑重的承诺。

既然来不及重新布置陷阱,那么还有另外一个办法。

那就是将猎物诱导到已经布置好的陷阱之中。

九月三日,凌晨零点四十五分。
死锁状态,第五次循环。
"未来之光"号,第七层,魔术剧场。
"峰,你还好吗?"

逆时侦查组:拍卖时间的人 203

又一次，一模一样的温柔问候，始终不变的关怀眼神，陈诺兰就站在路天峰的身边，离他只有咫尺之遥。

"诺兰……"路天峰的脑袋一阵眩晕，他向前伸出手，陈诺兰也立即扶住了他。

"你的脸色很难看，先休息一下，别急。"

"我没事……"路天峰还在逞强，但脑海里的眩晕感变得更加强烈了。也许是因为一直处于身体状态无法复原的死循环当中，所以不适感特别明显？

"峰，你是太累了吧？"陈诺兰轻轻地摸了摸他的额头，"别说话，闭上眼睛睡一会儿，等下就好了……"

累？睡觉？这两个词在路天峰的脑海内相互碰撞着，迸射出了一阵异常清晰的灵感火花。

"我想明白了！"路天峰突然提起精神，情不自禁地失声道。

这下子不单单是陈诺兰，连站在一旁的童瑶和章之奇都被吓了一大跳。路天峰连忙搬出那一段早已经说得滚瓜烂熟的台词，将时间旋涡和死锁的状况快速地解释了一遍。

三人很快就听懂了路天峰的意思，但陈诺兰又多问了一句："那么，你刚才那句'想明白了'又是怎么回事？"

"我一直觉得司徒康对我隐瞒了什么极其重要的信息，而现在我终于发现他的描述当中存在着一个巨大漏洞——"

在时间死锁之中，感知者的身体机能无法重置，因此会处于极度疲劳的状态，路天峰现在刚刚踏入第五次循环，已经明显感觉到疲惫不堪，如果再这样下去的话，他怀疑自己最终的结局会是因过劳而猝死。

"诺兰，你是生物医学方面的专家，我想问一下你，人如果一直不睡觉的话，最多能坚持多少天？"

陈诺兰虽然搞不懂这个问题的用意，但还是很快说出了答案：

"我记得曾经看过相关的研究资料，有可靠记录的人类连续不睡眠纪录，大概是十一天，也就是两百六十多个小时，但这已经是非常极端的情况了。普通人如果连续三天无法睡眠，精神状态就会变得很差，甚至会出现幻觉；如果超过五天不睡觉，就已经处于随时可能猝死的状态，精神也可能随时彻底崩溃，直接疯掉。"

章之奇对这个问题也有自己的一番见解："一直不让犯人睡觉和休息，也是古代的一种酷刑，在这种条件之下，无论是意志多么顽强的嫌疑人，都撑不过三五天。"

"那么人类有没有可能在只有质量极差、平均几分钟一段短暂睡眠的情况下，生活二十年呢？"

陈诺兰瞪大了双眼，连连摇头："不可能，人进入真正的深度睡眠状态也是需要一定时间的，理论上在十分钟到三十分钟左右，几分钟根本不足够。按照你说的这样子断断续续来睡觉的话，等于是另外一种折磨方式，比完全不能睡觉好不了多少。"

"你觉得在这样的状态下，一个人能坚持多久？"路天峰问道。

"很难说，二十天可能是上限了，二十年绝对是做不到的。"陈诺兰想了想，又补充道，"就算能坚持二十天，我估计这个人的精神状态也跟行尸走肉差不多，思维和反应都会变得极其迟钝。"

"这就是司徒康欺骗了我的地方——他根本不可能经历过那么多次的时间循环。"路天峰感到心头的迷雾稍微消散了一些，"他也许和我们一样，只经历了同样次数的循环，但唯一的区别在于，他的身体老化程度确实比我们严重得多。"

"为什么会这样呢？难道……"在如今这个时间循环里面，陈诺兰并没有见过苍老的司徒康，但她似乎从路天峰的转述之中，想到了某个关键点。

"诺兰，你想到什么了？"

"等我再整理一下思路……"陈诺兰闭上眼睛，默默思索着，就这样约莫过了一分钟,她再次睁开双眼。

"这也许是干涉者和感知者之间的差异导致的。之前我们曾经提取过司徒康的 DNA 进行测试,但按照我的测试方法,得出的结论却是'司徒康并非感知者',这个结论无疑是错的——既然司徒康是干涉者,那他就一定是感知者。从这一点倒推回去的话,我们可以得出一个正确率很高的假设:干涉者的 DNA 特征,与感知者的 DNA 特征完全不同。"

路天峰点了点头,这一段话虽然涉及他所不了解的专业领域,但陈诺兰的解说还是足够通俗易懂的。

童瑶也似乎明白了什么,说道:"你的意思是,时间旋涡对感知者和干涉者的影响也是完全不一样的?感知者虽然被困在死循环之中,但身体状况仍然处于'今天';而干涉者的身体,却经历了'若干年'。"

"这是我根据目前所掌握的信息,做出的一个最为合理的预测了。"即使大胆地说出了一个异想天开的观点,陈诺兰也仍然保持着科学家特有的严谨言辞。

路天峰举起右手,用力地握了握拳头,充满信心地说:"看来司徒康手中真正掌握的筹码,比我们之前预料的要少得多。"

想明白这最为关键的一点之后,剩下的问题就迎刃而解了。比如说,为什么司徒康不找机会直接杀掉路天峰?因为他根本没有那么多时间,也没能找到机会;又比如说,司徒康为什么要主动把关于时间死锁的信息告诉路天峰?那是因为他要虚张声势,让路天峰等人觉得他足足累积了二十年的丰富经验,和他作对根本毫无胜算,自然就会打消质疑或反抗他的念头。

"我听见这里好像有人要对付司徒康?"这时候,白色衬衣上布满了血迹的谈朗杰大步走进魔术剧场。他的眼里是通红的血丝,但眼神中流露出的并非疲惫,而是一种混杂着悲伤和愤怒,又有点兴奋和狂热的情绪。

路天峰的话到了嘴边,却说不出来,因为他觉得一句客套的安慰,对谈朗杰并没有任何意义。

现在谈朗杰最在乎的事情,无疑是怎样对付司徒康。

"如果想要对付那家伙的话,我有一个建议。"谈朗杰的语气中透着寒意,和之前给别人的感觉完全不同,"万事俱备,请君入瓮。"

九月三日,凌晨一点。

死锁状态,第五次循环。

"未来之光"号,第二层,船长专用卧室。

杜志飞刚刚踏入卧室,就感觉到不对劲,房间里蔓延着一股熟悉的淡淡幽香,但这股香气的主人,理应不在这个世界上了。

然后,一双温热、光滑的小手,从背后突然袭来,捂住了杜志飞的双眼。

"嘘,别紧张,是我。"耳边传来贺沁凌的低语声。

死去之人突然复活,杜志飞怎么可能不紧张?他的背后渗出一阵冷汗,身体微微颤抖起来,说话也变得磕磕巴巴。

"你……是谁……为什么……"

"冷静点,你没听错,确实是我。""樱桃"拿开蒙住杜志飞眼睛的双手,将他的脸转向自己,顺势在他的额头上亲了一下。

"你不是……已经……"杜志飞的呼吸愈发急促,脸色通红,额头上同样冒出了汗水。

眼前的人果真是活生生的贺沁凌,那么之前死掉的又是谁呢?

"形势危急,待会儿再跟你慢慢解释。""樱桃"拉住杜志飞的手,用娇滴滴的语气说道,"有一群坏人正在追杀我,但你一定会全力保护我的,对吧?"

"对……那当然……"杜志飞的脑袋一片空白,只是机械地应道。

"快通知安保主任黄良才，派人来守住这里，我担心坏人马上就要到了。""樱桃"的手移到杜志飞右手手腕的智能手环上，轻轻抚摸着手环表面，"我现在才发现，你的手环款式和其他人的不一样？"

"哦，这是公司内部测试的新型号，好像还能检测心跳和血压之类的。"杜志飞下意识地回答道。

"樱桃"冷冷一笑，她总算搞明白，为什么司徒康能追踪到这里了。杜志飞的这些健康数据，一定是上传到了邮轮的中央数据服务器，而司徒康只要派人黑掉服务器，就能够监测杜志飞的一举一动。在之前的两次循环中，她杀死杜志飞的时候引发了数据异常，还很可能发出了健康警报，因此水川由纪才会循迹寻来，堵截自己。

"闲话少说，快喊黄良才带人过来吧。"

"好，好。"杜志飞忙不迭地拿起内线电话，开始拨号。

九月三日，凌晨一点零五分。

死锁状态，第五次循环。

"未来之光"号，第十二层，"味魂"日本料理餐厅。

豪华包厢内，一具骷髅无言地支在地板上，头上那两个空洞洞的窟窿，仍如同一双大眼睛，瞪着几个硬闯进来的不速之客。

"我之前和小冷来过一次，一进门就只看到这个。"谈朗杰指着那副骷髅骨架说。

陈诺兰毫不畏惧地走上前，蹲下身子，一言不发地仔细观察着骨头表面的状况。

"你们没有碰过现场？"路天峰问。

"没有，而且几分钟后，会有一个身穿服务生制服、鬼鬼祟祟的男人前来查看情况。"谈朗杰看了一下时间，"如果那家伙并非感知者的话，我们最好埋伏起来，不要打草惊蛇，争取能够抓住他。"

路天峰向章之奇使了一个眼色，后者心领神会，跟童瑶一起走出包厢，准备设伏。

这时候，陈诺兰站了起来，语气严肃道："死者为中年男性，从骨架的风化情况来推断，死亡时间至少超过五年，更有超过了十年的可能性，但无法确定具体时间。"

"这怎么可能，除非尸骨是从别处移过来的……"路天峰就算不懂得推算死亡时间，也总能看出眼前的骷髅骨架不可能是在短时间之内形成的。

陈诺兰摇摇头，否决了路天峰的猜想："不，这骷髅风化成这样子，根本不可能轻易移动，很容易就裂开和粉碎，无法复原。"

谈朗杰说："答案很明显，这具骨架形成的原因，一定是超出我们当今的科学认知水平的。简而言之，我觉得这和时间旋涡有密切关联。"

路天峰马上想起了整个人显得特别苍老的司徒康，以及陈诺兰那个对于干涉者肉体会经历比感知者更漫长时间洗礼的大胆猜想。

"难道他也是干涉者？"路天峰一时没想到，这艘邮轮上还有什么人可能会是干涉者。

谈朗杰又瞄了一眼手表，说："能够给我们答案的人，应该快要来了。"

话音未落，包厢外就传来了章之奇的叫喊声和重物跌落地面的声响。

说来奇怪，也许是长期被通缉养成的直觉吧，身穿员工制服的邓子雄一走进"味魂"的大门，就有一种不祥的预感，再往里走两步，内心的不安愈发强烈，于是他在并没有察觉到任何异常状况的时候，决定扭头就跑。

逆时侦查组：拍卖时间的人　209

"抓住那家伙！"章之奇反应极快，连忙指着邓子雄大喝一声。

邓子雄随手抄起一瓶芥末，往章之奇的脸上砸过去，头也不回地转身飞奔。然而他才跑出了几米，童瑶就从旁边跳出来，拦住了他的去路。

前有阻挡，后有追兵，邓子雄没时间考虑太多了，只能挑看起来稍微弱一点的女生，猛地冲撞过去。

他心想，毕竟男女有别，在力量差距悬殊的情况下，撞开这个拦路的女子应该不是什么太困难的事情。

然而他的想法大错特错。他甚至没有看清楚童瑶的动作，只觉得脚下被什么东西绊了一下，身体不但失去了平衡，而且不由自主地凌空飞起，后背着地，重重地摔在地板上。

"啊！"结结实实挨了一记背摔的邓子雄，忍不住惨叫一声，他还想挣扎着爬起来，立马又被童瑶再补上一脚。

章之奇扑上前来，反剪邓子雄的双手，把他控制住。

"你是什么人？为什么一看到我们就跑？"章之奇瞄了一眼邓子雄的工作胸牌，"你叫高朋？"

"是、是的……"邓子雄咧着嘴巴，浑身上下都在隐隐作痛。

"起来，给我们好好说一下吧。"章之奇注意到，邓子雄的脸部肌肉抽搐有些不自然，这通常是做过整容手术留下的后遗症。

"这位大哥，不，警察同志，我……我一贯遵纪守法，没有做过任何坏事啊！"邓子雄眼珠一转，开始申辩。

章之奇可没有错过邓子雄言语之间的漏洞，立即问道："警察？我什么时候说过自己是警察了？"

"不，没有……大哥你要不是警察，抓我干吗？"邓子雄都快要哭出来了，他真不知道事情为什么会发展成这样。

"你倒是说说，警察为什么要抓你？"章之奇露出一丝狡黠的笑容，向童瑶眨眨眼。

童瑶白了章之奇一眼，没好气地说："他不是警察，我是。走，我们进包厢慢慢聊。"

就这样，邓子雄呆若木鸡地被带到了包厢里面，他一看到路天峰和陈诺兰也在场，心理防线一下子就崩溃了——这两人可是天时会的重点关注对象，他自己更是与路天峰多次正面交锋，差一点就让这位警察葬身火海，没想到会在此时此刻再次相遇。

路天峰的目光一直停留在邓子雄脸上。他觉得这个男人似乎有点眼熟，但仔细看五官轮廓，又跟自己记忆中的脸孔对不上号，不禁陷入了沉思。

"路队，我们抓获了这个可疑的家伙。"童瑶说道。

谈朗杰同样也在打量着邓子雄，他觉得眼前这个人应该正是之前小冷差一点就抓住的那个神秘男人。

只是一想起小冷，他的心头就感到一阵刺痛。

"你是什么人？"路天峰开口问邓子雄。

"我叫高朋……邮轮上的服务生……"

路天峰一听这个声音，立即和脑海内的某段回忆对上号了——他想起了D城大学实验室里的那场大火，更认出了那个差点害死自己的中年男人：在逃通缉犯邓子雄。

于是路天峰冷笑一声："邓子雄，你这整容手术花了不少钱吧？效果挺不错的。"

邓子雄知道自己的身份已经暴露，干脆也不再隐瞒，无所谓地耸耸肩："我们现在身处公海之上，路警官应该没有执法权吧？"

"你还怕我没办法把你带回D城？赶紧配合我们工作，把你知道的情况都交代一下吧。"

邓子雄皮笑肉不笑地说："我还真担心你活不到邮轮靠岸。"

"你这话什么意思？"

邓子雄自然也懂得坏人一般死于话多的道理，于是闭上嘴巴，以沉默作为应答。

路天峰又继续问了几个问题，邓子雄一概装聋作哑，不发一言，路天峰只好祭出撒手锏，指着墙边的骨骸问："你知道这是谁吗？"

邓子雄循着路天峰手指的方向看过去，刚才他的注意力完全集中在路天峰身上，因此直到这时才注意到那具诡异的骷髅。

"一堆白骨，我怎么可能知道是谁？"邓子雄的回答脱口而出，但他随即想到了另外一个问题——周焕盛不是应该在这里跟时间机器的卖家做交易吗？他现在去了哪里，为什么联系不上了呢？

于是邓子雄想到了一个匪夷所思的答案：这具骨骸该不会就是周焕盛本人吧？

路天峰敏锐地捕捉到邓子雄的神情变化，他向前迈了一步，紧盯着邓子雄的脸追问："你是不是来这里找人的？"

邓子雄的手不受控地微微颤抖起来，但他仍然顽固地摇摇头。

"你要找的那个人，会不会已经化为一堆白骨？"

邓子雄的瞳孔倏地放大，再也抑制不住内心涌起的恐惧。

九月三日，凌晨一点十一分。

死锁状态，第五次循环。

"未来之光"号，第二层，船长专用卧室门外。

黄良才气喘吁吁地扶着门边，身旁是八名安保人员，他完全不能理解为什么杜志飞十分钟前还跟他如常道别，一回头却又发出紧急呼叫，让他立即带人带枪赶到船长专用卧室"护驾"。

结果，这里不但没有发现任何可疑人员的踪影，而且杜志飞还一脸冷漠地拒绝了他进门的请求。

"杜总，别人不方便进去，但好歹让我进去检查一下吧？"黄良才猜测，也许是杜志飞在房间里藏了个女人，但自己一向口风严密，现在无论哪个女人待在杜志飞床上，他都可以视而不见。

"不，房间里面很安全，你们守在外面就好。"杜志飞的语气斩钉截铁，没有任何商量的余地。

"那么……杜总为什么发出紧急求救信号？是发现了什么异常状况吗？"黄良才的疑心越来越重，他并不是非得戳穿杜志飞那花花公子的私生活真相，而是担心有歹徒藏在房间内，并且完全控制了杜志飞的一举一动。

所以黄良才在与杜志飞对话的同时，悄悄地拿出了手机，在信息输入框里打字：房间里还有人？他很确定，自己的手机摆在这个角度，屋内就算有人，视线也一定会被杜志飞的身躯所遮挡。

"我这里一切正常，别慌，不要自乱阵脚。"杜志飞一边说，一边以难以察觉的幅度轻轻点了点头。

黄良才飞快地打字：对方有枪吗？

与此同时，他面不改色地说："杜总，按照'未来之光'号的安全检查流程，我还是得亲眼确认一下房间内部的情况才行。"

杜志飞提高了音量："黄主任，这艘船上的安全流程是由我规定的，现在我明确告诉你，不需要进来！"

杜志飞说话的时候，脑袋缓慢地摇了摇。

"杜总，很抱歉，流程是由集团公司规定的，而不是——"黄良才的话才说到一半，突然毫无征兆地伸出手，一把拉住杜志飞，然后身形一转，将杜志飞甩出了房间，紧接着飞起一脚，狠狠一踢房门，将门关上了。

这一连串的变故发生得如此之快，就连杜志飞也没反应过来是怎么回事。等回过神来的时候，他连退几步，躲在了安保人员身后，说："注意，大家紧盯着房门，不要让任何人出来！"

那几位安保人员并没有看到黄良才通过手机跟杜志飞沟通的过程，对眼前的状况更是一头雾水，不明所以，但有一点可以肯定，杜志飞毕竟是他们的大老板，听他的吩咐做事总不会有错。

"兄弟们，保护杜总！"

不知道是谁热血昂扬地喊了一句之后，安保人员将杜志飞团团围住，看这阵势简直就像打仗一样。只不过大家似乎忽略了另外一个问题——他们那位被困在房间里头的领导黄良才，如今的情况还好吗？

九月三日，凌晨一点十四分。

死锁状态，第五次循环。

"未来之光"号，第二层，船长专用卧室内。

房间的门关上之后，空气仿佛凝固了似的，黄良才甚至觉得自己正身处一座刚被考古学家发掘出来的坟墓之内。四周寂静无声，连空调吹风口发出来的微响都显得如此刺耳、瘆人。

黄良才抽出腰间的手枪，以双手持枪的姿势举起，枪口缓慢地移动着，对准方向从床边到柜子，再挪动到卫生间的那扇门。

虽然弹夹里使用的只是塑胶子弹，但黄良才有足够的信心，只要瞄准要害位置扣下扳机，塑胶子弹也能把对方打个半死不活。

"出来吧，我知道你在里面！"黄良才低喝一声，他有九成以上的把握，判断入侵者就躲在卫生间内。

"黄主任，您好，请先看清楚我到底是谁，千万别不小心开枪了哦。"一个女声欢快地应答道，听起来不但完全没有犯事被抓获的狼狈和窘态，反倒洋溢着一股兴奋的气息。

黄良才只觉得这声音非常熟悉，但一时竟没想起是谁。

"樱桃"靠在卫生间的门边，笑意盈盈地探身露出半张脸来，还不忘向黄良才撒娇似的眨眨眼，说："辛苦你跑一趟了，黄主任。"

"贺……贺小姐？"黄良才虽然见多识广，但"死人复活"这种事情还是远超他的认知范畴。他的枪口依然指着"樱桃"，而且在心底紧张地回忆着各种丧尸电影的情节，想要确认塑胶子弹到底能不能对复活的丧尸造成伤害。

"黄主任，冷静一点，你的手在抖。""樱桃"完全没有躲避的意思，整个人大摇大摆地走到黄良才面前，缓缓地伸出自己的右手，"你可以摸一下，我是有体温的活人。"

黄良才张开嘴巴，似乎想说点什么，但明明已经准备好的话语却如同大海里偶尔泛起的小漩涡一样，很快就消失得无影无踪。

黄良才如同一个木偶人一般，眼睁睁地看着"樱桃"轻轻取走自己手中的枪，再卸下弹夹，倒出里面的塑胶子弹。当她的手指掠过自己指间那粗糙的皮肤时，他真切地感受到了来自对方的灼热体温。

"你还活着？那么死去的人是谁？"

"樱桃"没有回答这个问题，而是笑着说："谢谢你啊，黄主任，是你救了我一命。"

"我……我做了些什么吗？"黄良才真是想破脑袋都不明白，自己到底怎么救了她。

"只要我知道答案就够了，你不需要知道太多。"樱桃很清楚，此刻在门外并没有发生意外冲突，那就证明水川由纪在这次循环中，并没有跑过来对付自己。

司徒康和水川由纪不可能提前预测到自己会把黄良才和邮轮安保队伍搬过来做救兵，那么对方没有继续对她实施攻击的原因只有一个——他们不会简单地重复上一次循环的行动，而是会在每一次新的循环当中去攻击不同的目标，只有这样，才能够施展各种出其不意的战术。

"樱桃"不禁感到好奇，不知道这一次，水川由纪的攻击对象会是谁呢？

九月三日，凌晨一点十五分。

死锁状态,第五次循环。

"未来之光"号,第七层,魔术剧场,后台。

旁人眼中胡乱摆放的各种道具,在谢骞的眼中却暗含玄机,他甚至闭着眼睛都能知道某个道具放在什么位置,每个道具的旁边又分别是什么。

谢骞单膝跪地,蹲在丁小刀的尸体旁,仔细观察着尸体脖子上的伤口,然后又举起自己的右手,他的手里拿着一把银光闪闪的匕首,看起来锋利无比。

这是谢骞自制的魔术装置,可以用来表演盲眼飞接匕首,在空中飞行时的精确度极高。当然了,他在平时表演时使用的是假匕首,不会对人体造成多大伤害。

但同样一套魔术装置,也可以发射出真正的匕首,在短距离之内,准头甚至比手枪子弹还要可靠。现在看来,丁小刀就是被这套装置杀死的,而有能力操控飞天匕首装置的人,除了谢骞自己,就只有他的助手小凌了。

所有的证据都指向同一个答案——小凌就是魔女,也就是路天峰所说的"樱桃"。

谢骞突然想到,自己还可以去小凌所住的房间勘查一番,看看能否发现什么有用的线索。然而这时候,安静的后台过道处突然传来了轻微的脚步声。

这声音极其小心谨慎,试图隐藏自己的行踪,绝对不可能是路天峰等人发出来的。

"谁?"谢骞的警觉性很强,立即站直了身子。

没有回答。

谢骞并没有坐以待毙,而是快步走到离自己很近的电灯开关处,摁灭了灯光。后台顿时陷入一片黑暗之中,而对道具摆放和空间位置非常熟悉的魔术师,很快就适合了这种黑暗,并隐约分辨出自己应该往哪里走才是最安全的。

　　脚步声似乎已经知道自己暴露了，也不再花费心思去掩饰，大摇大摆地迅速接近。

　　"你果然回来这里了。"不远处传来了水川由纪的声音。

　　谢骞屏住呼吸，一言不发。他猜，这应该是个不好惹的人。

　　"你就是不喜欢输给女人的感觉，对吧？"水川由纪讥笑道，"其实没什么了不起的，输了就输了，承认自己技不如人就好。"

　　谢骞咬着牙，强压着心头的怒火。他知道水川由纪说得没错，被"樱桃"戏弄于股掌之间的挫败感，令他大受打击，因此他非常渴望做些什么，来证明自己可以胜过那个女人。

　　水川由纪一边在黑暗中慢慢地踱步，一边继续出言挑衅："如果你不是那么执着于想要击败'樱桃'，你就不会来这里，而你来到这里，又落入另外一个女人布下的陷阱——谢骞，你这辈子注定要毁在女人的手中！"

　　水川由纪的最后那句话，如同一条恶毒的蛇一般，撕咬着谢骞的灵魂。他不禁想起了洁茹，那个他曾经深深爱着，却又给他带来无尽痛苦的女人。

　　谢骞的呼吸渐渐变重了，水川由纪敏锐地捕捉到这轻微的声音变化，从而锁定了魔术师躲藏的大概方位。她握紧了手中的匕首，随时准备当作飞刀甩出去。

　　"谢骞，你敢出来跟我单挑吗？什么时间感知者呀，只不过是缩头乌龟罢了，连个普通女人都不如。"

　　谢骞握紧了拳头，虽然他已经怒不可遏，但仍然保持着最后的一丝冷静。他很清楚，自己身为感知者，此时一旦受伤就无法复原，而对方自称普通人，那么很明显已经知道他的底细和弱点，他却对她一无所知，因此绝对不可以跟她正面交锋。

　　"这只是激将法，激将法……"谢骞心里默默地嘀咕着，紧张地盯着水川由纪所在的方向——从他藏身的位置可以看见水川由纪的身影,而她很显然还没有发现自己。

这时候,水川由纪正好走到了谢骞用来表演的道具之一——一座两米高的古典座钟旁边,于是谢骞的目光也不由自主地瞄向了带夜光的指针。

现在的时间已经是一点十九分了?

怎么回事?难道时间的死循环已经被打破了吗?

谢骞原本的计划是只需要在黑暗中藏身几分钟,就能拖到新一轮的时间循环开始,这样就可以确保自己安全逃离水川由纪的追击。然而按照现在的情况来看,他似乎不能依靠时间循环来逃避了。

虽然搞不清楚为什么时间不再循环,但最起码,现在他可以尝试去攻击甚至杀死水川由纪——感知者和普通人之间,又回到了同一条起跑线上。

不对,也许谢骞还占据着些微上风,因为水川由纪未必知道,她已经不再有复活的机会。

谢骞再看了一眼座钟的指针,一点二十分了,时间之河无疑已经如常流淌,这可是他发动袭击的最好时机!于是谢骞从藏身的箱子后方跳了出来,瞄准水川由纪的身形,用力抛出手中的匕首。

以魔术师的标准来看,这一记飞刀已经算是快狠准了,但以置人于死地的标准来评价的话,还是稍显稚嫩了一些。水川由纪以不亚于魔术助手的柔韧性和反应能力,灵巧地侧了侧身子,避开了谢骞的攻击。与此同时,她右手一扬,一道银光直取谢骞的面门。

谢骞也早有准备,闪身躲避。但就在他避开利刃的瞬间,他才看清楚,原来水川由纪同时扔出了两把匕首,一把闪耀着显眼的银光,另外一把黑色刀刃难以察觉,但同样致命。

"当!"

银色的匕首被谢骞闪开了,同时击中了某件金属道具,发出清脆的响声。

"扑哧"一声,黑色的匕首则插入了谢骞的肩膀。那并不是致命部位,但仅仅过了几秒钟,一股麻木的感觉就由肩膀开始飞速扩散,很快蔓延到全身上下。

谢骞颓然倒地,嘴唇微微颤抖着,吐出几个字:"是毒药……"

"当然啦,毕竟我是个心肠歹毒的女人嘛。"水川由纪笑意盈盈地看着逐渐虚弱下去的谢骞,就像猫咪看着垂死的老鼠一样。

"为什么……会这样……"

水川由纪回头,看了一眼那个老式座钟,说道:"告诉你一个秘密吧,其实我来到这里的时间,比你想象中的还要早。"

谢骞的脑海里突然冒出了一个非常可怕的可能性,眼前一黑,几乎晕死过去。

"我提前把这个钟的时间调快了……"

水川由纪后面还说了什么,谢骞已经听不见了。这位高傲的魔术师不甘心地瞪大双眼,七窍流血,双手紧紧攥着拳头,悲惨地咽下最后一口气。

"司徒先生,我完成任务了……嗯,应该说,我又完成任务了,对吧?"水川由纪喃喃自语着,转身离去。

九月三日,凌晨一点十五分。

死锁状态,第五次循环。

"未来之光"号,第十二层,"味魂"日本料理餐厅。

邓子雄虽然在看到那堆白骨之后有过短暂的失态,但很快又恢复守口如瓶的状态,坚决不肯再多透露一个字。

谈朗杰焦躁地看了一眼手表,离下一次循环开始还有三分钟。

"路警官,我们得赶快制定下一次循环的作战策略。"

路天峰问:"不知道谈先生有什么想法?"

谈朗杰却是先瞄了一眼陈诺兰，然后才开口说："刚才陈小姐提出的观点很有意思，而我还有另外一个更大胆的假设。"

陈诺兰露出愕然的神色，但谈朗杰的这句话确实成功吸引了她的注意力。

"愿闻其详。"陈诺兰说道。

"其实在陷入时间死锁之前，我一直在派人追踪时间机器的卖家和买家，而我最终锁定可能发生交易的地点，就在这里。"

路天峰问："所以你认为，这副白骨是买卖双方的其中一人？"

"不仅如此，我还对为什么只有这个人化为白骨有自己的一套解释。"谈朗杰指着风化的骨骼说，"众所周知，在爆炸的中心点破坏力最大，假设时间旋涡就是一场时间线上的大爆炸，那么处于中心点的人，是否也会受到更大的影响呢？"

"这个……"路天峰将带着询问意味的目光投向陈诺兰。他觉得只有陈诺兰才有资格回答这种问题。

"将时间视为爆炸吗？嗯……虽然在直觉上看起来没什么问题，但我们找不到足够的证据支撑这样的推论。"陈诺兰沉吟道。

这时候，章之奇抢先看穿了谈朗杰的心思，插话道："我们并不需要什么严谨的科学论证，关键是让司徒康疑神疑鬼就可以了。"

谈朗杰笑了笑，说道："没错，从下一次循环开始，我们每次都尽快在这里集中，将司徒康的注意力完全吸引过来，而且我还可以让我手下的调查员封锁周边，尽力阻拦司徒康和水川由纪进入这家餐厅。"

"这样一来，司徒康一定会猜测我们到底聚集在这里做什么。"路天峰也想明白了这个计划的巧妙之处，不禁对谈朗杰产生了一种刮目相看的感觉。

"是的，没准司徒康还会以为，我们在这个包厢里找到了时间机器留下的痕迹呢。"谈朗杰斗志昂扬地说，"他一定会想方设法闯入餐厅查看情况,只要他敢来,我们就要保证他出不去。我既然能够带人上船,自然也带了一些武器和装备。"

路天峰听出谈朗杰话语中带着强烈的杀意。他皱了皱眉,心里虽然有点不太满意,但又不好多说什么。

因为再过十秒钟,时间又将重置。

九月三日,凌晨一点十七分。

死锁状态,第五次循环。

"未来之光"号,第十八层,1820 房间。

那个苍老的男人低着头,独自坐在桌子旁,连房间的顶灯都没有打开。屋内唯一的光源,是他面前亮起的一盏小台灯。

狭窄的桌面上,凌乱地放着一副扑克牌,其中有四张不同花色的 A 牌面朝上,另外旁边还有一张彩色的 Joker。除了这五张牌之外,其他的牌都是牌面朝下,还有几张牌更是已经被撕碎了。

原本出神地盯着扑克牌的司徒康,突然伸出他那微微颤抖的右手,拿起桌面上的方块 A,用力折叠了一下,然后顺着折痕,慢慢地将这张牌撕成两半,再轻轻地扔回桌面上。

"又解决了一个。"

他一边说,一边将剩下的三张 A 郑重地排成一列。

"最后这三张牌,却是一个比一个难办啊。"

他想了想,拿起了红桃 A,盖在黑桃 A 和梅花 A 的上方。

"也许应该让他们见面了吧。"

满头白发的男人眯起眼睛,嘴角上翘,露出一个冰冷的笑容。

第五章
底 牌

1

九月三日，凌晨零点四十五分。

死锁状态，第六次循环。

"未来之光"号，第七层，魔术剧场。

"又开始了……"路天峰无奈地叹了一口气，用力地按压着自己的太阳穴。

"峰，你还好吗？"幸好在每一次循环的最开头，都一定会有陈诺兰这一句充满温暖的关怀和问候。

"放心吧，我没事。"路天峰轻轻握了握陈诺兰的手，然后再松开，向章之奇和童瑶简单说明了一下关于时间循环的状况。

"那么，接下来我们要去哪儿？"章之奇问。

"那家'味魂'日本料理……"然而路天峰话音未落，身上的呼叫器却响了起来。他先是愣了愣，因为理论上能够通过呼叫器联系他的几个人，都在现场，但随后想起之前自己曾将内部通信频段告诉了雷·帕克。

"帕克先生？"

"路警官，你在哪里？"通信器的那头，雷·帕克的声音听起来火燎火急的。

"我还在魔术剧场这里……"

雷·帕克立即打断了路天峰的话："我们刚刚收到线报，有'樱桃'的消息了！"

"'樱桃'？"路天峰脑海里冒出的第一个问题，并非"樱桃"到底在哪儿，而是为什么有人能够向雷·帕克举报"樱桃"的下落。

"她很可能躲在船长室，我们马上去那里集中吧，回头见！"

路天峰还没来得及回答，雷·帕克就已经切断了通信信号，他甚至可以想象出这位国际刑警带着手下，一路小跑奔向船长室的样子。

"所以我们到底要去哪里？"童瑶问。

船长室在邮轮的第二层，而"味魂"日本料理在第十二层，路天峰等人所处的位置恰好在两者中间，可谓左右为难。一方面，路天峰认同谈朗杰的想法，如果不主动出击，用计将司徒康诱导到指定地点的话，他们只会步步被动，一路被牵着鼻子走；但另外一方面，"樱桃"的现身很可能是解开谜题的关键一环，搞不好现在时间机器还在她手中，只要找到时间机器，这个死循环的状态就有机会打破，并不一定非要让感知者们相互厮杀，拼个你死我活不可。

"兵分两路吧。"路天峰很清楚，现在没有足够的时间让他深思熟虑了，"我跟诺兰去'味魂'日本料理餐厅，奇哥和童瑶到船长室那边看看情况。"

"好的。"章之奇停顿了片刻，忍不住再次开口问，"阿峰，'味魂'日本料理餐厅那边是有什么紧急状况，所以你非去不可吗？"

从章之奇的视角看来，堵截"樱桃"自然是头等大事，他不太明白路天峰为什么不去船长室帮忙，非要跑去日本料理餐厅。

逆时侦查组：拍卖时间的人

"这事说来话长,以后再向你解释。"路天峰说出这话的时候,突然想到自己在这次循环里还未必有机会向章之奇解释清楚呢,不禁苦笑起来,"对了,你们如果遇上了'樱桃',一定要小心应付,她可不会轻易束手就擒。"

"明白,你们也要小心。"章之奇的眼色不无担忧,他也许已经意识到,路天峰所要面对的敌人,会比"樱桃"更加棘手、更加难缠。

九月三日,凌晨零点五十分。

死锁状态,第六次循环。

"未来之光"号,第二层,船长室。

黄良才腰间的呼叫器突然响起,打断了他和杜志飞之间的对话。

"怎么回事?"黄良才语气严肃地接通了呼叫器。

"黄主任,大事不好……这边又死了一个人……"

黄良才一听,一口老血几乎要吐出来。这趟航程真是流年不利,仅仅一个晚上,已经死多少人了?

不过越是遇到大事,就越需要冷静。黄良才深深吸了一口气,问道:"到底什么情况,先简单说一下。"

"是在主甲板的露天酒吧处……服务生说没怎么留意,一回头,原本好端端坐着喝酒的魔术师谢骞,已经口鼻流血,瘫倒在地上了……"

"居然有那么玄乎的事情?"黄良才很清楚,命案现场的目击者由于惊吓过度,经常会说出一些看似不合理的证词,需要仔细分析,明辨真伪。但事情发生得未免太过巧合,他刚在这边向杜志飞追问关于谢骞的事情,一转眼的工夫,这位魔术师就惨死在露天酒吧里了?

"主任,还有更奇怪的事情……"汇报情况的安保人员越说越结巴,到最后干脆卡住了,一句话都没能说完。

"别浪费时间,快说!"黄良才提高音量,恶狠狠地道。

"是……是这样的……我已经第一时间检查过酒吧的监控视频……谢骞所在的位置正好处于某个摄像头视野的正中央,拍下来的影像很清晰。可以看到事发前的一秒钟,谢骞还一切如常,但突然画面里就出现了莫名的雪花纹干扰,受干扰的时间非常短,但雪花消失后,谢骞就已经死了。"

"这怎么可能,一定是监控被人动过手脚。"黄良才再也没有耐心慢慢听下属解释了,"等我几分钟,我马上过去。"

黄良才挂断呼叫器,又看向杜志飞,后者重重地叹了一口气,摆摆手说:"你先去处理那边的情况吧,我有一种不好的预感,这艘船上还会继续死人……"

"杜总,你是不是还有什么东西想告诉我?"面对自己老板的时候,黄良才还是很有耐心的。

"黄主任,你相信超能力吗?"杜志飞没头没脑地反问一句。

"不,我只相信科学和逻辑。"

"那么……"

"咚咚咚!咚咚咚!"

这时候,船长室的门外传来一阵急促而大力的敲门声。门外的人显然没有什么礼貌,又或者无暇顾及礼貌。

"我去看看是谁。"黄良才正要走向门边,没料到来者已经等不及了,船长室的门被轰隆一声撞开,雷·帕克和孙映虹举枪冲了进来,两个黑黝黝的枪口分别指着黄良才和杜志飞。

"我们是国际刑警,所有人不准动!现在怀疑你们窝藏通缉犯,需要立即对这个房间进行搜索工作!"

杜志飞的脸涨得通红,气得连声音都颤抖起来了:"过分,太过分了!谁给你们破门而入的权力,我这里又哪儿来的通缉犯?"

逆时侦查组:拍卖时间的人 225

雷·帕克冷笑一声，说："杜总请息怒，我们知道这个房间连通着隔壁的卧室，现在卧室那边也被我们封锁了，你到底有没有窝藏通缉犯，很快就会水落石出。"

杜志飞心头怒火更盛，大喝起来："居然连我的卧室都不放过！我一定会投诉你们的，投诉到你们所有人都失业为止！"

雷·帕克不以为意地耸耸肩。他如果没有十足的把握，又怎么敢硬闯船长室？虽然刚刚从天而降的线报来得有点莫名其妙，但可靠性相当高，替他们补完了对"樱桃"调查工作中一直缺失的空白环节。

"'樱桃'不是一个人，而是两个人——"电话那头，是一个通过变声器处理的声音。

"你是谁……你说什么？"原本已经昏昏欲睡的雷·帕克，一下子就挺直了身子。

然而对方根本不管他的问题，自顾自地说下去："两人其中之一，是演员贺沁凌，另外一个人，是邮轮上的魔术师助手小凌——"

"说出你自己的身份，要不然我怎么能相信你？"

"'樱桃'现在就藏在二层的船长室里，去不去抓人，你自己决定。"说完，神秘人就挂断了电话。

雷·帕克立即调出邮轮工作人员的资料，很快找到了"魔术师助手小凌"这一页，只是粗粗看了几眼，就已经感到心惊胆战。

这份资料很可能是伪造的，因为里面不少细节内容都语焉不详，难以查证。更重要的是，这位"小凌"的五官轮廓，和贺沁凌相似度极高。

这一刻，雷·帕克已经完全相信了神秘人所说的话，他马上通知孙映虹集结人手，同时也联系了路天峰。

"'樱桃'，你跑不掉了！"

"队长，卧室没有发现！"

"船长室这边也没有发现！"

听到下属的报告时，雷·帕克心中暗暗叫苦，但他依然保持着表面上的冷静，向杜志飞发问："杜总，请问你是否认识邮轮上的魔术师助手，一位叫小凌的女生？"

"我拒绝回答你的任何问题。"杜志飞气冲冲地说。

"那么，魔术师谢骞你总该认识了吧？"雷·帕克继续咄咄逼人地追问。

黄良才听到谢骞的名字，下意识地抬起头，看了杜志飞一眼。

又是这个来历不明的男人，谢骞是杜志飞特地请来的魔术师，省略了不少正常的招聘流程，而谢骞带来的助手小凌更是没有经过任何面试挑选，由谢骞直接指定。

看来这两个人背后，很可能隐藏着什么惊天秘密啊……

"离开我的房间，快离开！"杜志飞大喊大叫道，看来他是死活不肯跟雷·帕克合作了。

"这是怎么回事？"章之奇和童瑶终于赶到现场，面对眼前这莫名其妙的局面，章之奇只好小心翼翼地问道。

章之奇的出现给了雷·帕克一个下台阶的机会。他高声说道："我们先收队，换个地方说话。"

然后，他又低声吩咐孙映虹："派人盯着杜志飞的一举一动，随时向我汇报。"

孙映虹默默地点了点头。

九月三日，凌晨零点五十二分。

死锁状态，第六次循环。

"未来之光"号，第十二层，"味魂"日本料理餐厅。

路天峰和陈诺兰踏入包厢时,发现谈朗杰已经先行抵达,他的手里正拿着一根散落的肋骨,迎着灯光仔细端详着。

谈朗杰听到两人走进来的脚步声,也没放下骨头,只是轻轻地说了一句:"我还以为你们不会来了呢。"

"我们既然有共同的目标,为什么不能合作呢?"路天峰反问。

谈朗杰终于放下了手中的骨头,看着路天峰,一脸冷峻道:"路警官,我们的目标并不完全一致吧,至少你不会优先选择去杀人。"

路天峰愣了愣,然后老老实实地承认:"你说得没错,我更希望在减少人员伤亡的前提下,解开时间死循环的困局。"

谈朗杰似笑非笑地说:"看来路警官真是立场坚定的正义化身啊。"

"谈先生过奖了,我也只是尽力而为罢了。"路天峰当然听出了谈朗杰语气中的嘲讽之意,但不想跟他计较。

"我知道路警官是好人,但有些时候,人们需要一位坏人来拯救世界。"谈朗杰长叹一声,"毕竟好人通常会因为心地善良而被坏人击败。"

"可是这个世界上毕竟好人的数量更多,他们能够做到团结力量大,然后战胜坏人。"陈诺兰忍不住出言反驳。

"真的吗?"谈朗杰眉头往上一挑,"陈小姐,你看看如今我们身处的时间困局,如果真的只有杀死其他感知者才能打破僵局,你会怎么做?所有感知者都团结起来,和平相处,然后呢?"

"你要这样说的话,司徒康岂不是拯救世界的英雄?是他在鼓励我们互相残杀,还派水川由纪去伏击你和于小冷!"虽然路天峰拉住陈诺兰的手,想阻止她继续和谈朗杰争辩,但陈诺兰的话依然像连珠炮弹一样倾泻而出。

谈朗杰的脸色微微一变,语气却依然波澜不惊:"是啊,如果没有司徒康,我们谁都别想走出这个死循环,他确实在拯救这个世界。不过我并不认同他拯救世界的方式,所以我要找他复仇。"

陈诺兰一时语塞,终于还是被路天峰拉到了身后。

路天峰平静地说:"谈朗杰,你说那么多,是不是想证明现在这种情况下,光做好人是没有意义的,我们必须更心狠手辣一点?"

"路警官的总结非常到位,我就是这个意思。"谈朗杰嘿嘿一笑,"我可不希望到最后,能够活下来的那个人是司徒康。"

"既然现在我们是联手对付司徒康,那么还是说回正事吧,你为什么一直拿着那根骨头?"路天峰轻轻拍了拍陈诺兰的肩膀,示意她放松一点。

"哦,那是因为我发现这根骨头上面,似乎有些奇怪的东西。"谈朗杰一边说,一边将肋骨递给路天峰。

路天峰毫不忌讳地接过骨头,举到眼前,细细查看起来,很快就注意到谈朗杰所说的"奇怪东西"了——那是一些闪闪发光的碎屑,均匀地散布在骨头表面。

路天峰一时之间认不出这到底是什么。

"让我看看?"一旦遇上涉及专业领域知识的问题,陈诺兰就能暂时忘记刚刚发生的不快。

陈诺兰接过骨头,将它高举过头,迎着灯光端详了一番,然后伸出手指,在骨头表面轻轻剐蹭了几下,还将手指头放在鼻子前方,轻轻地嗅了嗅。

"小心有毒……"路天峰出言提醒。

"放心,有毒的话,那家伙早就死了。"陈诺兰白了谈朗杰一眼,说道,"这粉屑状的东西并不是铺在骨头表面的,根本刮不下来。"

"你的意思是……这些粉屑全部嵌入骨头里面了?这是怎么回事?"

"时间,唯有时间可以做到这一切。"陈诺兰露出苦苦思索的表情,"但这些金属碎屑到底是什么东西?时间旋涡如果真的是从这个包厢内产生的话……"

"是时间机器！"路天峰和谈朗杰几乎异口同声地说。

难道那台神奇的时间机器真的已经化为碎屑，跟这具无名氏的尸骨融为一体了？

陈诺兰弯腰拿起骨骼的右手掌骨，认真检查了一番，只见右手掌心位置有一片更加明显的金属薄膜。然后她又检查了远离右手的左脚脚掌位置，几乎没有发现任何金属碎屑。

"这种奇怪的金属痕迹是以尸体的右手为中心，呈放射状分布的。"陈诺兰谨慎地做出结论，"看起来就像死者右手拿着的某件物品，突然发生了爆炸……"

"有意思，这很符合我的大爆炸理论啊。"谈朗杰得意扬扬道。

陈诺兰沉默片刻，说："时间机器到底为什么会发生爆炸，我们光凭猜想是不可能得到答案的，至少得找一个了解这台机器的人来问一下才行。"

"但又有谁能了解这东西呢？"谈朗杰问。

"当然应该找将时间机器带上邮轮的那个人。"路天峰说。

"樱桃"，她再一次成为破局的关键点。

而与此同时，在邮轮的另一处，有一群人正在为如何追查"樱桃"的去向吵得不可开交。

九月三日，凌晨零点五十五分。

死锁状态，第六次循环。

"未来之光"号，第二层，走廊。

"你这就相信了对方的话？"听完雷·帕克的解释后，章之奇毫不掩饰自己的诧异和惊讶。在他看来，这种没头没脑的情报根本就是不可靠的。

雷·帕克似乎也有点不好意思，挠挠头说："章先生，你可能不太了解这个案件，我们为了追查'樱桃'已经花了好几年的时间，调查工作长期陷于僵局，所以一听到'"樱桃"其实是两个人'的时候，我一下子就头脑发热了……"

"然后你再对比了两人的容貌，发现她们确实有相似之处，对吧？"

雷·帕克点点头："是的，两人不但五官轮廓高度相似，而且那个魔术师助手的简历有伪造的痕迹，非常可疑。"

"这最多只能证明贺沁凌和小凌之间有某种不能公开的关系，并不能证明她们就是'樱桃'啊！"章之奇恨不得揪着对方的耳朵，给他来一堂最基本的逻辑课。

"我……这不就是一时心急嘛。"雷·帕克一副急于替自己辩解的样子，"再说，你看杜志飞的表现，肯定隐瞒了一些重要信息！"

"杜志飞的隐瞒也可能与'樱桃'的下落无关……"

"不，相信我，这是我的直觉，杜志飞和'樱桃'之间一定有关联。"雷·帕克言之凿凿地说。

章之奇哑然失笑。这时候，只见邮轮安保主任黄良才脸色凝重，脚步匆匆地出现在走廊上。

"黄主任，辛苦了。"章之奇倒是大大咧咧地向黄良才打招呼，黄良才也不好失了礼数，向章之奇点点头，算是回应。

没料到章之奇并没有就此罢休，而是又问了一句："黄主任是遇到什么棘手的事情了吗？你看起来有点心情烦躁哦。"

黄良才愣了一下，他没想到章之奇会问得那么直接，又那么自然，脑海里的第一反应是随便说点什么蒙混过去，但随即想到另外一个问题——如果借助这几个人的力量，去敲打试探杜志飞，会不会能问出点什么来呢？

于是黄良才在一瞬间做出了一个非常大胆的决定，他向章之奇坦白说："主甲板上的露天酒吧出事了，刚刚死了一个人，死者是

逆时侦查组：拍卖时间的人　231

我们的魔术师谢骞。"

"谢骞？"章之奇惊讶地反问。

黄良才点点头道："据说案发现场极其诡异，我要亲自去看一下。"

"谢骞，那个魔术师，小凌就是他带上船的！"雷·帕克的情绪依然激动，"他可是关键证人啊，一定是被'樱桃'杀人灭口了！"

章之奇好心提醒了雷·帕克一句："帕克先生，所以你觉得'樱桃'到底是去了顶层甲板杀人，还是留在这里被杜志飞藏了起来？"

"这个……反正杜志飞这条线，我是不会轻易放过的。"

"那好吧，你主要负责调查杜志飞，我去露天酒吧看一下案发现场到底有什么奇特之处。"

"谢骞一死，杜志飞就显得更可疑了，你要说他对'樱桃'的计划完全不知情，我可不会相信的！"雷·帕克虽然说得斩钉截铁，但也很清楚，如今他贸然上门继续追问杜志飞，只会吃闭门羹，一时之间有点骑虎难下，不知所措。

章之奇仿佛看穿了雷·帕克的心事一般，拍了拍他的肩膀，说："别担心，其实你只需要改进一下你的问话技巧。"

"这是……什么意思？"

"不能光顾着从杜志飞口中问出什么东西来，要主动给他提供一些他不知道的信息，这样他才会拿他知道的信息来和你交换。"

雷·帕克依然是一头雾水："可我这边并没有什么有价值的信息啊……"

"你可以告诉他，杀死谢骞的凶手，很可能还会继续杀死其他知情者。"章之奇坏笑着说。

雷·帕克确实有点耿直，但一点也不笨。章之奇都提示到这一步了，他自然也想通了该怎么样去套话，于是那双黯然的眼睛，又重新变得炯炯有神。

"我让童瑶留下来帮忙吧。"章之奇向童瑶使了个眼色,后者心领神会地点点头。他们两人刚才听过路天峰的简单说明,知道时间将会在凌晨一点十八分重置,因此必须留一个人跟随着雷·帕克进行询问,才能在时间重新开始循环之前,将得到的相关信息告知路天峰。

"那就劳烦你了,童警官。"

"不用客气。"童瑶淡淡地说。

章之奇转身向黄良才挤了挤眼睛,说:"黄主任,久等了,我们走吧。"

九月三日,凌晨零点五十八分。

死锁状态,第六次循环。

"未来之光"号,主甲板,露天酒吧。

出了命案,酒吧自然已经暂停营业,嘈杂的音乐停止了,夜晚恢复了它本应有的宁静。邮轮安保人员用警戒线将各出入口全部拦了起来,所有的客人和工作人员都留在原地等待调查,不得擅自离开。但这样的封锁措施肯定让顾客颇有微词,谁愿意一直待在尸体附近呢?

但这起命案发生得实在是太过离奇,第一时间赶到现场的安保人员根本不敢下结论,只好强行把所有人都扣押在此。

"黄主任,您终于来了!"眼看就要控制不住现场人群情绪的安保人员,看到黄良才就像看到了救星一样,差点感动得哭了出来。

"死者呢?"黄良才也不多说废话,直奔主题。

"在那边。"

黄良才和章之奇一起走到酒吧的角落处,只见谢骞倒卧在地,双目圆睁,口鼻渗血,衣服的肩膀附近也有一大片近乎黑色的血污。但奇怪的是,他的衣服并没有任何破损的痕迹,伤口就像凭空出现的一样。

黄良才早就戴好了橡胶手套,他蹲下身子,探了探谢骞的脉搏和气息,很明显已经没救了。尸体尚有明显的余温,即使不用温度计也可以判断出,死亡时间不会超过半小时。

"人是刚死的,在场那么多人,没有谁看到这里有异常情况吗?"黄良才问。

安保人员连连摇头,将负责送酒的服务生找了过来,但那位年轻的服务生也是一问三不知。唯一有价值的信息就是,案发时他没有靠近过谢骞,也没有看到任何人靠近谢骞。

"他……好像就这样……突然之间死了……"

虽然黄良才一向不相信什么怪力乱神,但邮轮上连续发生命案,一起比一起诡异,也不由得让他心生寒意。

章之奇也蹲下身子,看了看谢骞口鼻处的血迹,说:"他的血完全发黑了,看上去像是中毒。"

"嗯。"黄良才心乱如麻,要是中毒的话,好歹要找到凶手是怎样下毒的才行。

章之奇解开谢骞上衣衬衫的纽扣,查看他身上的伤口,只见伤口形状像是刀伤,伤口四周的血迹同样有点发黑,现场却没有发现凶器。他立即想起了路天峰刚才简明扼要的解释:感知者无法在这样的时间死循环之中恢复身体状况,一旦在某次循环之中受伤,伤口就会一直存在。

谢骞很可能是在上一次循环中遇害的——当然,也有可能是在更早之前的循环之中丧命,但如果谢骞死得更早的话,刚才路天峰在简述之中就应该告诉他们。谢骞横尸于人来人往的酒吧,一旦死去,必然引发轰动,路天峰既然还不知道他的死讯,那么看来,谢骞应该是在上一次循环的最后时刻才被人杀死的。

那么凶手会是"樱桃"吗?

这时候，章之奇注意到，谢骞的拳头不自然地紧握着。如果谢骞是突然遇到了袭击的话，在临死之前，他的最后举动应该是反抗和挣扎，但从现场的状况来看，却像他想要在手掌之中藏匿什么东西似的。

"他的手心，可能有问题。"章之奇一边说，一边试图掰开谢骞的手指。尸体的关节还很柔软，章之奇只是稍稍用力，就掰开了谢骞的右手。

但尸体的右手空空如也，皮肤表面也一切如常。

于是章之奇又掰开了谢骞的左手，只见左手手掌上满是鲜血，而鲜血之中，似乎还有着歪歪扭扭的几道伤痕。章之奇尝试了几个不同的角度，终于辨认出这些伤痕其实是两个笔画潦草的汉字，就像是刚学写字的小孩子比画出来的一样。

"水川——"

杀死谢骞的是水川由纪，谢骞知道自己身上的伤痕不会消失，所以想办法在掌心留下了字迹，然后又怕被水川由纪发现并毁掉这个死亡留言，所以才会紧紧攥着拳头。

"谢骞应该死在上一次时间循环的最后时刻。"章之奇推测道，因为如果留给水川由纪的时间足够多的话，她可以将尸体彻底破坏，以保证不留下任何痕迹。

"啊？你说什么？"完全没有时间循环概念的黄良才还以为自己产生了幻听。刚才章之奇说的那句莫名其妙的话，到底是什么意思？

另外一句话从黄良才的脑海内猛地蹦出来。那是稍早之前，杜志飞在船长室内一本正经地问他："黄主任，你相信超能力吗？"

"看来谢骞并不是'樱桃'动手杀死的。"章之奇喃喃自语道，"那么这位神秘的'樱桃'小姐，现在到底在哪里？"

逆时侦查组：拍卖时间的人 235

2

九月三日，凌晨零点五十九分。

死锁状态，第六次循环。

"未来之光"号，第二层，船长室。

"杜总，现在到底是什么状况，你真的听明白了吗？"童瑶的声音虽然温柔，语气却如同一把尖刀，处处直取杜志飞的要害，听得他满额冷汗。

童瑶刚才的一番发言可以总结如下：

贺沁凌死了，谢骞也死了，跟魔术师助手小凌有关的所有人都要被灭口。现在这艘邮轮上，知道小凌是如何成功应聘这个职位的人，也就只剩下杜志飞你本人了。凶手杀人的手法残忍，行踪诡秘，如果你不愿意跟警方配合，说出掌握的信息的话，警方也无法保障你的人身安全。

是死是活，全在你一念之间。

杜志飞哭丧着脸说："美女警官，你的话我是听懂了，但你们问的这位小凌，我真的是完全不认识，连见都没见过两次，更别说她的什么秘密了……"

"你跟我解释这个没用，你可能真的不认识她，但你猜她会不会认识你？魔术师和助手的整个招聘流程，是不是你一路开绿灯，让他们入职的？"

杜志飞沮丧地叹了叹气："是，谢骞的入职是我特批的，他说要指定一位助手，我也没仔细看，就直接批准了……"

童瑶的身子微微前倾，拉近了自己和杜志飞的距离，盯着他的眼睛问道："那你为什么要特批谢骞入职？以杜氏集团的财力和影响力,难道非得要名不见经传的谢骞来当这艘邮轮的驻场魔术师?"

杜志飞的身子往后缩了缩,又瞄了一眼旁边的雷·帕克,雷·帕克倒是面无表情,甚至好像没注意到杜志飞投来的目光。

"好吧,我坦白,但你们也许不会相信……是贺沁凌一手策划,安排谢骞入职的。"

"说详细点,你说的东西是真是假,我心里自有分寸。"童瑶说着,还向杜志飞报以一个颇为灿烂的微笑。

杜志飞不禁打了个哆嗦。他宁愿面对暴跳如雷、大喊大叫的雷·帕克,也不想再多看童瑶这张漂亮可爱的脸蛋了。

"因为……贺沁凌说她自己有超能力……她能够感知时间的循环和倒流……所以她能够提前预测某些事情,从而让我获利……"

其实这个答案并没有超乎童瑶的想象,但她仍然皱起了眉头,装出一副不相信的样子。

杜志飞看到童瑶摆出这样的表情,更是慌张不已,连忙解释道:"这听起来有点匪夷所思,但确实是真的!我证实了好几次,绝对不是弄虚作假!"

雷·帕克的脸上流露出不耐烦的表情,差点就想打断杜志飞的发言,却见童瑶张开手掌,悄悄地向他做了一个"稍等"的手势。

"你是怎么证实的?"

"她能预测股票的走势价格,精确到小数点后两位;预测赛马的结果,能将一天之内的全部赛果一一命中;有一天,她甚至预测了某地的飞机坠落事故,连具体伤亡人数都说得分毫不差。"

此时在童瑶的心里,已经知道贺沁凌肯定和路天峰一样,是一名时间感知者,但她依然好奇地问:"所以你就按照她所说的,直接去买股票和赌马了吗?"

杜志飞摇摇头,说:"没有,贺沁凌说,做这种事情很容易引起其他超能力者的关注,而且实际上也赚不了什么大钱。因为如果我把大量资金投入某只股票的话,反而会造成意料之外的股价波动;赌博也是同理,假如我下注的资金数额足够大的话,赔率也会产生实时变化,盈利空间就变小了。"

童瑶想起了神秘的天时会。据路天峰介绍,该组织既要维持时间平衡,同时又会监控那些利用时间感知能力来牟利的人,一旦发现失控,就会马上实施"定点清除"。这就是时不时有一些看起来幸运得不可思议的彩票中奖者,在获得大奖之后,紧接着就会迎来莫名其妙的厄运的原因。

"看来贺沁凌的性格非常小心谨慎啊。"童瑶感慨道。

雷·帕克嘀咕了一句:"童警官,你该不会相信他这番胡说八道吧?"

"我……我没有胡说,这都是真的!"杜志飞涨红了脸。

"让我猜猜看,所以贺沁凌就给你策划了一场天衣无缝的、可以通过她的超能力赚大钱的计划,而计划的关键一环,就是让谢骞来这艘邮轮上当魔术师?"

"是的,没错。"杜志飞看到童瑶并没有质疑他的说法,欣喜万分,不停地点着头。

"你们的具体计划呢?"童瑶稍稍放缓了语速,事实上前面的对话都只是铺垫,这个问题才直奔关键的核心。

"没有……她没有告诉我。"杜志飞脸上刚刚浮现的喜色消失得无影无踪,"她说这件事情知道的人越少越好,因为太多人知道的话,会影响……影响那啥来着?"

童瑶提示了一句:"预知者悖论,知道未来的人越多,意味着试图去改变未来的人就越多,结果未来会变得与之前的预知结果大相径庭。"

"对对对,大概就是这个意思!这位美女警官,你的理解能力真是太厉害了！"

"闹够了吧？演技还真不错。"雷·帕克冷笑道，"我看你是坚决不肯跟警方合作了，撒谎也不用打草稿的吗？真是张嘴就来。"

杜志飞还想争辩几句，但一时之间竟然不知道该说些什么。这种事情他本来就不指望说出来之后别人会相信，所以现在雷·帕克的反应也实属正常。

童瑶一手托着下巴，似乎陷入了沉思。良久，她终于开口道："杜总也是个聪明人，如果要编造谎言的话，至少能编得比现在更像样。"

"所以你的意思是？"雷·帕克真快被童瑶搞蒙了。

"他说的话，未必全是假的。"

九月三日，凌晨一点零二分。

死锁状态，第六次循环。

"未来之光"号，第十二层，"味魂"日本料理餐厅。

路天峰和谈朗杰坐在榻榻米上，各自低头沉思，陈诺兰仍然在仔细地检查那具骨骸，想看看能不能发现一些之前遗漏的线索。

为了化解包厢内沉默而尴尬的气氛，路天峰主动向谈朗杰挑起话题，说道："现在我们是不是只能守株待兔了？"

"我们这应该叫静候佳音。"谈朗杰也勉强笑了笑。

"静候谁的佳音？难道司徒康或者'樱桃'还能主动送上门来？"路天峰这句玩笑话音未落，包厢内突然响起一段激昂的音乐声。

"这是什么声音？"谈朗杰顿时露出戒备的神色来。

陈诺兰正经回答道："贝多芬的《英雄交响曲》第一乐章。"

路天峰哑然失笑，陈诺兰这一句话，让包厢里诡异而紧张的气氛一下子变得轻松了不少。他弯下腰，注意到榻榻米下方有一部黑色手机，而音乐声正是这部手机发出来的。

路天峰看了一眼屏幕，上面是一个绿色的卡通电话图标，他推测是某个网络电话软件，而呼叫者的名字显示为 Anonymous（匿名）。

"接吗？"路天峰问其余两人。

陈诺兰和谈朗杰茫然地对视一眼，没有回答。接通电话似乎是唯一的选择，每个人都能感觉到这通电话背后绝不简单。

"还是接吧。"路天峰自言自语着，按下了绿色的通话按钮，"Hello？"

"你是谁？"电话那头传来一个女声，说着发音非常标准的中文。

"我是……路天峰。"路天峰的直觉告诉他，对方一定知道自己的名字。

"久仰大名，我是'樱桃'。"

路天峰微微吸了一口凉气，电话那头的人，竟然是他们一直苦寻不获的"樱桃"？

路天峰停顿半响，问："你怎么证明自己就是'樱桃'？"

女声笑了起来："放心吧，路警官，这艘邮轮上有人想杀我，有人想抓我，偏偏没有人想要冒充我。"

"不知道'樱桃'小姐打这通电话的目的是什么呢？"路天峰算是承认了她的身份。

"目的很简单，有人想要干掉我，我总不能坐以待毙，对不对？""樱桃"的声音里带着一股甜而不腻的诱惑，"所以我就碰碰运气，看哪位足够聪明又幸运的人能够发现周焕盛的手机……我可没想到答案会是你。"

"死在包厢里面的人是周焕盛？他为什么变成了一堆白骨？"

说话间，路天峰看向了陈诺兰，后者也是一脸惊愕的表情，似乎万万没想到自己的老师会死在这里，还化为了一堆白骨。

"一堆白骨？"短暂的惊讶过后，"樱桃"很快恢复了正常的语气,"那应该是时间机器导致的吧,你在现场是不是并没有发现那台奇怪的时间机器?"

"是的,你怎么知道?"

"因为如果你发现了时间机器,一定会开门见山地问我那是什么,该怎么使用。"

"樱桃"的头脑确实远胜常人,从一个微小的细节就能精准地推出正确结论。路天峰不得不在心里暗暗感叹,那么聪明伶俐的女生,为什么非要走上歪路呢?

"这包厢内到底发生了什么?"

"樱桃"将她所知道的事情简单说了一遍——自己和周焕盛约好在"味魂"日本料理的包厢内进行时间机器的交易,但在交易过程中,有一伙神秘人包围了餐厅。据周焕盛的手下报告,带人包围餐厅的是谈朗杰。

"樱桃"说到这里的时候,坐在一旁的谈朗杰轻轻点了点头,鉴于此刻的"樱桃"应该并不知道谈朗杰也在现场,所以她说的话可信度还是很高的。

"我提前为这场交易留了后路,然而正当我准备假扮成服务生通过餐厅后厨逃跑时,突然之间一阵天旋地转,我感觉到时间开始倒流,但这一次的倒流跟我以往经历过的都不一样。""樱桃"难得露出了几分犹豫,稍稍停顿了一下,才继续说下去,"这不是时间倒流,是一场可怕的时间旋涡。"

"是的,我也卷入了那场旋涡之中,感觉实在是……太难受了。"路天峰感慨道。

"我还以为自己没命走出来了。""樱桃"的语气中带着一丝落寞,没想到两人你来我往,竟然聊出了几分相见恨晚的感觉。

这时候,陈诺兰在路天峰眼前摆摆手,又故意夸张地皱起了眉头。路天峰心头一惊,才注意到自己在不知不觉之间,情绪已经完全被"樱桃"的话语所牵引。

这个女人太可怕了。

路天峰用力吞了吞口水,换了另外一种较为平静的语气说:"那么离开时间旋涡后,你有没有发现什么异常状况?"

"樱桃"却突然发问:"你身边还有其他人?"

路天峰真没想到,连自己在语气上的细微变化都会立即被她敏锐地捕捉到,难怪国际刑警折腾了那么多年,连她的影子都没见着。

"我当然是跟我的同伴在一起啊。"路天峰这样回应道。

"哦,同伴,真有意思。""樱桃"在电话的另一端笑了笑,"不知道我有没有资格成为你的同伴?"

"'樱桃'小姐可千万别忘记了,我是一名警察。"路天峰义正辞严地说。

手机扬声器里传来一阵咯咯咯的笑声,"樱桃"似乎更开心了:"路警官,抓获一名罪犯和拯救整个世界,非要二选一的话,你会怎么选?"

路天峰略加思索,答道:"我会先拯救世界,再去追捕罪犯。"

"没错,小孩子才做选择,成年人当然是全部都要。"

路天峰沉默不语。

"樱桃"继续说:"所以我的答案是,我既要打破目前的时间死循环状态,也要逃出你们警方的手心。"

"你觉得你能做到吗?"

"没关系,我们可以先联手合作,回头再一较高下,不过要提醒你一下,我手里掌握着关于时间机器的秘密——而且我很可能是'未来之光'号上,唯一知道这个秘密的人。"

"作为交换条件,你需要我帮你做什么?"路天峰虽然很好奇"樱桃"到底知道什么不得了的秘密,但还是拼命忍住,没有发问。

"我要你帮我杀掉一个人,一个日本女人,水川由纪。"

路天峰愕然，现在已经进入了第六次循环，难道"樱桃"不知道目前的水川由纪是一个他们没法"真正杀死"的普通人吗？

"路警官，莫非你还不清楚，身为感知者应该如何杀死一名普通人？"“樱桃"仿佛看穿了路天峰心事似的，她那甜美悦耳的声音里，流露出一股专属于胜利者的得意扬扬。

九月三日，凌晨一点零五分。
死锁状态，第六次循环。
"未来之光"号，第十八层，1820房间。
"叮咚，叮咚——"
门铃突然响起，房间内的男人停下了手中的动作，将扑克牌轻轻放回桌面上。

在之前几次循环当中都没有任何人来访，因此他知道，现在门外的人必定是来者不善，善者不来。

"请问是哪位？"他一边走向门边，一边高声地问，同时默默地拿起放在一旁的袖珍手枪。

"我是邮轮安全保卫部门的负责人黄良才，请问水川由纪小姐是住在这个房间吗？"门外回答的男声浑厚有力。

黄良才？真没想到居然是一个普通人主动找上门来了。

他通过猫眼看了看，确认门外只有那位身材开始发福的中年大叔，而自己的房门已经扣好了门链，才缓缓地打开了一条门缝。

"很抱歉，水川由纪现在不在这里。"他故意用慢吞吞的语速说道。

"请问她去哪里了？"

"我不知道，年轻人嘛，在邮轮上吃喝玩乐，玩个通宵也很正常。"他狐疑地打量着黄良才，又问，"你找她有什么事吗？"

"邮轮上发生了一起命案，我们怀疑跟水川由纪小姐有关。"

黄良才的话点到为止，因为章之奇再三叮嘱过他，千万不能一下子将太多的信息透露给对方，他们手中要留下足够多的底牌。

老人的脸色微微一变，略为提高了音量说："什么命案？由纪才不会跟这种事情扯上关系呢。"

"恕我失礼，请问一下，您跟水川由纪小姐是什么关系？"

"这个问题太没有礼貌了，我拒绝回答。"

"那么，您现在方便让我进去看一下您的房间吗？"黄良才的语气虽然还很客气，但目光已经变得锐利起来，如同一头猛虎盯着它的猎物一般。

男人竟然冷笑起来："黄主任，你看你的表现，能配得上这艘邮轮的高端奢华定位吗？你们杜氏集团引以为傲的服务态度就这样？我可是你们的贵宾，并不是犯罪嫌疑人，真想要查案的话，还是让警察来找我吧！"

"等一下……"

然而，他没有等黄良才把话说完，就狠狠地关上了房门。

接着他透过猫眼，观察着门外的黄良才，只见保安主任尴尬地站在原地，并没有大喊大叫，也没有再次按响门铃。

两分钟后，黄良才大概是怕继续逗留和纠缠会惊动隔壁房间的客人吧，终于垂头丧气地离开了。

门后的男人长嘘一口气，但几乎就在同一瞬间，他感到有一个硬邦邦的物体顶在自己的后脑勺上。

"司徒先生，你怎么变成这副样子了？"

"你是……章之奇？"男人很快就想明白了，应该就在刚才他去应付黄良才的时候，章之奇乘其不备，从阳台一侧爬进了房间。

"幸好住在你隔壁房间的朋友，积极配合我们的调查工作。"章之奇笑道。

"未来之光"号上，同一层的每间客房设计布局如出一辙，司徒康的房间是带海景阳台的，而这个阳台跟隔壁房间之间也只有一道简易的挡板相隔，可以拦住普通人，但难不倒刑警出身的章之奇。

"水川由纪确实不在这里。"他只好干巴巴地说。

章之奇将对方手里的枪拿走之后，才说："我知道，她要在这里的话，我可能已经死了。"

"呵呵，你倒是心挺大的啊。"

"那是因为我相信路天峰告诉我的话，现在正处于时间死循环状态，我并不会真正死去。"章之奇停顿了一下，随之而来的是手枪保险打开的声音，"怕死的人，只有你们。"

老人的动作似乎僵住了，他说："我不相信你会随便开枪。"

"为什么不？十几分钟后，时间将会倒流，没有任何人知道杀死你的人是我。"

老人没再答话。

"不过，我更希望你能好好配合我们的工作，不要逼我动手。"

章之奇退后几步，在椅子上坐了下来，枪口依然向前。老人缓缓转过身来，才发现章之奇手里除了刚刚夺走的手枪之外，还拿着一个空的矿泉水瓶子。

老人的嘴角抽搐了一下："刚才顶着我脑袋的，是这个瓶子？"

"要不然呢？"章之奇随手一抛，将瓶子准确地投入房间角落处的垃圾桶内，"时间有限，我们赶紧直奔主题吧。"

"你想知道什么？"

"我只有两个问题：第一，水川由纪在哪里？第二，司徒康在哪里？"

章之奇面前这位"司徒康"的脸上，终于露出了即将崩溃的表情。

3

九月三日，凌晨一点十分。

死锁状态，第六次循环。

"未来之光"号，第十二层，"味魂"日本料理餐厅。

路天峰和"樱桃"的通话还在继续，而在"樱桃"提出交易条件后，路天峰就陷入了苦苦思索之中。一方面，他在犹豫是否应该答应"樱桃"的请求，另外一方面也在思考，到底怎么样才能在不断的时间循环之中杀死一个像水川由纪这样的普通人？

"这真的能做到吗？"陈诺兰低声问道。

路天峰摇摇头，他确实不知道答案。

"如果你答应我的条件，我就告诉你能够杀死她的办法。"占据上风的"樱桃"乘胜追击，希望将路天峰逼到不得不答应的地步。

谈朗杰连连比画着"OK"的手势，路天峰当然明白他的意思——不管怎么样，先答应下来，套出她的话再作打算。

路天峰又望向陈诺兰，只见她虽然有点犹豫不决，最后仍然点了点头。

"你说吧，我会去对付水川由纪的。"路天峰说道。

"樱桃"那边发出一阵"啧啧"声，然后突兀地转换到另外一个话题之上："你知道时间感知者的能力既有先天存在的，也有后天获得的，对吧？"

"据我所知，是这样的。"

"那么，你有没有想过，为什么某些人会在后天获得这种能力？"

"这个……"路天峰下意识地看了看陈诺兰，而陈诺兰也是眉头紧锁，摇了摇头。

"樱桃"就像一个循循善诱的老师一样，说："路警官知道身边有什么人，是通过后天经历获得这种特殊能力的吗？"

"我就是在十七岁的时候，偶然发现自己具有感知能力的。"

"能力觉醒的前后，没有什么特别的事情发生吗？"

路天峰想了想，回答道："至少没有发生让我印象深刻的事情。"

"那么……你还是挺幸运的。""樱桃"的语气似乎变得多愁善感起来。

路天峰瞄了一眼时间，有点着急地催促道："'樱桃'小姐，我们剩余的时间不多了，能不能赶紧说正题？"

"我们现在所说的就是正题……"

"啊，我想起来了！"陈诺兰突然失声惊呼，甚至忘记了应该压低自己的音量。

"怎么了？"

"你还记得奇哥的那个表妹吗？"陈诺兰重新以低音量说道。

路天峰当然不会忘记章之奇告诉他的那个故事：章之奇的表妹原本是个活泼开朗、聪明伶俐，生活和工作都算一帆风顺的女白领，然而某一天，她突然向章之奇哭诉，自己能感知到时间偶尔会在某一天内发生多次循环，而每当时间循环发生时，她的老板都会对她实施暴力侵犯和凌辱，但到了循环的最后一天，则会若无其事地出现在她面前，戴上成功人士和好好先生的面具，如常跟她聊天交流——这位女生在精神上被侵害了许多次，在现实生活中却根本找不到老板对她做过任何不轨行为的证据。

到了最后，这位不堪受辱的女生，选择在某一天第五次循环的时候上吊自杀。她知道，只有这样才能得到彻底的解脱。

仔细回想一下，章之奇的表妹应该是在参加工作之后，才获得时间感知能力的，甚至很可能在她获得这种能力之前，已经被身为感知者的老板侵犯过。

"难道跟感知者的亲密接触,会导致普通人转化为感知者?"路天峰终于明白陈诺兰刚才为什么如此震惊了。

电话那头,一直默默等待学生回答问题的老师,吐出一口长气,感叹道:"放心吧,这种类似'传染'的现象其实只是极小概率的事件,但确实是有机会发生的。几个月前,司徒康向全世界公开了一大批关于时间感知者的核心研究资料,而通过这些资料,我顺利补完了自己对'感知者传染现象'的推测和猜想。"

"没想到你还是个兼职的科学家啊。"路天峰哭笑不得地说。

"因为我对这件事情耿耿于怀……别打岔了,要不然时间不够。""樱桃"的语气突然变得有点冷漠和疏远,"很多人都在研究感知者的DNA到底和普通人有什么不一样,想通过DNA编辑技术来制造新的感知者,我的思路却不是这样的。我的想法和最终制造出时间机器的那位东欧科学家不谋而合——你想知道时间机器是怎么制作出来的吗?"

"你说吧。"路天峰在心底暗暗叫苦,"樱桃"一边抱怨时间不太够,一边又把话题东拉西扯,但他也很清楚,"樱桃"说话做事都有自己的一套逻辑,干脆让她想说什么就说什么好了。

"某些研究者认为,给予人类时间感知能力的,是一种特殊的粒子,我们可以将其命名为'时间粒子'。时间粒子的数量极其稀少,以当今人类的科技,暂时还无法检测到时间粒子的存在,更加没有可能进行深入研究。但东欧的那位科学家另辟蹊径,使用了一种特殊配方的太空金属,通过精妙而复杂的设计制作出一个容器,慢慢地将这些我们根本检测不到的时间粒子收集起来,并成功累积到一定的数量级。"

"原来时间机器是这样诞生的……"

"是的,我认为,每位感知者身上都带有一定量的时间粒子,而时间粒子的数量多寡，决定了感知者的能力高低。另外，每个人身上的DNA编码都不一样，有些人特别擅长累积时间粒子，就会获得越来越强大的能力，甚至能够主动去影响时间运行规律；有些人的体质则是会将自己储存的时间粒子向外界辐射散发，那么长期与这种人接触的话，就有一定概率变为感知者。"

路天峰和陈诺兰同时露出了恍然大悟的神色，看来章之奇的表妹就是遇到了一个会对外辐射时间粒子的人，所以才遭遇了那样的悲剧。

"只剩下两分钟了，我赶紧把话说完。时间粒子的集中浓度越高，将普通人变为感知者的概率就越大。你们要知道，时间机器虽然还没彻底研发成功，但内部积累的时间粒子数量要比人体能够积累的上限还要高几百倍，甚至几千倍——"

"樱桃"说到这里的时候，答案已经呼之欲出。

"你的意思是，如果普通人近距离接触时间机器的话，很可能会转变成感知者？"

"可能性超过99.9%，所以你们的任务就是，尽快找出时间机器，利用它，将水川由纪转变为感知者，然后把她杀死！""樱桃"恶狠狠地说。

"但那台机器，很可能已经被摧毁了——"路天峰的心跳突然加速，"如果时间机器被炸得粉身碎骨的话，里面的时间粒子会怎么样？"

"不知道，我觉得时间粒子应该不会受任何爆炸之类的事情影响，它们会继续好端端地飘浮在事发现场……"

"樱桃"还没说完，路天峰的脸色就变得惨白。

如果"樱桃"的推测没错，现在留在房间里，甚至还多次接触和检查那些神秘金属碎屑的陈诺兰，一定受到了时间粒子的大量辐射。

"诺兰……我害了你……"路天峰一时间连话都说得不流利了。

"不,我没事的,这一切都只是推测而已。"陈诺兰走上前,握住了路天峰的手,"就算变成了感知者,我也不害怕。"

"我不想你承受这一切——"路天峰低头看了一眼时间。还有不到半分钟,他们就会知道,"樱桃"的这个推测到底是对是错。

谈朗杰双手交叉盘在胸前,呆呆地看着路天峰和陈诺兰,一言不发。

就在这个循环的最后时刻,路天峰听见耳机里传来章之奇的声音。

九月三日,凌晨一点十分。

死锁状态,第六次循环。

"未来之光"号,第十八层,1820房间。

"我们目前身处一个时间会反复循环的超现实世界之中,因此特别容易相信一些超乎科学理论的现象和解答,比如路天峰之前对我说,司徒康看起来一下子老了二三十岁,他认为是时间发生异动造成的影响。由于我很信任他,所以也一度相信了他的推测。"章之奇不紧不慢地说出了自己的思路,每说一句话,他眼前的老人脸上就会多一分绝望的神色。

老人嘴角轻轻颤抖了两下,最后还是没吭声,只是用舌头轻轻湿润了一下干裂的嘴唇。

"但我只是个普通人,不是时间感知者,我会拥有普通人的思维。假设这个世界上并没有时间循环、时间旋涡和时间倒流之类奇奇怪怪的东西,我看见一个人,跟司徒康的样子高度相似,却是他二十多年后的样子,我第一时间会想到什么?"

老人的呼吸开始变得粗重而急促。

"我可能会想到电脑特效,想到高超的化妆术,甚至想到时间飞逝的可能性，但第一个跳入我脑海的解答，更加简单直接——这个人是司徒康的父亲。"

老人垂下头，眼内的光芒也黯淡了下去。

"司徒康引发了感知者之间的相互猜疑和竞争，声称只有邮轮上剩下唯一一位感知者的时候，时间死锁状态才会解除。既然如此，他怎么会不提防别人来杀他？他怎么可能还留在自己的房间里面，优哉游哉地玩扑克牌？他怎么可能不让自己最信任的得力助手水川由纪全程守护着自己？"

老人终于开口了："你是什么时候想到这一点的？"

"就在刚才，第一次亲眼看到你的时候，我才想到了这个显而易见的答案。"章之奇笑着说，"如果有必要的话，我可以再搜查对比一下邮轮游客名单和登记资料，里面一定会发现一张脸孔，与老年版的司徒康高度相似，但他是用假名和假资料登船的。"

"小伙子，很不错嘛。"老人的语气更像是一种挑衅。

"所以真正的司徒康去了哪里？"

"我也不知道，对他而言，我虽然名义上是他的父亲，但也不过是一个傀儡、一枚棋子而已。"老人苦笑起来。

"名义上？"

"我叫司徒旭华，阿康是我的养子。我当年第一次见到他的时候就觉得，他跟年轻时的我长得很像。我们之间虽然没有血缘关系，但一定有某种特别的缘分。我一早就知道阿康具有超乎寻常的时间感知能力，也知道他想要打破天时会对时间管理的垄断地位，但在我们组织里，阿康才是拥有绝对权力的领袖，我只是他的帮手，对他的具体计划细节一无所知。"

"身为父亲，居然不知道儿子到底在搞什么名堂？"章之奇半信半疑地反问。

司徒旭华摊了摊手，无奈地说："阿康只是安排我留在房间内，

逆时侦查组：拍卖时间的人 251

如果有人来找他,就周旋应付一下,别的事情都不用我管。"

"那你一定有办法联系上他吧?"

"不,我接收到的指令,是留在这里等待他返回……"

章之奇语调一沉,眼神一下子变得锐利起来:"司徒老先生,你撒谎的水平确实挺不错的,可惜胡吹得太过火了。"

"这个……你什么意思?"

"老先生在第一次和我见面的时候,就知道我的名字是章之奇,看来司徒康一定收集整理了不少关于我们的资料,而你已经将这些资料背得滚瓜烂熟了。"

司徒旭华沉默不语。

"时间旋涡的爆发,时间死锁的发生,这一切对普通人而言,只不过是区区不到半小时之前发生的事情。如果是在事发后才临时起意找你来顶替司徒康的话,怎么可能一下子将那么多资料全部记下来?由此可见,你一早就参与到司徒康的行动策划之中,并且做好了充分的准备。"

司徒旭华吸了吸鼻子,依旧保持沉默。

"俗话说,有其父必有其子。反过来看,既然你能教育出司徒康那么厉害的儿子,自己又怎么可能只是个不起眼的小兵角色?"章之奇说到这里,突然枪口往上一抬,扣下了扳机。

手枪前端安装了消音器,加上是迷你型号,只发出一声沉闷的低响,但子弹威力可一点也没打折扣,呼啸着擦过司徒旭华的耳边,让他感受到一股强烈的耳鸣。

章之奇冷冷地说:"我不知道你是不是感知者,但我并不介意测试一下,如果你继续说谎的话,下一颗子弹将会射穿你的咽喉。"

司徒旭华的脸色一阵红一阵白,身体哆嗦起来:"我……确实有办法联系阿康……"

他一边说,一边慢慢地将手伸入裤袋,动作之缓慢,可以让章之奇看清楚他从裤袋里掏出来的不过是一部手机。

"这里面有他的联系方式……他那边有什么进展,也会第一时间告诉我……"

"所以他人在哪里?"

"他和水川由纪一起,四处猎杀落单的感知者,具体位置我也不清楚。"

"那么你是感知者吗?"

"我不是,但我还是会害怕……即使知道自己还能复活,即使知道自己会忘记关于死亡的一切信息。"司徒旭华眼中流露出来的恐惧,确实不像是演戏。

章之奇眼看时间已经来到一点十七分,连忙接通通信器,用最简明扼要的措辞,将这边的情况一一汇报给路天峰。

"奇哥,辛苦你了。"路天峰听完之后,似乎没有流露出过于惊讶或者激动的情绪,只是淡淡地回复了一句。

章之奇察觉到,路天峰和陈诺兰那边可能遇到了事态更加严重的棘手难题。

"你们那边情况如何?"

"嗯……"路天峰犹豫了片刻,最后却只是说,"我们等新一轮的时间循环开始再向你慢慢解释吧。"

离一点十八分只剩下不到十秒的时间,章之奇也来不及细问了,只能草草地说了句:"放轻松点,一切都会好起来的——"

九月三日,凌晨一点十七分。

死锁状态,第六次循环。

"未来之光"号,主甲板,船首观光台。

半空之中月色昏暗,目光所及范围内,浓浓的夜色如同无法化开的墨水一般,吞没了一切。

逆时侦查组:拍卖时间的人 253

司徒康和水川由纪就那么大大咧咧地站在观光台上，没有半点要隐藏行踪的意思。

"这一次循环，我们算是白费功夫了吗？"水川由纪问。

司徒康原本闭着的眼睛睁开了，看着远方说："不，我们成功争取到宝贵的休息时间了。"

"反正我本来就不需要休息。"

"我可舍不得把你累坏了。"司徒康用指节敲打着观光台的围栏，"'银行家'、于小冷、谢骞……剩下的人越来越少，你的行动将会越来越危险……"

"没关系，为组织奋战至死，是从我出生那一刻就注定了的命运。"

司徒康看了一眼水川由纪，说："应该说，是我们的命运。"

九月三日，凌晨零点四十五分。
死锁状态，第七次循环。
"未来之光"号，第七层，魔术剧场。

路天峰眼前一花，身体有一瞬间失重的感觉，他知道自己又回到了时间循环的原点。

这时候，他多么渴望听到陈诺兰那一句重复了六次，连语气和语速都没有任何变化的问候。

但他并没有听到。

一米开外，陈诺兰瞪圆了双眼，半是惊讶半是迷茫地看着路天峰，好不容易才从嘴里挤出几个字来："峰，我还记得……"

"诺兰！"路天峰的心猛地往下坠落着，像是跌入了无尽的虚空，但他仍然强撑着笑脸说，"你没事吧？"

"我……还好……原来是这样的感觉……"陈诺兰脸色有点苍白，勉强地笑了笑。

"对不起，我没能好好保护你。"路天峰懊恼地说。

一旁的章之奇和童瑶自然不知道他俩为什么突然来了一段没头没脑的诡异对话，不由得暗暗担心起来。

路天峰赶紧长话短说。这一次不但要告诉他们关于时间被锁死在三十三分钟之内的信息，还要把上一次循环之中得知的几个关键点，包括"樱桃"所说的时间粒子理论、司徒旭华的真实身份等等，逐一向两人解释清楚。

这一次，路天峰带来的信息量实在是太大了，把章之奇和童瑶听得面面相觑，而陈诺兰变成了感知者的消息，更让他们震惊不已。

"如果司徒康，不，应该说司徒旭华带给我们的信息无误的话，这艘邮轮上最终只能活下来一位感知者……"章之奇的话说了一半，就被童瑶用手肘狠狠地撞了一下手臂，于是后半句无声无息地被吞进了肚子。

"天无绝人之路，我们一定不能轻易认输。"路天峰拉着陈诺兰的手，郑重其事地说。

"那当然，我可信不过司徒康。"陈诺兰报以一个真心的笑容。

章之奇走上前，拍了拍路天峰的肩膀，路天峰用力地点点头，两人之间根本不需要过多的言语。而童瑶也走到陈诺兰身边，温柔地摸了摸陈诺兰的秀发。

路天峰深吸一口气，说："好了，我们不能浪费时间了，赶紧把这个消息告诉谈朗杰吧——"

就在路天峰说话的同时，另外一个更加洪亮的声音，在他们的头顶响起。

"来自日本的水川由纪小姐，来自日本的水川由纪小姐，有人捡到了您的手提包，内有贵重物品，请尽快到邮轮十二层的'味魂'日本料理餐厅取回失物，谢谢。"

逆时侦查组：拍卖时间的人　255

九月三日，凌晨零点五十二分。

死锁状态，第七次循环。

"未来之光"号，主甲板，船首观光台。

"你刚才听见了吗？"司徒康转头问水川由纪。

水川由纪点点头："当然听见了。"

"现在都凌晨一点了，为什么还会播一则寻物启事？更何况用的还不是普通广播，而是一般用来通知紧急情况的全船广播，音量足够把在房间里睡觉的游客全部吵醒。"

水川由纪想了想，说："这很明显是一个陷阱，想要把我们吸引过去。"

司徒康冷哼一声："我倒是很好奇，他们能玩出什么花样来。"

"司徒先生，让我去看一看情况吧。"水川由纪主动请缨。

"好的，我建议你带上那些微型炸弹。"司徒康将手搭上水川由纪的肩膀，"这一次对方一定是有备而来，也不知道他们到底埋伏了多少人手，光凭你一个人是无法和他们正面对抗的。"

"放心吧，我会完成任务的。"水川由纪一脸认真地说，然后转身离开，动作干脆，丝毫没有拖泥带水。

司徒康等水川由纪走远了，才拿出手机，接通预设好的号码。

"爸，是我，你那边情况如何？"

"放心吧，一切正常……现在是第几次循环了？"

"第七次。"司徒康答道。

"目标还剩下几个？"

"三个人，一个比一个棘手——路天峰、谈朗杰和那个神秘的'樱桃'。"

"别着急，慢慢来，反正你还有足够的时间。"司徒旭华用老父亲叮嘱儿子的语气说道。

司徒康则是叹着气说："我根本就不想要那么多时间啊……"

九月三日，凌晨零点五十三分。

死锁状态，第七次循环。

"未来之光"号，第十二层，走廊。

按照路天峰的安排，四人兵分两路，陈诺兰和童瑶一起，到露天酒吧去检查谢骞的尸体。这一次陈诺兰不但能够继续运用法医相关专业知识，还能记住本次循环所发生的一切，可以从尸体身上得到更多的线索；而路天峰则和章之奇一道，赶往"味魂"日本料理和谈朗杰碰头，出发之前，路天峰打了一个内线电话到餐厅，联系上谈朗杰，告诉他陈诺兰已经成了感知者，而谈朗杰只是淡淡地应了一句"知道了"。

"等我抵达现场再商量对策，千万别乱来！"路天峰叮嘱道。

"呵呵。"谈朗杰笑了笑，直接挂掉电话。

其实路天峰并不认同谈朗杰主动挑事的策略，刚才对方在电话里的语气和态度更让人担心不已，所以他一路上脚步匆匆，只是没想到刚踏上通往"味魂"日本料理餐厅的走廊，就被四个衣着打扮风格迥异的男人拦住了去路。

"两位是……路天峰和章之奇？"为首一人身穿剪裁不合身的廉价西装，一边看着手机上的图片，一边抬头对比眼前这两个人的容貌。

"没错，我是路天峰，你们都是谈朗杰的人？"路天峰还记得谈朗杰曾经说过，他为了追踪时间机器交易的双方，提前在"味魂"日本料理附近布置了足够的人手。

"我不知道你在说什么，我的任务是阻止你靠近'味魂'日本料理餐厅。"西装男说完，一挥手，另外三人就气势汹汹地扑上前，想要抓人。

虽然是以二敌四，但专业刑警出身的路天峰和章之奇一点都不虚。路天峰反应尤其迅速,闪身避开了第一个人的攻击,看准时机,一记扫堂腿踢向带头的西装男,硬生生将他逼退。

"哎哟!"

站在路天峰后方的章之奇怪叫一声。路天峰回头一看,没料到还有另外四个人从后方偷袭,其中一人手持木棍,给章之奇的肩膀上狠狠地来了一下。

"奇哥,没事吧?"

"还好,没事!"章之奇虽然失了先机,但仍然奋力反击,打翻了袭击他的持棍者,只是肩膀受伤的他动作显然慢了半拍,经过几个回合的激烈打斗后,又一不小心被人迎着胸口捶了一拳,痛苦地倒在地上。

以寡敌众的路天峰也没能占到便宜,这些人虽然格斗技巧一般,但胜在人多势众,左一拳右一脚的,路天峰只能以防御为主。可惜只一个疏忽,就被人使坏绊倒在地,紧接着三个彪悍汉子扑了上来,先将他死死压在身下,再用绳子把他的双手反绑在背后。

"喂,你们搞错了,我们是来帮忙的!"路天峰大嚷大叫起来。

有人用什么东西塞住了他的嘴巴,再用麻布袋一下子蒙住了他的脑袋。路天峰再听不到章之奇的声音,估计他和自己一样被如法炮制了。

接下来,这些奇怪的男人七手八脚,将路天峰硬扯到某个地方,然后用力一推。路天峰站立不稳,跟跄倒地,随后耳边响起一道沉闷的关门声和门被锁上的声音。

"搞什么鬼啊!"路天峰在心底高声呐喊着,但实际上只能发出"嗯嗯嗯"的声音。

目前他唯一能够确定的是,事态严重失控了。

九月三日,凌晨零点五十五分。

死锁状态，第七次循环。

"未来之光"号，第十二层，"味魂"日本料理餐厅。

包厢内，谈朗杰闭着双眼，表情肃穆地坐在榻榻米上。他面前摆放着一个黑色的盒子，还有一把从厨房里找出来的切割生鲜的料理刀。

包厢外，响起了脚步声。

谈朗杰睁开眼睛，刚好看到水川由纪走进来。

"水川由纪。"谈朗杰用冷冰冰的语气说，眼内喷出了怒火。

"咦……这里居然只有你一个人在？"水川由纪轻佻地笑笑，环顾四周，确实没有发现任何人。当然了，她知道谈朗杰的帮手并不一定要埋伏在包厢里，但她希望能够通过自己引诱更多的感知者集中到一起，以免浪费了自己身上的炸弹。

"我们之间的私人恩怨，不需要其他人插手。"谈朗杰一边说，一边打开了黑色的盒子，"告诉司徒康，我找到了时间机器，有机会打破时间死锁的状态。"

"哦？"水川由纪充满怀疑地挑起了眉头。

"司徒康想要这东西的话，就亲自来找我吧。"谈朗杰把盒子推给水川由纪，水川由纪一边提防着谈朗杰突然发难，一边低头瞄了一眼，只见盒子里面，是一整块已经白骨化的人类手掌，包括掌骨和指骨。

虽然水川由纪见识过不少尸体，也不害怕目睹人体骨骼之类的东西，但在一个号称时间机器的盒子里头看到这个，心里难免会咯噔一下，身子也下意识地往后缩了缩。

"这是什么鬼东西？"

"你可以仔细看看。"谈朗杰的眼角带着讥讽的笑容，似乎在嘲笑水川由纪胆子太小。

水川由纪心想，这富二代也太小看人了，几块死人的骨头而已，真当我没见过？于是她一手拿起掌骨，放在眼前仔细端详起来，很快就发现了不同寻常的地方。

这些骨头上面，好像有一些金属碎屑的痕迹，而且金属与骨头已经融为一体，难分彼此。

"不是吧，你就拿这堆破烂忽悠我？"水川由纪对谈朗杰的说辞嗤之以鼻，将掌骨扔回盒子里。

"因为你不是感知者，感应不到骨头里面的时间粒子能量，但我相信司徒康一定能做出正确判断的。"谈朗杰面无表情地说。

"那你直接喊司徒康过来就好了，干吗还费这个劲，让我白跑一趟？"

谈朗杰直视着水川由纪，一字一顿地说："原因有两个：第一，我直接约他见面，估计他会不敢来；第二，我和你之间还有一笔账要算清楚。"

"呵呵，我是不会为了这种真假未知的东西而劳烦司徒先生亲自出手的。"水川由纪突然露出了无比灿烂的笑容，"我先杀了你，再把东西拿走不就行了吗？"

"东西当然是真的，你可以再试一次，闭上眼睛，静下心，你会感受到时间粒子的流动。不过，你可能不敢在我面前闭上眼睛。"

水川由纪心里暗暗发笑，谈朗杰大概不知道，她是如何在黑暗之中杀死谢骞的。

"我会在杀死你之后，再慢慢感受所谓的时间粒子。"

一把匕首悄无声息地出现在水川由纪的右手中，谈朗杰的瞳孔瞬间放大了。他认得这把匕首，正是夺去于小冷生命的那一把。

谈朗杰也飞快地拿起桌面上的料理刀，如果光比拼武器的话，料理刀的攻击范围比匕首更广，但水川由纪的动作速度显然远比谈朗杰要快。

匕首刺入了谈朗杰的左肩，而料理刀则被水川由纪侧身避开。

她毫不留情地提起膝盖，狠狠地撞向谈朗杰的手腕。谈朗杰根本躲避不及，"咣当"一声，料理刀被撞飞，落在地板上。

谈朗杰倒退几步，跌坐在墙角，鲜血从他肩膀的伤口处喷洒而出，转眼之间就染红了他的衣服。只见他脸色变得煞白，嘴唇也开始发青，五官痛苦地抽搐着，整个人看起来完全失去了反抗的能力。

水川由纪举起匕首，尖刃向前，遥指着谈朗杰，她并没有急于上前——光是那个血流不止的伤口，就足以让猎物慢慢步入死亡。

"你这水平也太低了吧？"水川由纪放肆地嘲讽道，"比起你的小情人可差得远了，但就算是你的小情人能够重生，也完全不是我的对手。"

谈朗杰干咳着，试图用右手支撑自己的身体爬起来，但几番尝试还是失败了。

"真的没有其他人在埋伏吗？"水川由纪暗自嘀咕着，她还按照司徒康的吩咐，在腰间绑上了一圈微型炸弹，准备在遭遇埋伏的时候引爆炸弹，确保能在处于劣势的情况下炸死谈朗杰，但完全没想过会遇上这么顺风顺水的局面。

"我……就算是死……也不会放过你的……"谈朗杰咬牙切齿地说。

"谈朗杰，你还真的是傻，一个人跑来和我单挑？你凭什么和我斗呢？"水川由纪终于放心走上前了，"司徒先生本来还非常重视你的，没想到只是个大笨蛋。"

谈朗杰突然咧开嘴巴，笑了起来。

水川由纪可不管谈朗杰到底在笑什么，手中的匕首一挥，谈朗杰的喉头就多了一道血痕，紧接着身体软绵绵地瘫倒下去。

暗红色的血，在谈朗杰身下漫延着，而他的脸上，至死都挂着奇怪的微笑。

水川由纪收起匕首，再拿起桌上的黑盒子，头也不回地走出了包厢。离开包厢的时候,她听到了黑盒子里面传来"嘀嘀"的声音。

"又是炸弹吗?"水川由纪轻轻叹了一口气,虽然她还可以再次复活,但她相信死亡的感觉多半是不太好受的。

幸亏她什么都不会记得。

几秒之后,爆炸产生的耀眼光芒,占据了水川由纪的全部视野,她腰间的炸弹也同时被引爆了,那短短不到一秒钟的双重痛楚,让她感受到了什么叫作地狱。

九月三日,凌晨零点五十五分。

死锁状态,第七次循环。

"未来之光"号,第十二层,未知空间内。

被蒙住脑袋的路天峰在黑暗中摸索着,终于摸到了另外一个人的手,他相信那应该是章之奇,于是拼尽全力,在对方掌心处比画了一个"L",希望对方能明白这是路天峰姓名的第一个拼音字母。

对方也在他的手心比画了一个"Z",但没有说话,估计同样是被蒙住头,堵住了嘴巴。

路天峰拍了拍章之奇的手腕,示意先由他来尝试解开绳结。于是章之奇停止了挣扎,乖乖地让路天峰盲眼操作。可没想到这个绳结打得死死的,路天峰尝试了好一阵子,都没能解开。

章之奇突然大幅度地摇晃自己的双手,示意路天峰先暂停一下,路天峰只好放弃。

现在轮到章之奇移动他的双手,并且将自己的手表移到路天峰的手边,用玻璃表盘反复摩擦路天峰的手指。

"是这个手表有什么问题吗?"路天峰心领神会,手指比画出一个"O",章之奇顿时停止了动作,将手表停留在路天峰手边。

路天峰开始仔细地摸索手表的表面。他依稀记得这是块表盘尺寸特别大的越野电子表,上面很多乱七八糟的按钮,也不知道是干什么用的。于是，路天峰决定在每个按钮上停留五秒钟，逐一尝试，直到他触碰到某个按钮的时候，章之奇突然跺了跺脚。

"就是这个按钮了？"路天峰一边想，一边按下按钮，只听见"咔嗒"一声，有什么东西从手表里面弹了出来。

路天峰的手指探索到表盘的侧面，碰到一根金属触感的小棍子，棍子的其中一头已经被磨尖，完全可以当作开锁工具使用。

有了顺手的工具，路天峰很快就解开了章之奇背后的绳结，章之奇重获自由后，首先拿开了蒙住两人视线的头套，然后将嘴巴里面的烂布也拿出来，最后才蹲下身子去解路天峰手上的绳结。

两人现在能认出自己身处的地方了。这里应该是邮轮上的杂物间，大小只有几平方米，两边还堆满了各式杂物。章之奇一边忙碌，一边说："这到底是怎么回事……谈朗杰到底在想什么？"

"我也不知道……你看！"路天峰最后这一声惊呼，是因为他看到了杂物间的门上，用黄色胶带贴着一个显眼的白色信封。

"这是给我们的信？"章之奇已经解开了绑住路天峰的绳子，两人相互搀扶着站起身来。

"看看就知道了。"

路天峰撕下信封并打开，里面只有一张 A4 纸，并用马克笔潦草地写着：

> 水川由纪是只十分狡猾的狐狸，她只会在确保自身安全的情况下，才有可能较长时间地接触那堆骨头，所以只能由我一个人去拖住她，诱导她成为感知者。我知道我会死，但不知道能不能真正杀死水川由纪，我愿舍命一搏。
>
> 路天峰，答应我，如果之后你发现水川由纪还没死的话，替我杀了她；然后无论如何，杀死司徒康。我知道你是一个好人，但我只求你，能够做一次坏人，在一次不会

真正留存下来的时间循环之中，做一次心狠手辣的坏人。

我们处于一个扭曲的、畸形的世界之中，唯有以暴制暴，才能杀出一条血路。在一切都结束之后，你还是原来的你，还是那个好警察。

接下来的事情，拜托您了！谈朗杰绝笔。

"现在的有钱人做事情，都那么任性吗？"路天峰双手微微颤抖着，不知道是激动还是生气，将手中的A4纸递给章之奇。

章之奇瞄了一眼就明白大概情况了："谈朗杰只是想拖住我们，让他有足够的时间跟水川由纪单挑。"

"足够的时间？水川由纪杀死他这种手无缚鸡之力的富二代，只需要花十秒钟。"路天峰说，"我们还是赶紧过去找他吧。"

路天峰试了试杂物间的门锁，发现他们并没有被反锁起来，门可以轻而易举地打开，这再次印证了章之奇的猜想，谈朗杰并不是真的想困住他们，而是希望拖延一段时间而已。

"我们走。"路天峰稍微辨认了一下方向，然后往"味魂"日本料理厅的方向跑去。当他们赶到日本料理厅门前时，整层楼的灯光突然熄灭了，几秒钟之后，再次恢复照明。与此同时，他们看到了餐厅里冒出的火光和浓烟。

餐厅门外还聚集着一群人，他们眼见起火，立即慌张起来，议论纷纷，却又不肯散去，看起来应该是谈朗杰的人。

"那里面……好像着火了。"章之奇说。

路天峰咬咬牙，他很清楚这种时候不能贸然冲进火场，只能尽快疏散人群，控制火势蔓延，以免造成更严重的人员伤亡事故。

"奇哥，先赶走这群人，别让他们在这里看热闹了。"路天峰一个箭步冲到消防工具箱旁边，砸开了火警报警器的玻璃，然后狠狠地摁下去。

一阵阵尖锐而刺耳的火警警报声响起。

九月三日,凌晨一点。

死锁状态,第七次循环。

"未来之光"号,主甲板,露天酒吧。

"有没有搞错,一个大活人在你们眼皮底下被杀,你们跟我说什么都没看见?"黄良才正在向酒吧负责人和服务生大发雷霆,而被斥骂的众人都低垂着头,完全不敢反驳。

这魔术师谢骞,前一分钟还好端端的,一转眼就断了气,而且在场那么多服务生和客人都没有察觉到异常,说出来根本没人会相信,也难怪黄良才那么生气。

而更让这位安保主任生气的是,酒吧的监控录像出了点小问题,回放时发现有那么几秒钟的信号受到了不明来源的干扰,画面上全是雪白。而出现故障的时间,恰好是谢骞被杀死的一瞬间,要说这是巧合,连鬼都不会相信。

"从昨天晚上到今天凌晨,你们到底还有谁碰过监控系统?将最近二十四小时的完整排班表拿给我看看!每一个员工的都要!"

"黄主任,邮轮启航还不到二十四小时,我们这还没有任何轮班休息的人,所有服务生都在现场……"酒吧负责人战战兢兢道。

"你们真是……"黄良才还想再斥骂几句,腰间的呼叫器却不合时宜地响了起来。

"什么情况?我这边忙着呢!"黄良才将怒火发泄到呼叫器的另一端。

"主任,大事不好,'味魂'日本料理内部发生了爆炸,还起火了!"

"什么?"黄良才真的要崩溃了,这一晚各种意外接二连三,每一件都足以让他焦头烂额。这些事情竟然还全部堆在一起发生,

逆时侦查组:拍卖时间的人　265

摆明就是老天爷不想给他活路了。

"黄主任,这里交给我吧。"

黄良才诧异地转身,发现女警官童瑶正站在自己身后,她旁边是陈诺兰。

"你们……"黄良才想问的是,她们是怎么知道这里发生了命案的。

"时间紧迫,具体情况容后向你解释。我是警察,她懂法医知识,这个现场交给我们处理没问题的。"

黄良才虽然并不能说完全信任她们两人,但"味魂"日本料理餐厅的爆炸和火灾显然是眼下更需要他亲自去解决的问题。

"童警官、陈小姐,那这里的事情就有劳两位了。"黄良才临走前还特意叮嘱酒吧负责人,一方面要配合两人的调查工作,另外一方面也要注意她们有没有搞什么小动作。酒吧负责人连连点头,恨不得马上将功赎罪,拍着胸膛保证这里一定不会出乱子,才终于送走了黄良才。

童瑶看了一眼时间,说:"诺兰姐,尽快开始吧。"

陈诺兰点点头,弯下腰去查看谢骞的尸体状况。她知道在上一次循环里面,章之奇检查过谢骞的尸体,但当时只来得及粗略看一看,除了初步判断他是中毒身亡和发现了尸体掌心刻着的"水川"二字之外,就没有别的线索可以提供了。

陈诺兰解开谢骞的上衣,观察肩膀位置那个伤口,一边看一边说:"凶器薄刃,极其锋利,推测应该是匕首之类;从伤口形成的角度和深度看来,这一下并不是手持匕首插进去的,而更像是远距离投掷匕首造成的,伤口颜色发黑,很可能是匕首上喂了毒。"

"是什么情况下,才迫使水川由纪不得不使用飞刀来攻击谢骞呢?"童瑶托着下巴,思索起来。

"还有一个值得注意的地方。"陈诺兰摊开谢骞的手掌,展示出掌心的字迹,"造成这些划痕的并不是刺入他肩膀的那把匕首,而是另外一把相对没有那么锋利的刀具。"

"所以说,谢骞被杀的时候,手里还拿着武器。"

"是的,他应该和凶手有过一段搏斗,但全身上下也只有肩膀一处伤口,我推测双方的搏斗时间非常短,甚至可能没有发生近身打斗,水川由纪就靠着这一把飞出的毒匕首直接获胜了。"

童瑶想了想,说:"那么看来,两人发生搏斗的地点需要有足够大的面积,而且是一个比较隐蔽的地方,即使生死相搏,也没有惊动其他人。"

"还有一点,搏斗现场应该是个灯光昏暗的地方。"陈诺兰再次近距离确认了伤口的深度,"从伤口看来,匕首刺入时速度并不会太快,而谢骞是一个魔术师,无论他擅长的是哪种类型的魔术,都可以肯定是个身手敏捷的人,我觉得如果在正常光线条件下,他应该能够顺利躲开这一击。"

"这艘邮轮那么大,满足以上条件的地方还是挺多的。"

陈诺兰眼珠一转,说:"我倒是想到了一个地方,符合这些条件,而且也是谢骞非常熟悉的地点。"

童瑶一听,立即反应过来:"难道你说的是……"

"就是我们之前出发的起点——魔术剧场。"

"所以谢骞为什么要去魔术剧场呢?"童瑶喃喃自语着,看向倒在地板上的魔术师。

九月三日,凌晨一点零五分。

死锁状态,第七次循环。

"未来之光"号,第二层,船长室。

杜志飞放下桌面上的内线电话,脑袋往后仰,背靠在椅子上,双手用力地揉着自己两侧的太阳穴。

每一通电话，带来的都是坏消息，先是这边死了人，再是那边着了火。杜志飞觉得"未来之光"号这趟航程一定是被人诅咒了，现在他只求电话不要再次响起。

"咔嗒——"

是开门的声音。

谁敢不敲门就开门进来呢？

杜志飞顿时坐直了身子，让他更惊讶的是，被打开的并非船长室的大门，而是船长室和专用卧室之间的那扇门。

"谁？"杜志飞惊恐地跳下椅子，右手在桌面上胡乱摸索着，想找一件称手的武器防身。这艘邮轮上的气氛太诡异了，活生生地把他吓成了惊弓之鸟。

"别紧张，杜总，是我。"

紧接着，门后面探出了贺沁凌的脸孔。

杜志飞吓得连动作都完全僵住了，呆呆地看着本应已经死去的贺沁凌，一步一步地走近自己。

"你……是人……还是……"

"樱桃"扑哧一下笑出声来："杜总，你怎么连我都不认得了？别害怕，我当然是人，你看，分明是有体温的。"

"樱桃"伸出右手，握住了杜志飞的右手，她的手暖乎乎的，相反杜志飞的手则冷得像冰一样，而且面无血色，眼神惊恐，看起来他才更像个鬼。

"到底是……怎么回事？"

"长话短说吧，船上有人想要杀我，所以我上演了一出金蝉脱壳的好戏，暂时避开了追杀，但敌人可能很快就会找上门来。"

"那……赌场里……死的人是谁……"

"樱桃"撇了撇嘴，说："别管那些细枝末节的事情了，我想尽快离开这艘船，你有办法做到吗？"

"离开？"杜志飞仿佛还在神游，思考能力尚未恢复，整个人都懵懵懂懂的。

"是呀，留在船上我只能等死了。"

"要离开的话……嗯，你可以使用船上的救生艇。"

贺沁凌一脸不快地说："拜托，这里远离陆地，我一个女孩子乘坐救生艇离船，跟白白送死有区别吗？我说的不是这个，是船上配备的那架直升机。"

"哦，直升机！"杜志飞终于想起来，邮轮的顶层还停靠着一架最新款的直升飞机，不过那架飞机主要是用来展示和炫耀的，船上并没有配备专职的飞行员，更没有计划要真的开着它飞走。

所以他只好老老实实地对"樱桃"说："那架直升机其实是我一位朋友自家公司最新研发的产品，还没有正式大批量上市，只是借给我摆在主甲板上显威风而已。这艘船上可没有人会驾驶它。"

"可以让我来试试，我只想知道那架飞机的舱门钥匙在哪里？"

"钥匙……开直升机还需要钥匙的吗？"杜志飞还以为直升机都是像电影里面拍的那样，一按按钮就会自动启动升空的呢。

"笨蛋，发动引擎不需要钥匙，但打开机舱的门需要啊，否则你家的直升机停在这里，不等于每个人都能随便开走了吗？"

"哦哦，说得有道理。"

杜志飞终于想起来，这架直升机当时是直接飞到邮轮上降落的，然后他的朋友就把钥匙留下来给他保管了。于是杜志飞翻箱倒柜，终于在某个抽屉里面找到了直升飞机的舱门钥匙。

"太好啦，感谢杜总。""樱桃"甜甜地笑着，接过了杜志飞递给她的钥匙。

"你……真的要自己开飞机离开吗？"杜志飞很怀疑她到底是不是真的会开直升机，但看她的样子，确实不像是喝多了。

"樱桃"脸上的笑容退去，轻叹一口气说："实在是没办法，我也只能冒险尝试一下了……"

"这事情可不能随便试啊，万一有个闪失可不是开玩笑的。"杜志飞已经开始后悔，心里盘算着是不是应该动手把钥匙抢回来。

"樱桃"知道杜志飞领会错她的意思了，她所说的"尝试"，其实是想看一下如果尽量远离邮轮的话，能否逃出时间死循环的困局。

"别担心，可不要忘记了我是有超能力的人哦。"

"这个……今晚邮轮上发生了很多诡异的事情，要是再加上一场坠机事故的话，我估计我这辈子在杜氏集团都无法翻身了。"

"那你到底是担心我，还是在担心你自己呢？""樱桃"说着，突然将脑袋凑近杜志飞，两人的脸几乎要贴在一起了，这种近距离的接触，让杜志飞有点心慌意乱。

"我担心你……"

"不，你在说谎，你这个自私的家伙。""樱桃"的语气一瞬间转冷。

杜志飞还想再辩解几句，却感到腰部被什么东西刺了一下似的，虽然不痛，但身体很快变得麻木乏力。

"这……是什么……"他看见了"樱桃"手中的空针筒。

"我不想在你身上浪费时间了。"

杜志飞喉头一紧，双手捂住喉咙。他发现自己竟然无法呼吸了，很快就涨红着脸，痛苦地倒在地上，视野渐渐模糊。

他还没弄清楚樱桃到底是人是鬼，自己就先成了冤死鬼。

杜志飞最后的一丝意识，是听到"樱桃"拿着直升机的机舱钥匙，哼着欢快的小调，离开船长室时的关门声。

九月三日，凌晨一点零五分。
死锁状态，第七次循环。

"未来之光"号,第十二层,"味魂"日本料理餐厅。

"谁能告诉我,这里到底发生了什么?"黄良才黑着脸,一双怒目瞪着路天峰和章之奇。在他看来,这两个人能够第一时间出现在事发现场,一定跟这场火灾脱不了干系。

章之奇假装没注意到黄良才语气里的怒意,以一副无辜的口吻说道:"十分钟前,餐厅内部发生了一场小型爆炸,并引发火灾,幸亏我们和安保人员及时赶到,第一时间疏散人群,并成功控制住火势,将影响程度下降到最低……"

"按照你的说法,我还应该申请一个见义勇为奖状颁发给你们?"黄良才忍不住翻起了白眼。

章之奇依然无视对方嘲讽的语气,大言不惭地说:"黄主任不用客气,举手之劳而已。"

黄良才气得半死,又不好发作,只能转身问其他安保人员:"现在伤亡情况如何?"

"报告主任,事发之前一位名叫谈朗杰的客人说要包场半小时,正好餐厅内本来就没有其他顾客,所以他支付了包场费用之后,大家都离开了餐厅。幸亏如此,才没有造成更大的人员伤亡……"

"这能叫'幸亏'吗?身为专业人员,你有没有一丝半点警觉性?谈朗杰就是涉案的重大嫌疑人!"黄良才要给路天峰和章之奇面子,但面对着下属可是一点儿都不客气。

"是的是的……火灾现场的包厢内发现了一具年轻男性尸体,经辨认确认身份为谈朗杰。另外,包厢门外发现了一具年轻女性尸体,经辨认确认身份为日本籍旅客水川由纪……"

"等等,这才几分钟工夫,谁来认尸的?"

安保人员战战兢兢,不敢答话,目光则不由自主地瞟向了路天峰和章之奇。

黄良才板着脸,沉声询问道:"路警官,你该不会告诉我,一切都只是巧合吧?"

路天峰看了一眼时间,摇摇头说:"不是巧合,但我们可以稍晚再跟你解释。现在需要优先处理的事情,是查明两具尸体的死因和爆炸的真正原因。"

黄良才也稍微冷静下来了。正如路天峰所说,不管最后到底是谁应该为这起事件负责,他们都必须先做好勘查工作,保全案发现场的线索和证据。

"让我来吧。"黄良才确实信不过其他人了,只好让下属守住四周,自己亲自出马。

他首先简单检查了一下女性死者的尸体。看来爆炸发生的时候,这位女死者离爆炸地点非常近,强大的冲击波直接贯穿了她的身体,造成体内多处器官受损破裂,腰部位置受伤特别严重,应该是瞬间毙命的。尸体的半张脸被灼烧得面目全非,剩下那半张脸上,五官同样严重扭曲变形,可见她在死前一刻陷入了极度恐惧之中。

黄良才掏出手机,接入邮轮的数据库,调出他们所说的那位客人水川由纪的资料,再三对比过资料上的证件照和眼前的尸体后,大概只有一半的把握认为死者是水川由纪。

那么,为什么路天峰和章之奇都确信这就是水川由纪呢?唯一的可能性,就是他们早知道水川由纪会来到现场。

黄良才心中了然,却暂时不点破,再走进包厢内部查看男性死者的状况。

刚一进门,吓了他一大跳的并非卧倒在血泊之中的谈朗杰,而是墙边一具破损的骷髅。

"这里怎么还有一具骷髅?"

路天峰耸耸肩说:"我怎么知道,你看这骨架都风化了,肯定不是我们干的啊。"

黄良才一时语塞,只好先忽略掉那具诡异的骷髅,去检查谈朗杰的尸体。只见尸体的左肩和喉头处各中了一刀，其中喉咙处的这一刀，是导致死亡的直接原因，而尸体身上衣物完好，基本没有受爆炸和火灾波及，很可能是在爆炸发生之前被人杀死的。

"包厢内有打斗的痕迹，男性死者是被割喉而死的，女性死者是被爆炸直接炸死，现场没有发现第三者存在的证据。结合其他人的证词，这应该是女性死者首先用刀子杀死了男性死者，然后她在离开包厢的时候，触发了安装在门边的炸弹，因此被炸死。"黄良才说出了自己的推论。

路天峰和章之奇似乎不太关心尸体的状况。路天峰假装不经意地跟在他身后走进了包厢，一路东张西望，好像在寻找些什么，而章之奇却跟其他安保人员一起，站在稍远处的地方，一副不愿意靠近包厢的样子。

"你在找什么呢？"黄良才好奇地问。

"没什么……黄主任，既然案发现场已经勘查完毕，我们还是换个地方说话吧。这房间里一股烧焦的臭味，闻起来很不舒服。"路天峰一边说，一边已经挪步往外走。

黄良才心里暗笑，开什么玩笑？路天峰身为刑警，比这更惨烈更恶心的犯罪现场应该见过不少，怎么可能会忍受不了这里的味道？难道这包厢里面还有什么秘密，是不能让我发现的吗？

黄良才想到这里，暗暗下定决心，准备对这间包厢进行一番地毯式搜索。然而就在他准备走出包厢，喊下属过来帮忙的时候，路天峰突然毫无预兆地挥出一记重拳，正中他的腹部，将他一下子打翻在地。

"你干吗……"黄良才弯着腰，一口气缓不过来，只觉得头昏脑涨，眼冒金星。他还没说出下一句话，脑后方又受到一记重击。

黄良才颓然倒地，却没完全失去知觉，双手硬撑着地板，想要爬起来。

逆时侦查组：拍卖时间的人　　273

"抱歉了黄主任,这是为了救你。"

路天峰说完,一脚猛地踢向黄良才的脖子后方,终于将他彻底踢晕过去。

路天峰深吸一口气,一边将黄良才沉重的身子往外拉扯,一边高喊:"来人啊,帮帮忙,黄主任突然晕过去了。"

其余安保人员哪知道包厢内发生了什么,听到路天峰的呼喊连忙赶上前,七手八脚将黄良才抬了出去。

章之奇偷偷向路天峰竖起大拇指,凑上前轻声问:"怎么样,不会又被传染成感知者吧?"

"应该不会,我是把他当作普通人才出手那么狠的……但我们还是尽量别让人靠近这地方吧。"路天峰不无担心地说。

"这事不难。"章之奇嘿嘿一笑,突然扯开喉咙大叫起来,"各位请注意,爆炸现场检测到来历不明的辐射源,这很可能是黄主任晕倒的原因!请大家不要靠近现场,谢谢合作!"

其实他刚刚说到"辐射源"几个字时,众人便开始纷纷后退,整句话说完后,大家更是一股脑儿地退到了餐厅大门外。

这时候,路天峰才终于松了一口气。

九月三日,凌晨一点零八分。

死锁状态,第七次循环。

"未来之光"号,主甲板,露天酒吧。

微凉的夜风拂面,童瑶忍不住打了个小小的呵欠。与此同时,她听见某种奇特而有规律的轰鸣声从远处传来。

"这是什么声音?"

陈诺兰也停下了手中的动作,转头望向声音传来的方向。

"是不是主甲板上停着的那架飞机?"陈诺兰想起昨天傍晚在甲板上看风景时,曾经见过的那架全黑机身、设计造型非常独特的直升机。

童瑶一把抓住身边的酒吧负责人,问:"你们邮轮上的直升机,真的能飞起来吗?"

"应该是吧……我也不知道啊。"酒吧负责人一脸哭笑不得的表情。

"大半夜的,怎么突然就起飞了?我去看看。"童瑶往停机坪的方向跑去,只见夜色之中,一个巨大的黑色影子徐徐升起,依稀可以看到驾驶舱内部好像只坐了一个人,但对方戴着头盔和面罩,连是男是女都无法分辨。

童瑶只能原地驻足,眼看着直升机慢慢升起,然后悬停在半空之中。过了一小会儿,直升机又开始原地转圈,仿佛一只落单的候鸟在寻找自己的同伴。

"怎么回事?"陈诺兰也赶过来了,抬头望向天空。

"不知道,我猜驾驶飞机的应该不是专业飞行员,操控得不太娴熟的样子。"

就像是回应童瑶的推测一般,直升机在半空中突然亮起了大灯,数秒之后,灯光熄灭,然后机身摇晃了几下,像终于认清楚前进方向一样,往邮轮行驶方向的正前方飞去。

"逃跑的会不会是其中一位感知者呢?"童瑶自言自语地说。

"难道这个人认为只要远离邮轮,就可以摆脱时间死锁的状态?我觉得不太可能。"陈诺兰用她的科学家头脑分析道,"除非所有感知者相互之间都隔开足够远的距离,否则这肯定是没用的。"

童瑶说:"我更关心的是另外一个问题,如果这人希望尽量远离邮轮的话,为什么没有在时间死锁发生之后的第一时间跑来开走直升机,而是等了至少二十分钟才行动?如果速度足够快的话,应该能够争取到二十多分钟的逃离时间,而目前剩下的逃离时间只有十分钟左右,不到理论极限值的一半。"

"有一个可能性，就是这人需要花点时间才能拿到驾驶直升机所需的钥匙！"

"你猜，这把钥匙原来应该放在谁手里呢？"

陈诺兰和童瑶目光相碰撞，两人同时点了点头，异口同声地说："肯定是在杜志飞那里！"

"我们赶紧去船长室问一下情况，就能够知道到底是谁开走了那架直升机。"童瑶说。

九月三日，凌晨一点十一分。

死锁状态，第七次循环。

"未来之光"号，第十八层，1820房间。

"爸。"司徒康推开门，脸色阴沉。

"阿康，你怎么回房间来了？"司徒旭华惊讶地看着养子。

司徒康走到房间的迷你冰箱旁边，拿出了一罐啤酒。

"由纪去执行任务了，一命换一命，这次她成功杀死了谈朗杰。"

"很好，很好。"司徒旭华满意地将桌面上的梅花A翻为牌面向下状态，"这下子就只剩下两个最难缠的家伙了，一直隐匿踪迹的'樱桃'和身边有一群得力帮手的路天峰。"

司徒康大口地喝下苦涩的啤酒，脸上的神色依然严峻："爸，你那套关于时间死锁如何形成和如何解开的理论，到底会不会出现重大漏洞？"

"漏洞？绝对不可能，我可是研究时间死锁理论的专家！"司徒旭华一边说，一边夸张地瞪大了眼睛，"你看，我早就说过时间机器是有可能的，也提出了时间死锁的可能性和危险性，连现在的方案都是我提前策划好的……"

"爸，我当然信得过你的能力，只是我有点担心即使能够杀死其他所有感知者，时间都无法恢复正常……"司徒康重重放下啤酒罐道。

"不，不可能的，你为什么突然有这种想法……现在是第几次死锁循环了？"

"第七次。"司徒康叹气道，"爸，你不是感知者，很难理解我的忧虑。"

"说说看，我来给你提供技术支持。"司徒旭华也严肃起来。他知道自己的养子做事一向出人意料，言行举止都带着极强的煽动性和感染力，很少会有情绪低落的时候。

"我不仅是感知者，还具有干涉能力，我能够更加真切地感受到时间流动的力量。在这不断的循环当中，每当有一个感知者死去，我就可以感觉到混乱的时间线变得有条理了一点点——我无法解释为什么自己会知道这一点，我只能说，我就是知道。"

司徒旭华微微颔首："这很正常，人类的感知体系是超越认知体系的。我们经常会知道某些信息，却无法说清楚自己为何会知道，有时候人们会将这个定义为'直觉'。"

"直觉，嗯，差不多就是这样子吧。"看来司徒康对养父的说法并没有完全认同，但他也不再深究字眼问题了，"如果说时间死锁就是一团乱麻的话，之前我能够感觉到，这团乱糟糟的绳子已经解开了一个接一个的绳结，只剩下最后几个了。可是在这一次循环里头，我却感到这些绳结突然变多，重新变得复杂起来了。"

"这……怎么可能？"司徒旭华的眉头挑了挑，一副困惑不解的模样。

"所以我才会担心你对时间死锁的理论研究存在致命缺点，搞不好我们就被困死在这三十三分钟里面了。"

"不，不会的，我的研究结论是不会有错的。"司徒旭华不停地摇头，不知道是要说服司徒康，还是想说服自己，"但我想到了另外一种可能性……"

"什么可能性？"

"这艘邮轮上出现了新的感知者。"司徒旭华缓缓地说，"因此时间死锁的状况变得越来越复杂。"

司徒康沉默不语，眉头紧锁。

"后天感知者到底是如何产生的，一直没有能够让大部分研究者认同的理论。"司徒旭华一边说，一边将一张牌面朝下的扑克牌重新翻回来，那是一张红桃9，"所以确实存在恰好在这半小时以内，产生了一名全新感知者的可能性。"

"那么新感知者的加入，会影响到我们打破时间死锁的方案吗？"

"理论上影响不大，多杀一个人罢了。"司徒旭华缓缓地说，"阿康，这不至于让你愁眉苦脸吧？"

"爸，我现在的感觉很不对劲。"司徒康按压着自己的太阳穴说，"事态发展似乎超出了我们之前的预期。"

"嘘，先安静一下。"司徒旭华突然坐直了身子，瞪大眼睛，屏住呼吸。司徒康也被他的举动所感染，闭上嘴巴不再说话。

两人能够听见，头顶上传来隐隐约约的机械引擎声。

"是直升机吧？"司徒康说。

"这邮轮上还有直升机？"司徒旭华反问，

司徒康信步走出阳台，抬头一看，果然是一架直升机，正在缓慢地往上升起。

"都那么晚了，怎么还会安排直升机起飞？是想要逃离现场的感知者吗？"司徒康转头问司徒旭华，"我想知道，如果某个感知者离开我们足够远的距离，会有助于解开这一团乱麻的时间线吗？"

司徒旭华的嘴角抽搐起来："根据我所掌握的理论来推测，如果其中一个感知者逃离出足够远的距离的话，那么很可能相当于他杀掉了其余所有感知者。"

"你的意思是,只要这架直升机飞得足够远,我们都得死?"

"不是我们,只是你而已。"司徒旭华笑得很勉强。

九月三日,凌晨一点十五分。

死锁状态,第七次循环。

"未来之光"号,第二层,船长室。

陈诺兰和童瑶站在船长室门外,又是按门铃,又是敲门,却一直等不到任何回应。

谁知童瑶伸手轻轻地将门把手一扭,门就开了。

童瑶和陈诺兰交换了一下眼色,后者点点头,随即推门而进。

"请问——"童瑶只说了两个字,就呆住了。

只见杜志飞四肢摊开,整个人脸朝上瘫在地板上,双目圆睁,嘴巴微微张开,面部表情因惊恐而扭曲。陈诺兰飞快上前,探了探他的鼻息,又摸了摸脉搏,很明显对方已经彻底没了生气。

杜志飞的上衣被掀起,陈诺兰注意到他的腰部上面有一个鲜红的针孔,针孔周围的皮肤泛起了明显的皮疹。她猜测这很可能是毒药注射进身体的位置。

"看上去像是生物碱神经毒素。"陈诺兰一边说,一边掏出一个小号的放大镜,蹲在地上细细观察起来,并把鼻子凑近去嗅闻。

"当心,别中毒了……"童瑶提醒道。

"没关系的,这类型的毒素一般都要进入人体血液循环系统才会生效,要是鼻子吸一吸就能中毒的话,那可不得了啦。"陈诺兰知道剩下的时间不多了,只能努力地在脑海里回想着,到底是哪一种毒物可能令死者出现这种症状。

"有结论了吗?"

陈诺兰摇头:"我目前只能猜测是某种提纯的生物毒素,毒素发作的时间非常短,从腰间中针到全身麻痹可能只有数十秒,所以他连呼救或者打电话的机会都没有。再结合他皮肤上出现的皮疹现象来推断，我觉得有可能是世界上最毒的物质之一——箭毒蛙毒素。"

"这……应该只有'樱桃'小姐才会使用这种东西吧？"

童瑶注意到，办公桌上有一个抽屉没有关紧，她走过去拉开一看，发现里面是堆放得乱七八糟的文件夹和一些杂物。

"如果凶手是'樱桃'的话，她应该是先来这里拿走了直升机的钥匙，然后再杀死杜志飞，最后离开。"

陈诺兰不解地问："她为什么非要杀杜志飞不可呢？时间一旦倒流，这男人又会再次复活，这杀人的举动岂不成了无用功？"

"也许她只是不想浪费时间和杜志飞说话，干脆直接杀掉他；另外还有一种可能性，就是'樱桃'有严重的暴力倾向，杀人能够让她感受到快乐。"童瑶说出了自己的推测。

"如果'樱桃'的目标是开走直升机的话，那么在下一次时间倒流后，她还会再一次回到这里，取走钥匙。"陈诺兰说，"这是我们设局抓捕她的大好机会。"

"但按照你和路队的说法，目前时间处于死锁状态，我们抓住她也没用啊……"

"我想好好和她聊一下，也许事情还会有转机。"陈诺兰目光中充满了坚毅，"毕竟她可能是邮轮上最了解时间机器的那个人。"

九月三日，凌晨一点十七分。

死锁状态，第七次循环。

直升机上。

"樱桃"时不时地回头，只见海面上的"未来之光"号越来越小，渐渐变成了一个微不可见的光点。

不知道距离足够远了吗？

"樱桃"不太确定自己到底要跑多远,才能够摆脱时间线的纠缠,只知道应该是跑得越远,打破时间死锁的机会就越大。

她看看时间,只剩不到一分钟了,如果这一次无法逃脱的话,下一次她觉得可以将所要消耗的时间再压缩五分钟左右,那么就能飞得更远一些。

这时候,她的身子突然向前倾去,就像开车的时候踩了急刹车一样。

可是自己的身体还坐得好端端的,仪表盘上数据如常,显示直升机的速度并没有降低。但很奇怪,她总觉得所有的一切都慢下来了。

有什么东西在阻止她前进。

"樱桃"深深地吸了一口气,这种感觉太诡异了——直升机在全速向前,方向也没有变化,她明明就在远离"未来之光"号,心里却有一个清晰明确的声音响起,告诉她,前方有障碍物。

她甚至摘下了耳机,让直升机的螺旋桨巨响真切地传入耳中,直震得耳膜隐隐作痛。

"这不可能……我明明还在向前!"

她随即意识到,这也许就是时间死锁形成的屏障,只要冲出去,一切都会变得不一样。

她能冲出去吗?

一定可以的,因为直升机依然在正常飞行着,依照物理世界的运作准则,她还在前进,无论她的主观意识和感觉是怎么样的,都无法改变她与"未来之光"号之间的距离在继续拉远的客观事实。

只要前进,就能突破!

"樱桃"恨不得直升机的加速度还能继续提升,因为她剩下的时间也不多了……

最后十秒钟。

"樱桃"突然知道了答案,这一次,她飞不出去了。但下一次,她的动作会更快,再争取多几分钟时间,就能逃离这个时间无限循环的魔洞。

下一次,一定可以。

"樱桃"的整个世界,突然变得安静下来。因为螺旋桨的巨响消失了,她重新回到了"未来之光"号邮轮上。

新的一次死锁循环,又开始了。

4

九月三日,凌晨零点四十五分。

死锁状态,第八次循环。

"未来之光"号,第十八层,1820房间。

每一次时间重置后,司徒康和水川由纪都会从这里出发:司徒康立即通知以化名入住在同一层客房的司徒旭华前来会合,然后他用三分钟的时间,简明扼要地向两人介绍情况,并制定新一轮时间死锁状态下的作战策略,再由水川由纪负责具体执行,司徒旭华则留在房间里面当诱饵。

当这些事情第八次发生的时候,司徒康难免会感到枯燥乏味,心里暗暗地想:这一切何时才是尽头?

然而在本次循环开始的第一秒,司徒康就察觉到事态不对劲。

他首先闻到了一股强烈的焦臭味道,定睛一看,出现在自己身边的,竟然是一具被烧毁得不似人形的女尸。

"由纪……"

水川由纪死了。

司徒康知道她是带着炸弹前往"味魂"日料餐厅的,早就做好了赴死的准备，但他一直以为，自己绝对不会目睹她的死亡。毕竟看不到的东西，他可以当作不存在，而只要时间循环重新开始，水川由纪又会完好无损地再次出现在他眼前。

他看不见她的痛苦与牺牲，看不见她曾经和将会遭遇什么，所以能够心安理得地一次又一次将她送上死路。

然而这一次，他亲眼看到了死亡其实有着如此残忍、惨烈的真面目。

"由纪！"司徒康的声音由呼唤变成了高喊，身体也不住地颤抖起来。

既因为愤怒，也因为恐惧。

到底是谁、用什么方法杀死了水川由纪？莫非真的有某种办法，可以稳定地将普通人转化为感知者？

这一次，司徒康没有打电话给司徒旭华，他不想浪费一分一秒的时间，拿起放在桌面上的袖珍手枪，头也不回地离开了房间。

是的，他完全不忍回头去看水川由纪的惨状。如果再回头一次的话，他可能就会彻底崩溃了。

九月三日，凌晨零点四十五分。

死锁状态，第八次循环。

"未来之光"号，第七层，魔术剧场。

"快去船长室！"

"快去'味魂'日本料理餐厅！"

陈诺兰和路天峰几乎同时开口，却说出了两个完全不同的目的地。而章之奇和童瑶则被吓了一跳，在他们眼中，刚才还好端端的两个人，突然之间就莫名其妙地大喊大叫起来。

"来不及解释了，'樱桃'很可能会在船长室出现，我们得赶紧去截住她。"陈诺兰急匆匆地拉起童瑶的手就往外跑。

"诺兰，千万要注意安全……"路天峰来不及阻止她，只好向着她远去的背影叮嘱道。

"这到底是怎么一回事？"章之奇一脸茫然地问。

路天峰将时间死锁的状况向章之奇简单介绍了一遍，并重点说明了发生在上一次循环之中的事件：水川由纪被炸死。但不确定她是否已经转化为感知者，需要尽快确认。

"所以我们也应该尽快赶往'味魂'日本料理餐厅？"章之奇总算明白现在的局面了，如果水川由纪真的成了感知者并被杀死，那么司徒康绝对会亲自前往"味魂"日本料理餐厅，看看到底是什么东西能让普通人变为感知者；另外一方面，那具骷髅也可能是影响时间循环的关键物品，需要做进一步的调查。

两人赶紧出发，在路上边走边聊着。

路天峰说："我现在有点担心时间粒子的状态，没有人知道，经历过一场爆炸之后，时间粒子会产生怎样的变化。"

"如果影响范围扩大了，会怎么样？有没有可能像病毒传播一样，把邮轮上的所有人都变成感知者？"

"说起这个——"路天峰的脑海中突然冒出了自己以前在科普读物上看过的内容，"奇哥你读过关于'幽灵船'的传说吗？"

"就是某艘船失踪了若干年后才被发现，船上一切如常，连咖啡都是热的，但就是找不到任何活物存在的痕迹，连一只老鼠都没有……听上去就像那种地摊文学故事。"

"没错，我突然想到一种可能性，如果我们整艘邮轮上的人都成了感知者，是不是就会在无限的时间循环之内不停地自相残杀，直到船上只有一个幸存者为止？如果时间死锁最终被解开了，那么之前死去的感知者，又会以怎样的形式出现在大家眼前？"

章之奇流露出恍然大悟的神情："你的意思是，他们有可能会被时间的力量彻底抹除，就像凭空蒸发一样？"

"毕竟在人类社会流传的各种怪诞故事中，很少有案发现场完全不符合逻辑的集体死亡事件，却并不缺少关于'神隐'的传闻。"

"这个假设太可怕了。"章之奇有点不敢细想下去，刚好，他们也已经赶到了"味魂"日本料理餐厅的门外。这一次，自然不会有任何人在半路上拦截他们。

"进去吧，我猜司徒康已经到了。"路天峰重重地叹了一口气，"注意，我们将要面对的……有可能是一头狂怒的猛兽。"

九月三日，凌晨零点五十分。
死锁状态，第八次循环。
"未来之光"号，第二层，船长室。
"什么……又死人了？"黄良才沉着脸，嘴角抽搐了下，"我马上到。"

"又发生什么事情了？"杜志飞的脸色也很难看。

"杜总，是露天酒吧那边……"黄良才的话还没说完，只听一阵急促的敲门声响起，然后更是不等屋内的人回答，船长室的门就被打开了，陈诺兰和童瑶先后冲了进来。

"抱歉，打扰两位了，但目前出现了极其紧急的情况。"童瑶以不容置疑的语气说着，"杜志飞先生，有人可能会威胁到你的生命安全，接下来请你务必按照我们的指示行动。"

杜志飞目瞪口呆，一句话都说不出来，只好把求助的目光投向黄良才，而黄良才的耳边还回响着刚才下属汇报露天酒吧命案的消息，脑袋里面一片混沌，同样不知道应该说什么才好。

但黄良才毕竟还是心理素质过硬的专业人士，很快就理解了童瑶所说的意思——既然今晚在邮轮上已经接二连三地发生了极其诡异的命案，那么这个关乎杜志飞性命的警告，就必须重视起来。

"我们该怎么办？"黄良才问。

"对方警觉性极高,我们暂时不要惊动太多人。黄主任,你去隔壁房间埋伏,我在这个房间里面藏起来,诺兰姐,你去走廊上找一个远离这个房间,但可以看见出入人员的位置待命。万一等会儿有人从房间里面逃跑的话,你不要一个人追上去,只需要记住她逃跑的方向即可。"

"那、那我呢……"杜志飞战战兢兢地问。

"杜总就坐在这个位置上,提前把邮轮主甲板上停靠的那架直升机的钥匙准备好,等会儿贺沁凌出现的话,你什么都别说,什么都别问。如果她开口要直升机钥匙的话,你就假装翻查抽屉,然后尽快将钥匙递给她。"

"谁?"杜志飞还以为自己的耳朵出现了问题,"贺沁凌不是已经……"

"没时间了,不要多问。杜总,你也知道贺沁凌是有超能力的人吧?我们先各就各位,事后再向你慢慢解释。"

童瑶此言一出,杜志飞的表情立即由迷茫变为恐惧,显然已经完全相信了童瑶的一番话。

黄良才见状,微微皱起眉头,说:"要不由我负责看守这里,童警官去隔离房间吧?"

童瑶知道黄良才可能对自己还不是完全放心,但她也不太计较这一点,毕竟"樱桃"也有可能首先进入隔离的船长专用卧室,无论她看守哪一边,都只有一半的概率会遭遇"樱桃",另外一半,要交给黄良才来处理。

"也可以,如果贺沁凌出现了,千万不要轻举妄动,她身上带有致命的毒针。你也不要试图拖延时间,尽快让她拿走直升机的钥匙即可。"

"知道了。"黄良才点点头。

"我会在她离开船长室的时候实施抓捕,因为那时候她的警惕性会降低。杜总，你可千万不要露出什么马脚，否则会很危险。"

"我……我就把钥匙交给她……没错吧？"杜志飞感觉到事态非同小可，早就急得额头上全是汗珠了。

"嗯，记住，不能一下子交给她，但也不能故意拖延时间。"

"这、这很难办啊。"杜志飞的表情就像快要哭出来似的，恨不得能有人来代替他完成这个看似简单、实质艰巨的任务。

"杜总，你可是见过大风大浪的人，我相信你可以做到的。"童瑶只能一个劲地给杜志飞戴高帽。时间不多了，"樱桃"随时可能出现，再不埋伏起来就太迟了。

于是童瑶打了个手势，杜志飞坐回原位，而黄良才则将自己的身体塞入文件柜后方狭窄的空间。童瑶和陈诺兰离开船长室，按计划分头行动。

黄良才腰间的呼叫器再次响起，他咒骂了一句，狠狠地拆掉了呼叫器上的电池。

现在先不管别的事情，保住杜志飞的命再说。

九月三日，凌晨零点五十二分。

死锁状态，第八次循环。

"未来之光"号，第十二层，"味魂"日本料理餐厅。

路天峰非常谨慎地让章之奇留在包厢外面，他一个人走进去查看情况。只见包厢里一切如常，那具很可能是周焕盛的骷髅依旧静静地待在原处，手骨和掌骨处散发出淡淡的光芒。

看上去时间粒子并没有因为上一次循环的剧烈爆炸而扩散，这可以算作一个好消息。但让路天峰困惑不解的是，司徒康竟然没有第一时间赶来这里。

莫非水川由纪并没有成为感知者，她还活着？

除此之外，路天峰想不到其他可能性了，如果司徒康察觉到这里的某样东西可以将普通人转化为感知者,怎么会坐视不理?

就在这时候,包厢的门突然被拉开了。司徒康一步一顿地走进包厢,路天峰还是第一次在时间死锁循环之中看见真正的他,而他的眼神就如同冬天冰封的河面一样,不带一丝感情。

他的衬衣下摆和裤子上,都沾上了一小片血迹。

这些血不属于他,那么应该来自水川由纪。

司徒康开口了,现在他的话已经变成了淬毒的匕首,更加充满杀气和敌意。

"路警官,难道你们找到将普通人转化为感知者的方法了吗?"司徒康的语气中听不出丝毫的怒意,在不该冷静的时候过分冷静,这反倒让人感觉更加压抑。

"也许吧,其实我也不是很确定……"路天峰坦白地说。

"我可以为你们证实,你们确实成功了。水川由纪已经在这里,被你们炸死了。"

"并不是'我们',谈朗杰独自完成了这一切。但他也死在了这个包厢里,是被水川由纪杀死的。"

司徒康哼笑一声:"真的吗?那他还挺厉害的。"

"当然,你可以选择不相信我。"

"我一向都很信任你。"司徒康举起手枪,指着路天峰说,"告诉我,你们是怎么做到这一点的。"

路天峰看着枪口,心中并没有泛起恐惧,反而有种欣慰的感觉。

如果自己在这里被司徒康杀死,未尝不是一个好结局。

"司徒康,放下武器!"章之奇高喊着,但他并不敢走到离包厢太近的地方,毕竟时间粒子的影响范围到底有多大,没有人知道。

司徒康头也不回,继续对路天峰说:"真奇怪,你的朋友为什么不冲上前来救你?相隔那么远大喊大叫,又能有什么用呢?"

路天峰耸耸肩,无奈地苦笑起来。

"我明白了,这个包厢内有什么奇怪的东西……很可能就是让普通人转化为感知者的关键。"司徒康一下子就想通了。

"是的,时间机器曾经在这里发生过爆炸,而时间机器里面收集的大量时间粒子,分布扩散在这个空间里了。"

"你为什么会知道这个信息?"

"是时间机器的卖家,也就是'樱桃'小姐亲口告诉我的。"路天峰看了看旁边那具骷髅,"现在这具骷髅,就等于时间机器本身。"

司徒康的瞳孔倏地收缩了一下:"所以说,如果没有'樱桃',你们根本做不到这一点。"

"是的。"

"所以我不但应该杀掉你,还应该杀死'樱桃'。你们几个人,一个都不能留!"

"这样说好像也有一定道理。"

"但很奇怪,我能感觉到你并不怕死。"司徒康将枪口缓缓往下移动,"这到底是为什么呢?"

路天峰沉默了,他不想把答案说出来。

九月三日,凌晨零点五十四分。

死锁状态,第八次循环。

"未来之光"号,主甲板。

"樱桃"是一个非常善于吸取经验教训的人,这也是她一直没被警方抓获的关键原因。她很清楚,在紧接着的两次循环之中,绝对不能做同样的事情,否则很可能会落入敌人特意布置的陷阱之中。

因此这一次,她并没有选择到船长室去拿直升机的舱门钥匙。

反正只是打开机舱门而已,发动引擎并不需要钥匙,一个机械锁,能难倒一双巧手媲美专业魔术师的她吗?

"咔嗒——"也就花了不到一分钟,她就顺利打开了门锁。

"樱桃"跳上直升机,启动引擎,同时戴上头盔和隔音耳机,瞄了一眼时间——还不到零点五十五分,比上一次循环中一点零八分的起飞时间,足足节省了十三分钟。

十三分钟,足够她飞出上次遭遇到的"阻力区"了。

更何况,这一次她驾驶直升机的技术更加娴熟。上次起飞时因为对各种功能按钮不熟悉而浪费的时间,可不会再次重复了。

顺利升空,选定方向,前进!

"樱桃"压抑不住内心的冲动,挥舞着拳头,大声欢呼起来,虽然这欢呼声瞬间就被螺旋桨发出的巨响所吞没。

"离开这鬼地方吧!"

她很好奇,如果自己能够摆脱时间死锁的话,邮轮上剩下的几个感知者会遭遇什么情况?总不可能只有她一个人恢复了正常的时间线,而另外几个人却留在死循环里吧?

更有可能的是,逃出足够远距离的她,等同于杀死了其余所有的感知者,这些人将会在时间长河内彻底消失,丝毫痕迹都无法留下。

"所以,最后还是只有最聪明的人能够活下来啊……""樱桃"感叹道。

之前她参与的每一起案件,都是类似的结局。也正因为其他人死的死,被抓的被抓,逍遥法外的她才能活得那么潇洒。

身下的"未来之光"号渐渐变小,现在看起来就像公园湖面上的一艘模型玩具船。

"樱桃"控制着直升机,继续加速前进。

雷达显示正常,引擎运转正常,油量充足;"樱桃"已经想不到任何人或事可以阻止自己离开了。

就在这时候,她听见机舱外传来一声诡异的怪响。

其实她根本没有时间思考那到底是什么声音,因为下一个瞬间,刺眼的光芒和火热的痛感，就将她整个人席卷到炼狱中去了。

痛苦的感觉可能只持续了零点一秒，一切就结束了。

直升机的引擎发生了爆炸，整架飞机直接在空中解体，化作一团耀眼无比的烟火。

九月三日，凌晨一点。

死锁状态，第八次循环。

"未来之光"号，第十二层，"味魂"日本料理餐厅。

"你听见了吗？"司徒康突然问。

"什么？"路天峰似乎也听到了什么声音。

司徒康快步走上前，一把拉开了包厢内的窗帘，通过邮轮的舷窗，他们可以看到一团火球在半空之中散作火花，然后又像流星一般急速坠落。

"有人驾驶直升机离开邮轮，被我干掉了。"司徒康冷冷地笑道，"在来这里之前，我先赶到主甲板的直升机处，在上面安装了一颗炸弹。只要直升机和邮轮之间的直线距离大于五千米，炸弹就会爆炸。"

"为什么你要这样做？"

"这是为了大家好，路警官，你知不知道，如果其中一位感知者逃出了时间死锁，那么剩下的感知者身上将会发生什么？"

路天峰摇摇头。

司徒康继续说："其实我也不知道，但为了安全起见，我将这种潜在威胁的可能性抹除了。"

"好吧，不愧是你……"路天峰长叹一声，直升机上的人很可能是"樱桃"，这个一直如同幽灵一般，一次又一次躲过警方追捕的奇女子，最终还是敌不过司徒康的阴险毒辣。

"现在，只剩下你和我了。"司徒康打开了手枪的保险，再次举高枪口，瞄准了路天峰的胸膛。

"我很好奇，你开枪杀死我之后，到底会发生什么？还是说什么都不会发生，但时间能够正常流逝了？"

"你所关心的问题，跟我一样，我也想知道答案。"司徒康走到包厢的门边，拉上了那扇日式推拉门。这样一来，章之奇就无法看到包厢内的状况了。

路天峰隐约感觉到事情有点不对劲，司徒康并不是那种做事拖泥带水、犹豫不决的人，他想要杀死自己的话，早就开枪了，为什么却依然在东拉西扯地说着闲话，甚至还要把门关上？

路天峰终于忍不住发问了："你为什么还不开枪？"

"因为我还在想，你为什么不害怕？"司徒康眯起了眼睛。

"我是警察，我不惧怕死亡。"路天峰强作镇定地说。

"但你的眼中还有恐惧，你不怕死，你害怕的是另外一件事。"

"司徒先生没听说过吗，电视剧里面的反派往往因为说了太多话而死。"

司徒康却依然保持着冷酷，缓缓道："第一，生活不是电视剧；第二，我不觉得自己是反派；第三，我说的每一句话都有意义，因为我喜欢将一件事的来龙去脉全部整理清晰之后，再做决定。"

"好，那么你继续慢慢整理吧，我还有事，先走一步了。"路天峰说完，竟然真的迈步走向包厢大门。

司徒康如果不开枪的话，当然无法阻止路天峰离开。

司徒康眼内的杀意一闪而过，平静如水的表情中终于露出了一丝狰狞。

"我明白了。"司徒康突然没头没脑地说了一句。

"明白了什么？"

"谈朗杰为什么能够放心地跟由纪一命换一命？一定是因为他已经百分百肯定，那具骷髅身上所谓的时间粒子，可以让普通人变成感知者。"

"所以呢？"

"所以这艘邮轮上，还有另外一位感知者存在。"司徒康的笑容中带着疯狂的气息，"而你为了保护这个人，宁愿选择自己去死。"

路天峰本已经走到门边的脚步停住了。

这时候，包厢的门突然被拉开，陈诺兰冒冒失失地冲进来，失声惊呼道："峰——"

"别慌。"路天峰连忙用自己的身体护住陈诺兰。

"你的女朋友完全不害怕这里的时间粒子吗？还是说，她已经成了感知者？"司徒康的手指扣在了扳机之上。

"司徒康，不要滥杀无辜！"路天峰想将陈诺兰推出去，但陈诺兰竟然死死抓住门框，不肯离去。

"峰，你还记得吗？你答应过我，无论发生什么，你都会陪伴在我身边，所以我也一样，会一直陪着你。"

司徒康哈哈大笑起来："两位死到临头还如此恩爱，果然是模范情侣。路天峰你知道吗，连开两枪杀死你们，是最简单却最无趣的复仇方式。我司徒康，从来不会做这种索然无味的事情。"

路天峰没有理会司徒康，也没有继续推开陈诺兰，而是紧紧地将她拥入怀中，他想要继续守护她，直到生命的尽头，即使这个尽头，可能就在几秒钟之后。

"我不会成全你们的，真正的复仇，就是让你们两个人自相残杀。"司徒康说完，将枪口反转，对准了自己的额头。

路天峰这才想起司徒康曾经说过，因为多次使用干涉能力影响时间，他原本剩下的生命就不太长了。

他要用自己剩余的所有时间，向路天峰和陈诺兰施加万劫不复的诅咒。

这才是最可怕的复仇。

"砰——"

路天峰果然没看错司徒康,这家伙真想要开枪的时候,可是毫不犹豫就能扣下扳机的。即使这一枪射穿的,是他自己的脑袋。

司徒康颓然倒下,嘴巴咧开,脸上带着癫狂的笑容。

"未来之光"号上的感知者,只剩下两个人了。

路天峰和陈诺兰,他们却依然紧紧拥抱着彼此,不愿放手。

"'樱桃',她没有去船长室拿钥匙……杜志飞说,那只是直升机舱门的钥匙,没有它也能发动引擎。"陈诺兰嘀咕道。

"原来如此……但她恰好跌入了司徒康的陷阱,他提前在飞机上安装了炸弹。"

"正因为'樱桃'已经死了,司徒康才会以自杀的方式,试图将我们逼入困境?"

"没错,诺兰,你能答应我,自己一个人也要好好活下去吗?"

陈诺兰捏了捏路天峰的耳朵:"我当然会好好活下来,而你也一样。"

"你说……什么?"路天峰一下子不太理解陈诺兰的意思。

"别忘记了,你的女朋友可是一个科学家,难道她就不能推算出解开时间死锁的另外一种办法吗?"

"什么办法?"路天峰将信将疑地问。

"我也不太确定行不行,但'樱桃'想方设法出逃的行动,提醒了我。如果一位感知者远远地跑开就能打破时间死锁的话,那么反其道而行之呢?把所有感知者集中在同一个足够小的空间之内,那么他们每个人身上的时间线,是否就不再相互干扰了呢?"

"这个……"路天峰不知道行不行,但假扮成司徒康的司徒旭华曾经说过,时间死锁的关键,就是感知者之间的相互干扰和时间线冲突,因此才要通过你死我活的厮杀,筛选出最后的幸运儿。

但如果感知者们能够同心协力,那么他们身上的时间线是否就会得到统一？

"诺兰，我们试一下吧。"

"嗯，当然要尝试啦！"

"只是我们之间的距离，会不会还不够近？"

"怎么会还不够近？唔——"

陈诺兰的嘴，被路天峰的唇封住了。

是啊，恋人之间的距离，总能够继续拉近，直至两个灵魂融为一体。

时间，忽然发生了微妙的变化。

路天峰说不清楚那是一种怎样的变化。他只知道，有些东西变得不一样了。

下一瞬间，他和陈诺兰分开了。

两人回到了魔术剧场，现在的时间是九月三日零点四十五分。

上一次的死锁循环，并没有完整地经历三十三分钟！

"所以……死锁被打破了吗？"路天峰看着陈诺兰，小心翼翼地发问。

一旁的章之奇和童瑶当然不可能听懂这个问题，但万万没想到，陈诺兰也是一脸茫然地看着他，说："峰，你还好吗？怎么突然问一个那么奇怪的问题？"

路天峰没有答话，只是自顾自地哈哈大笑起来。

终章
落幕

"未来之光"号的首航之旅，注定会成为一个传奇故事。

因为就在首航的第一夜，邮轮上发生了极其诡异的"神隐"事件，包括东南亚娱乐大亨谈武衡的儿子谈朗杰在内，共有七名乘客离奇失踪，失踪现场没有任何痕迹，而当时邮轮位于茫茫大海的正中央，失踪者到底是如何离开邮轮的，又因何而离开，成了警方百思不得其解的谜题。虽然事后清点邮轮上的设施，发现少了一艘救生艇，但竟然没有人知道这艘救生艇是何时被放到海里的。而当天夜里邮轮的视频监控系统出现了故障，有长达几个小时的视频只录到了一片雪花，警方的技术人员再三检查后仍然没有发现人为破坏的痕迹，只能解释为遭遇了不明电磁干扰导致监控设备数据出错。

在如此离奇的失踪案件面前，邮轮上发生的三起命案，反而成了附属品——这三起案件案发时间高度集中，却完全找不到谁是凶手。警方经历了艰苦而漫长的调查后，决定将谋杀案和失踪案并案处理，得出的结论是，失踪者当中藏有一个凶手，这个凶手不但杀死了三个人，而且劫持和带走了另外几名旅客，通过救生艇离开邮轮，并与一早在海中等候的接应船只会合，从此消失不见。

这个结论虽然还有许多难以自圆其说的地方，但警方已经尽力了，只能将这个版本的结论上交。全球各地的媒体自然无法接受这样一个有头没尾的结案陈词，无论是电视台和报社的记者，还是网络上热衷造谣炒作的不良媒体，都一窝蜂地纷纷出动，去四处搜刮相关的新闻和资料，企图解开"未来之光"号神隐事件的内幕。但很显然，他们都只能无功而返。

杜志飞的名字，不再被媒体提起，他似乎离开了商界，躲进深山里面修行了；黄良才则辞去了邮轮安保主任的职务，有人曾经看见他在某家夜总会当保安。

国际刑警雷·帕克和孙映虹的追捕任务以失败告终，直到最后，他们还不能确定"樱桃"到底有没有登上"未来之光"号，更无法锁定她的身份。两人将会继续他们的追查工作，希望在有生之年，能够亲手抓捕到这个幽灵一般的传奇女贼。

化名为高朋的邓子雄倒是被抓住了，只是关于天时会的一切，他都守口如瓶，不肯多说半句。但即使这样，他也没能保住自己的性命——在一场监狱暴乱之中，他被人"一不小心"用尖锐的木棍刺中要害，失血过多而亡。

章之奇继续经营着自己的侦探社，而童瑶依然在警察的岗位上尽忠职守，路天峰则终于下定决心，辞去了刑警工作。只有他一个人知道，当晚在"未来之光"号邮轮上消失的那艘救生艇，是他亲手放入海中，并用谈朗杰携带的小型炸弹炸穿了救生艇底部，好让它沉入海底，彻底从这个世界消失。

一番折腾之后，那场不可思议的事件才能拥有一个看起来稍微合理的解释，而伪造了现场、隐瞒了案情的路天峰，再也不愿意回警局上班了。

如今他选择赋闲在家，跟陈诺兰一起，研究着关于时间粒子的秘密。

"峰,你觉得我们能成功吗?"

"一定可以的,因为我有个超级聪明的科学家女朋友。"

"你说过,在那段并不存在的时间里,我能够凭借一己之力,想出破解时间死锁的巧妙方法,但我真的有点怀疑你是在哄我开心……"陈诺兰面对着满屏幕毫无规律的实验数据,皱起了眉头。

"诺兰,给自己点信心,再说,我什么时候骗你啦?"

"嗯,我会继续加油的。"陈诺兰拍了拍自己的额头,提起精神,又继续埋头跟数据进行"战斗"了。

路天峰给陈诺兰倒了一杯热茶,说道:"你难道一点儿也不好奇,我为什么会突然热衷于研究时间粒子的秘密吗?"

"因为你再一次亲身体验到,要是人类能够影响时间的话,造成的后果到底有多可怕。你不希望这种足以毁灭世界的力量,仅仅掌握在天时会这样一个组织里。"

路天峰假装出失望的表情:"你都猜对了,真没意思。"

陈诺兰嘻嘻一笑:"毕竟我是你的聪明科学家女友啊。"

"但有件事情你一定猜不到。"路天峰眼珠一转,笑着说道。

"说说看?"

"其实我已经能够影响时间了。"

陈诺兰愕然:"什么?难道你已经成了干涉者?"

"不对,我只能影响属于我自己的时间。"路天峰张开双手,一把环抱着陈诺兰,"而你,就是我的所有时间。"

"哼,放开我,原来你只会影响我的工作。"陈诺兰装出生气的样子,向路天峰的胸口处捶了两拳。

"我们之所以还在这里,是因为我们不肯放开彼此啊。"路天峰叹了叹气,颇有感触地说。

听了路天峰这话,陈诺兰也不禁安静下来,将脑袋轻轻倚靠在他厚实的胸膛上,侧耳倾听着他的心跳声。

扑通,扑通——

这心跳的声音,和屋内时钟的"嘀嗒、嘀嗒"声混在一起,组成了世界上最美妙的时间进行曲。

"不管未来还会遇到什么困难,我们都要一起面对啊!"

《逆时侦查组》全系列四册即将正式结集，精彩预告：

一系列事件后，陈诺兰取得突破，研发出了一台时间机器的雏形。但这台不稳定的时间机器却在路天峰触碰后失控，将生活在这个世界（称为"A世界"）的路天峰（称为"路天峰A"）与另外一个平行时空（称为"B世界"）里的路天峰（称为"路天峰B"）两人的命运联结在了一起……

路天峰A来到B世界，发现在这个世界里，自己已经和黄萱萱结婚，而且这个世界似乎并不存在任何与时间循环、时间倒流有关的事情。他去搜查关于陈诺兰的信息，却发现有一个名为陈诺兰的女生，很早就去世了。

路天峰A在B世界生活了两天后，突然又返回了A世界，在这里，他看到了路天峰B留下的字条。原来，路天峰B来到A世界后，恰逢连续重复五次的循环日，对方也想寻求一个答案……

路天峰A发现自己会在两个世界之间不定期来回跳跃，因此他要与路天峰B通力合作，解决各自面对的困难：在A世界中，陈诺兰的研究使得天时会全数出动，与逆时小分队迎来决战；B世界中，普通刑警路天峰则牵涉进一起错综复杂的连环杀人案当中。

两个路天峰发现，解开各自世界困境的关键信息，可能就隐藏在另外一个平行世界之中。

扫描二维码，并回复"逆时4"
抢先试读《逆时侦查组：交错的时空》

紫焰
Zenith Diffusion

[读 小 说 , 就 读 紫 焰]